Lea Singer

DIE POESIE DER HÖRIGKEIT

Roman

Hoffmann und Campe

Literaturnachweis am Ende des Bandes

1. Auflage 2017
Copyright © 2017 by
Hoffmann und Campe Verlag, Hamburg
www.hoca.de
Typografie und Satz:
Farnschläder & Mahlstedt, Hamburg
Gesetzt aus der Stempel Garamond
Druck und Bindung: CPI books GmbH, Leck
Printed in Germany
ISBN 978-3-455-40625-2

Ein Unternehmen der
GANSKE VERLAGSGRUPPE

DIE POESIE
DER HÖRIGKEIT

EINS

Der 3. Februar 1917 war der kälteste Tag, den sie je erlebt hatte, sechzehn Grad unter dem Gefrierpunkt. Der Frost hatte die Fensterscheiben in Milchglas verwandelt. Auch mittags, als die Sonne draufschien, tauten sie nicht auf. An ihrem zwölften Geburtstag vor drei Wochen hatte sie noch mit ihrem Bruder rund um die Villa herum Vogelfutter in die Kästen gestreut, die im nackten Buchen- und Birkengeäst hingen. Aber als sie heute Morgen die Tür für den Zeitungsboten geöffnet hatte, war ihr die Luft mit Krallen ins Gesicht gefahren. Durch ein freigekratztes Loch glotzte sie nun hinaus in eine Welt, in der alles erstarrt war. Selbst die schmutzig weiße Decke am Himmel schien festgefroren, unmöglich, sie wegzuziehen.

Die Tür zum Arbeitszimmer ihres Vaters war an der Innenseite gepolstert, dunkelgrüne Rauten wölbten ihre Bäuche zwischen Messingknöpfen. War die Tür geschlossen, schrieb er, und niemand hätte auch nur die Fußspitze in seine Kathedrale zu setzen gewagt. Heute war es, als sei das ganze Haus gepolstert, Wände, Decken, Böden. In Filzpantoffeln rutschte das Dienstmädchen übers Parkett, sortierte geräuschlos das Silberbesteck in die oberste Schublade der Anrichte ein, polierte den geschnitzten Christus am Kamin, staubte Bilderrahmen ab. Zu singen, nur zu summen wagte das Dienstmädchen nicht mehr.

Sogar beim Frühstück hatte heute jeder den anderen schlucken hören. Sie waren daran gewöhnt, dass der Vater morgens Kämpfe mit den Zeitungen ausfocht, besonders an einem Samstag wie heute. Dass er Seiten herausriss und zerknüllte und schrie und fluchte. Danach seine Post aufschlitzte, Rechnungen, Bescheide, Kritiken, Verträge von Verlagen und Theatern, und schimpfte auf die Schurken, das Pack, das Gesindel.

Er war nicht da. Er war doch gar nicht da, der Vater.

Stumm hatte ihre Mutter über den Zeitungen gesessen. Als sie aufstand, sagte sie mehr für sich: Bald wird die Finsternis über uns zusammenschlagen. Doch wer deinen Namen in seine Brust gegraben trägt, wird ruhig sterben, Christus.

Den Kindern gegenüber sprach Thea Sternheim nur ungefähr vom Krieg. Wenn sie von Christus anfing, waren die Nachrichten meist schlecht. *Deutscher U-Boot-Krieg verschärft* konnte Mopsa auf einer Seite oben groß und fettgedruckt lesen.

Die Stille an diesem Samstag war eigentlich nutzlos. Der Vater, der sich über jedes Geräusch beklagte, an dem er nicht beteiligt war, das Geräusch beim Anschüren der Öfen, beim Aufziehen der Gardinen, beim Würfelspielen der Kinder, beim Decken des Tisches, sollte erst mit dem Abendzug aus Brüssel zurückkommen. Nicht alleine.

Es musste ein besonderer Gast sein.

Von dem Stock Christrosen auf einer Fensterbank in der Bibliothek schnitt die Mutter drei Stängel ab und ordnete sie in eine Glasvase, die sie ihre geheiligte nannte. Vor dem Mittagessen vergaß die Mutter das Tischgebet. Als Klaus damit anfing, fuhr sie zusammen.

Die Köchin kochte eine große Hühnerkarkasse aus für den Eintopf am Abend und schnitt aus dem Hühnerfleisch jede kleine Flachse oder Sehne heraus.

Aufs Sechsfache, stell dir vor. Die Lebensmittelpreise sind auf das Sechsfache nach oben geschnellt, sagte die Köchin. Zwei Pfund Butter kosten 50 Francs. So viel wie früher eine Flasche Champagner.

Aus dem Schrank in der Diele hob das Dienstmädchen einen Satz frischer Bettwäsche, zwei Kopfkissen, Laken, Plumeaubezug, obenauf Knopfleisten mit Perlmuttknöpfen, und stieg damit die Treppe hinauf. Der Gast blieb also über Nacht.

Die Mutter hatte sich nach dem Essen nicht wie üblich an den Schreibtisch zurückgezogen. Sie saß im Sessel am großen Fenster im Salon und las in einem schmalen Papierband. Sie weinte nicht. Auf viele Bücher hatte Mopsa die Mutter weinen sehen. Als sie sieben war, wochenlang auf Tolstois *Anna Karenina*, als sie neun war, ein paar Tage lang auf ein Buch, dessen Deckel sagte *Preis 1 Mark Christentum und Vaterlandsliebe von Graf Leo N. Tolstoi*, als sie elf war auf eines, dessen Leineneinband schon verheult aussah, Flauberts *Madame Bovary*.

Thea Sternheim hielt den Band steil in der Hand. Auf dem Umschlag eine nackte weißhäutige Frau, steif ausgestreckt, über der ein Skelett kauerte und Geige spielte, mit einem Knochen als Bogen. *Morgue*, stand darauf und darüber ein Name.

Mopsa redete mit der Köchin, dem Dienstmädchen, dem Gärtner und den Kindern der Nachbarn Französisch. Das Wort *Morgue* war ihr fremd. Die großen roten Wörterbücher hatte ihr Vater in seiner Kathedrale rechts vom Schreibtisch eingestellt.

Morgue. Hochmut, Dünkel, der / Leichenschauhaus, das.

Das Skelett, die weiße steife Frau, die Leichen – gut, aber wer schaute da Leichen an in was für einem Haus? Und warum weinte die Mutter nicht, wenn es um Leichen ging?

Thea Sternheim weinte oft. Wenn der Vater da war, schloss sie sich zum Weinen in ihr Schlafzimmer ein, aber man hörte es durch die Tür, manchmal durch die offenen Fenster beim Ballspielen im Freien oder durch die Decke im Kinderzimmer oben drüber. Wenn der Vater fortgegangen war, weinte sie, während sie Unkraut jätete, Silber und Messing putzte, sein Schreibzimmer oder sein Schlafzimmer aufräumte. Sie weinte auch häufig, während sie seine Texte korrigierte, etwas übersetzte oder selbst schrieb, nur da weinte sie mit zuckenden Schultern, tränenlos. Das war vernünftig, der Tinte wegen. Warum sie weinte, sagte sie den Kindern nie.

Als Mopsa damals im August, sieben Jahre alt, vom Anwalt Adler nach Köln ins Domhotel gebracht und ihrer Mutter zurückgegeben wurde, da hatte die besonders lange geweint. Mopsa hatte in ihrem Arm gelegen und mitgeweint, weil sie müde war, nichts bei sich hatte als die Puppe und ihren Kanarienvogel und auch nicht wusste, was sie in einem Hotelzimmer mit ihrer weinenden Mutter anderes machen sollte als weinen. Fragen ging nicht. Mopsa wusste nur, dass ihr bisheriger Vater angeblich nicht der richtige war und ihre bisherige Schwester Agnes nur eine halbe. Dass dieser Mann namens Carl Sternheim mit wenig Haaren, dichtem Schnurrbart, glänzenden Augen und starkem Parfum, der schrie, wenn er mit ihr spielte, morgens nie zum Arbeiten ging, nur ein Zimmer weiter, ihr richtiger Vater sein sollte und dieser zwei Jahre jüngere Klaus ihr ganzer Bruder.

Er nehme den Sechsuhrzug zurück nach La Hulpe, hatte Carl Sternheim angekündigt. Es waren nur zwanzig Kilometer von der Brüsseler Stadtmitte bis hier heraus. Um halb acht sollte serviert werden.

Wer ist das, den du mitbringst?, hatte Mopsa den Vater gefragt.

Ein Arzt, der Gedichte schreibt. Ein deutscher Militärarzt, hatte er gesagt. Wir wollten ihn seit langem einladen, er ist schon vierzehn nach Brüssel gekommen. Aber du weißt ja –

Sie wusste und roch und sah und hörte, als wäre es jetzt. Schweißnass, das bleiche Gesicht blutig verschrammt, war der Vater am fünften August vierzehn ins Esszimmer gestürmt. Kommt, kommt. Wir müssen fliehen. Jetzt! Alle Deutschen müssen fort! Nichts mitnehmen. Gar nichts. Nur fort! Fort! Fort!

Sie ließen das Roastbeef stehen, die Fliegen fielen sofort darüber her.

Die Flucht war grässlich gewesen. Bahnhöfe schwarz von den Krähenschwärmen der Menschen, um die Billettschalter herum Prügeleien, die Züge voll vom Zwiebelgestank der schwitzenden Leute, voll von Geschrei, Gejammer und Gestöhne. Satzfetzen flogen durch die Waggons: Mit dem Stiefel in den Bauch, mit dem Kopf an die Mauer, mit der Faust ins Gesicht, halbtot geschlagen liegenlassen.

Dann endlich das Bahnhofshotel in Roosendaal, Niederlande, saubere große Betten, frisches kaltes Wasser. Deutschlanddeutschland, wir müssen heim nach Deutschland, die Stimme der Mutter, heiser in der Hitze. Mopsa war froh gewesen, dass sie dem Vater nicht gehorcht und ihre liebste Puppe mitgenommen hatte. Ein Loch am Scheitel hatte sie ohnehin, und die Naht am Bauch war geplatzt.

Warum sie halsüberkopf geflohen waren, verstand Mopsa nicht. Von Ultimatum und Vertragsbruch und vom Einmarsch deutscher Truppen hatte sie die Erwachsenen reden hören, begriffen hatte sie nichts, und erklärt hatte ihr niemand etwas.

Seit Mai letzten Jahres waren sie wieder hier, seit dem Sommer in dieser Villa mit zwölf Zimmern, die Mansarden nicht mitgerechnet. Vom Krieg wusste Mopsa nun mehr. Sie wusste, warum aus der Ferne Kanonendonner zu hören war. Die Front, an der deutsche Soldaten auf französische und französische auf deutsche schossen, lag nur eineinhalb Stunden Zugfahrt entfernt. Sie wusste, dass die Deutschen Belgien besetzt hatten und sich Brüssel nun Etappe nannte. Etappe hieß: Station für jede Art von Versorgung. Essensvorräte, Rucksäcke, Waffen, Verbandsmaterial. Und Etappe hieß, dass hier im Lazarett die Verwundeten gepflegt wurden und die Militärs sich zwischendrin kurz vom Krieg erholten. Oder auch das letzte Mal.

Militärarzt. Der Gast war vermutlich einer, der sich um die Kriegsversehrten kümmerte. Und Dichter. Der Vater war Dichter, die Mutter schrieb gerade ihre erste Erzählung, unter den Freunden und Bekannten der Eltern waren ebenfalls einige Dichter. Alle redeten sehr viel, von sich und ihrem Werk und ihren Feinden, alle waren irgendwie aufgeregt, wurden sehr laut und dann schlagartig wieder leise, und den meisten kamen schnell die Tränen. Verließen sie das Haus, standen leere Weinflaschen herum und volle Aschenbecher, und der Vater zeterte, für die neuen Bücher sei kein Platz mehr vorhanden.

Ein Arzt war etwas anderes, etwas ganz anderes.

Im ersten Sommer mit ihrer Mutter, dem richtigen Vater und dem ganzen Bruder in Westende hatte sie am Strand im seichten, knöchelhohen Wasser mit Eimern und Sandschaufeln geläppert. Aus dem Hinterhalt hatte die Welle sie überfallen, ihr die Füße weggerissen, sie unter Salzwasser begraben. Das schmeckte sie noch, sonst wusste sie nichts mehr, nur dass auf einmal kalkweiß das Gesicht der Mutter über ihr gewesen war. Sie habe nur Wasser geschluckt, hatte Mopsa gesagt, nicht viel.

Trotzdem hatte Thea Sternheim die Tochter zum Arzt gebracht.

Er sah Mopsa aus Augen an, die kein Mensch hatte, den sie kannte. Der falsche Vater nicht, der richtige nicht, die Mutter nicht, der ganze Bruder nicht. Kalt und hell und fest blickten sie. Seine Lippen waren dünn und trocken, fest geschlossen. Alles an ihm war verlässlich. Die Laune ihres Vater konnten von einer Sekunde auf die nächste umschlagen, von jubellustig in zornzitternd. Mopsa hatte dem Arzt zugesehen, wie er die sauberen Hände wusch, einseifte, rieb, gründlich abspülte. Und dann noch einmal einseifte, rieb, gründlich abspülte. Etwas Kaltes berührte ihren Rücken. Einatmen und Luft anhalten, sagte der Arzt. Sie atmete ein und hielt die Luft an. Noch mal, tiefer, sagte er, sie atmete tiefer ein. Und ausatmen, sagte er. Das Kalte am Rücken wanderte. Einatmen. Und ausatmen. Das Kalte wanderte weiter. Einatmen. Und ausatmen. Einatmen. Und ausatmen. Einatmen. Und ausatmen.

Mopsa wollte bleiben.

Du bist doch gut aufgehoben, sagte der Arzt.

Nein, sagte Mopsa.

Als sie hinausgingen, weinte die Mutter.

Ein Arzt, sagte das Dienstmädchen zu Mopsa. Er ist Arzt, hat der Herr Sternheim gesagt. Für Haut- und Geschlechtskrankheiten, hat er gesagt.

Das Mädchen deckte für drei. Das Monogramm auf dem Besteck, den Kristallgläsern, den Servietten war nicht CS für Carl Sternheim, sondern AB für Agnes Bauer, die tote Mutter von Thea; im Jahr von Mopsas Geburt war sie gestorben, der Großvater im Mai danach.

Dass alles, was an Geld und Kunst und Ausstattung vorhanden war, aus Theas Familie stammte, und wie viele Millionen sie mit ihren beiden Brüdern geerbt hatte, das wusste Mopsa nur, weil sie gelernt hatte, flach und lautlos zu atmen. Hinter Paravents, Kaminschirmen, Vorhängen, im Dreieck zwischen Wand und geöffneter Tür.

Jeden Abend betete die Mutter mit ihr und dem Bruder das Vaterunser. Thea schloss dabei die Augen, Mopsa starrte auf die Lippen der Mutter.

Und vergib uns unsere Schuld, wie auch wir vergeben unseren Schuldigern.

Das sollte wohl zum Beichten verlocken. Mopsa fühlte sich wohl beim Verschweigen. Ihrem Kanari hatte sie vieles erzählt. Er war davongeflogen. Was sie im Kopf einschloss, das gehörte ihr, nur ihr. Sie würde es überallhin mitnehmen können, sollte sie wieder zum falschen Vater zurückgeschickt werden, der sieben Jahre lang der richtige gewesen war.

Und die Mutter?

Vor gut einem Monat, kurz vor Silvester, war ein Telegramm abgegeben worden, für Carl Sternheim. Er hatte es auf dem Esstisch liegenlassen. Auch Mopsa hatte es gelesen. *WUNSCH FUER NEUES JAHR: MEHR ZAERTLICHKEITZEIT MIT DIR: KUESSE M.*

Thea hatte die Tür zu seinem Schreibzimmer nicht hinter sich geschlossen. Mopsa hörte es genau. Ich schwöre dir, so wie ich in meinem Leben zweimal fortgelaufen bin, laufe ich auch zum dritten Mal fort. Von dir fort, um allein sterben zu dürfen.

Hatte der Besuch des Arztes irgendetwas mit den Eltern zu tun? Haut- und Geschlechtskrankheiten –
Die Konversationslexika standen in der Bibliothek. Band FRU bis GOS. *Geschlechtskrankheiten: diejenigen krankhaften Zustände der äußeren Geschlechtsorgane, die Folge eines unreinen Beischlafes sind.*
Schlaf, ja. Aber Beischlaf? Band BED bis BRN stand so, dass sie die Leiter verschieben musste. Da hatte sie die Mutter kommen hören.

Das Abendessen für die Kinder war in der Küche aufgetischt worden. Am Bett kein Vaterunser heute. Mopsa lag da, eine Hand über die Bettkante hinausgestreckt, in der Hand einen Löffel. Den Bettvorleger hatte sie eingerollt. Das Scheppern auf dem Parkett musste sie wecken, wenn der Schlaf den Löffel aus der Hand fallen ließ.

Um acht waren die beiden noch immer nicht da.

Um halb neun hörte sie, wie der Vater unten lachte. Sie stand auf. Durch den Türspalt konnte sie sehen, was in der Diele vor sich ging.

Groß war der Gast nicht, kleiner als ihr Vater. Schwerer war er bestimmt. Mopsa dachte an den Wolf im Märchen, der Steine gefressen hatte. Der Scheitel in seinem kurzen dunkelblonden Haar sah aus wie mit dem Lineal gezogen. Thea Sternheim kam von rechts in die Diele. Der Gast verbeugte sich, gab ihr die Hand und verbeugte sich wieder.

Benn, sagte er und schlug die Hacken zusammen.

Benn, Benn, Benn. Der Name hatte über dem Skelett auf der nackten Leiche und dem Wort *Morgue* gestanden.

Bevor sich unten die Türen schlossen, hörte sie noch kurz die Stimme ihrer Mutter.

Riesling aus dem Rheingau, ein guter Jahrgang.

Dann seine Stimme. Ihm genüge auch ein Bier, sei ihm sogar lieber.

Die Erwachsenen waren verschwunden, als sie in ihrem bodenlangen Flanellnachthemd das Treppengeländer hinunterrutschte.

Ein fremder Geruch hing in der Diele.

Du hast keine gute Nase. Du hast eine zu gute Nase, hatte der Vater gesagt, als sie auf seinem Schoß gesessen und gefragt hatte, warum er genauso rieche wie ihre Klavierlehrerin.

Und nun: feuchte Mauern, kalter Zigarettenrauch, Kölnisch Wasser und noch etwas Beißendes, das sie von irgendwoher kannte und das ihr nicht unangenehm war, im Gegenteil.

Hinter der Esszimmertür hörte Mopsa Namen, die sie kannte, Hölderlin, Werfel, Thomas Mann. Die Stimme des Gastes war höher als die des Vaters, aber sie erregte sich nicht.

Mopsa öffnete die Tür.

Er saß auf dem Stuhl, ohne sich anzulehnen. Die graue Anzughose war hochgerutscht, er trug schwarze, harte Schnürstiefel. Zum Anzug!

Mopsa wusste, dass sie jetzt nur ihren Vater ansehen durfte, nur ihn und unverwandt.

Auf seinem Schoß saß sie Benn gegenüber. Seine Hände waren fast weiß, die Finger dick, die Nägel extrem kurz geschnitten, die Handrücken an den Knöcheln schrundig, vielleicht zu oft gewaschen. Ehering trug er keinen. Seine Zähne waren hell und stark und standen auffallend gerade. Seine Augenlider hingen herab, das linke Lid noch tiefer als das rechte. Er bewegte das Gesicht beim Sprechen kaum. Die Lider hob er nicht an, ganz gleich worüber er sprach und wohin er schaute. Auch seine Stimme erhob sich nicht.

Was meinen Sie mit Schicksalsjahr?, fragte Benn und schaute dabei Mopsa ins Gesicht.

Die Sintflut, sagte Thea Sternheim, hat am siebzehnten Tag des zweiten Monats begonnen, aber sie hat auch an einem siebzehnten im siebten Monat geendet. Siebzehn ist die Zahl des Überwindens. Noch ist es Zeit, den mörderischen Galopp aufzuhalten.

Benn sah die Mutter an. Da der Krieg einmal da ist, muss er ausgekämpft werden. Milde ist in keiner Hinsicht am Platz. Er sprach, als redete er vom Wetter.

Mopsa sah es flackern in Theas Gesicht. Bei dem Gesicht wusste keiner, was kam. Tränen oder Lachen oder Angriff.

Ach, sagte Thea, – ach, meinen Sie?

Ob Benns Vater beim Militär gewesen sei, fragte der Vater.

Nein, protestantischer Landpfarrer in der Westprignitz. Die Mutter Genferin, Calvinistin. Aufgewachsen bin ich unter dem weiten Himmel von Sellin in der Neumark mit Begriffen wie Gotteszorn, Vaterlandsliebe, Pflichtundschuldigkeit, sagte Benn.

Er nahm vom Brot. Das Endstück. Langsam brach er es, wischte den geleerten Suppenteller damit glänzend sauber und kaute es gründlich. Bei Kriegsausbruch habe er geheiratet, feine Dame, acht Jahre älter, Schauspielerin aus guter

Familie. Am Tag nach der Trauung sei er zur Truppe abkommandiert worden. Nur einmal, im Dezember vierzehn, habe ihn seine Frau in Brüssel besucht, für ein paar Tage, nicht mehr. Prompt sei sie schwanger geworden.

Das Kind? Natürlich bei der Mutter, sagte er und schaute wieder Mopsa an. Eine Tochter. Die Mutter zieht das Mädchen groß, ist auch besser so.

Thea Sternheim stand auf. Mopsa wusste, ihre Zeit hier war vorbei.

Als sie im Bett lag, sah sie an der gegenüberliegenden Wand den Rücken eines Mannes im weißen Kittel. Dort war kein Waschbecken. Aber er wusch sich die Hände, lange und gründlich. Als er sich im Dunklen umwandte und sie ansah, erkannte sie ihn an seinen hängenden Lidern. Sie hörte diese erregungslose Stimme. Einatmen. Und ausatmen. Einatmen. Und ausatmen. Einatmen. Und ausatmen.

Mopsa schlief, bis es taghell war.

Benn erschien im Salon gegen zehn, ausgeruht und gut gelaunt. Es sei das erste Mal in seinem Leben, dass ihm das Frühstück aufs Zimmer serviert worden sei, und dann auch noch auf einem Silbertablett mit Kerze.

Er schlug die Hacken zusammen. Vor dem Mittagessen müsse er in die Stadt zurück. Mit dem Zwölfuhrzug.

Unser Chauffeur bringt Sie zum Bahnhof, sagte Thea.

Benn verbeugte sich und ging treppauf.

Mopsa sah ihn von oben. Im offenen Mantel stand er an der Tür. Ein Militärmantel, dick und schwer. Draußen hörte sie den Motor laufen. Dann drin die Mutter, bevor sie noch ins Blickfeld trat, die Armreifen.

Sie legte ihre Hände rechts und links auf das harte Revers

des Mantels. Mopsa liebte sie, diese schönen, langen, weichen, weißen Hände der Mutter. Auf Benns Mantel wirkten sie fremd.

Das Jahr siebzehn, Doktor Benn, glauben Sie nicht auch, dass es ein Schicksalsjahr sein wird?

Benn antwortete nicht sofort.

Für mich war fünfzehn eines.

Fünfzehn?

An Allerheiligen fünfzehn habe ich mich mit meinem kleinen Bruder getroffen. Verdunkeltes Café in Brügge. Ich selbst kam von Brüssel, der Bruder von der Front in Flandern. Zweiundzwanzig Jahre, hundertvierzig Schlachten und Gefechte, kein Tag Urlaub seit Kriegsbeginn, immer noch nicht mehr als ein einfacher Soldat.

Thea schwieg.

Wir saßen drei Stunden da, sagte Benn. Mein Bruder glotzte stumm vor sich hin, kratzte sich manchmal, rülpste, trank und sabberte dabei. Er war völlig vertiert. Redete nichts, sah mich nicht an. Ließ die Hände unterm Tisch. Nur als ich ihn nach den Kameraden von vierzehn fragte, sagte er: Tot, alle tot. So altersgrau, so traurig der Junge, das vergesse ich nicht.

Benn knöpfte seinen Mantel zu.

Kurz darauf sei der kleine Bruder in Galizien gefallen.

Und trotzdem ist keine Milde am Platz?, fragte Thea Sternheim. Trotzdem muss der Krieg durchgefochten werden?

Er nahm ihre Hand, verbeugte sich darüber, ohne einen Handkuss anzudeuten, drehte sich um und ging hinaus.

Hinter der Bibliothekstür, keine zehn Minuten später, die Stimme der Mutter und die des Vaters. Beide höher als üblich.

Ich? Ich ihm zu Füßen? Also ich bitte dich. Ein Lachen Theas, nicht zum Mitlachen.

… als die Cavell erschossen wurde, sagte der Vater.

Mehr konnte Mopsa nicht verstehen. Er saß offenbar weiter hinten, im Sessel vermutlich.

Wer das war, wusste sie. Edith Cavell, den Namen kannte in Belgien jeder, vermutlich auch in Frankreich, Deutschland und Amerika, seit die englische Krankenschwester am Stadtrand von Brüssel standrechtlich erschossen worden war. Es war eine Heldengeschichte, die man Kindern erzählte. Die Cavell hatte belgische, englische, französische Kriegsverwundete heimlich gesund gepflegt in ihrer Krankenschwesternschule und geholfen, dass sie heimlich über die Grenze in die Niederlande kamen.

Die Soldaten hatten ihr dafür gedankt, dass sie nun an der Seite der Franzosen oder Engländer wieder gegen die deutschen Feinde kämpfen konnten, schriftlich hatten sie ihr gedankt. So waren die deutschen Besatzer in Brüssel dahintergekommen.

Spionin Edith Cavell: zum Tod verurteilt wegen Hochverrats. Das wusste Mopsa wie jedes Kind.

Nur: Was hatte dieser Doktor Benn damit zu tun?

… als Sanitätsarzt, hörte sie den Vater von hinten. Seine Pflicht.

… dass er von Amts wegen bei der Erschießung sein musste, hörte sie die Mutter weiter vorn. … den Tod feststellen, aufpassen, bis sie im Sarg lag.

Aber wie er das erzählt hat. Das war wieder Carl.

Mit der Sachlichkeit eines Arztes, der eine Leiche seziert. Das war Thea.

Wie ein Henker, der richtig findet, was er tut. Der Vater musste nun direkt bei ihr stehen.

So einig hörten sich die beiden selten an. Küssten sie sich etwa?

Nein, das kam aus der Küche.

Am nächsten Morgen war es im Salon so still, dass Mopsa annahm, der Vater bleibe den Tag über im Bett. Vor drei Tagen hatte sie hinter dem Kaminschirm gehört, wie er gesagt hatte, seine Nerven seien zerrüttet. Dann passen sie zum Zustand unserer Ehe, hatte die Mutter gesagt. Zerrüttete Gemäuer kannte Mopsa aus ihren Büchern. Manchmal hingen dort noch Kronleuchter von der Decke. Zu retten waren sie aber nie.

Die Tür war nicht ganz geschlossen. Carl Sternheim saß im seidenen Morgenmantel neben seiner Frau auf dem Sofa und blätterte in einem schmalen Band. War es schon wieder der mit Skelett und Leiche?

Man rennt bei diesem Mann mit dem Kopf gegen eine Mauer, sagte Thea Sternheim. Jede Verständigung mit ihm ist aussichtslos.

Aber seine Sprache, mein Gott! Benn ist Frühling für die Dichtung, sagte der Vater.

Ja, es ist unglaublich. Wie bei ihm der Wortschatz ins Blühen kommt.

Die Stimme der Mutter klang so weich wie fast nie.

Hör nur!

Der Vater hielt den Band vor sein Gesicht. Es war der mit der Leiche.

Hör nur!

Dann lag auf Kissen dunklen Bluts gebettet
der blonde Nacken einer weißen Frau.
Die Sonne wütete in ihrem Haar
und leckte ihr die hellen Schenkel lang ...

Bah, wie jedes Wort auf einem Hochseil balanciert! Und du spürst, dass es ihm niemals abstürzen wird. Oder hier weiter unten …

Sie aber lag und schlief wie eine Braut:
am Saume ihres Glücks der ersten Liebe
und wie vorm Aufbruch vieler Himmelfahrten
des jungen warmen Blutes.
Bis man ihr
das Messer in die weiße Kehle senkte.

Mopsa verstand kein Wort und meinte doch, alles zu verstehen. Sie starrte durch den Türspalt, sah, wie die Hände ihrer Mutter ein Sofakissen umklammerten und es pressten, fest, noch fester pressten, als sollte Saft aus den Federn tropfen oder irgendetwas anderes. Was knisterte hier? War das sie selbst? Das Knistern wurde lauter.

Auf ihren Wollsocken schlitterte Mopsa den Flur zurück zum Treppenhaus. In ihrem Zimmer knisterte sie noch immer. *Man rennt mit dem Kopf gegen eine Mauer.* Eine Mauer. Eine Festung. Dieser Mann mit Namen Benn in seinem harten dicken Militärmantel war eine Festung, stark und stur und uneinnehmbar.

In der Nacht wurde Mopsa oft wach. Hörte Züge durchrattern, lange Züge offenbar, schwere Züge. Von denen, die nur die Strecke La Hulpe–Brüssel zurücklegten und wieder zurück, war in der Villa Clairecolline kaum etwas zu vernehmen, außer wenn sie bremsten und wenn sie wieder anfuhren. Diese Züge hielten nicht an. Was transportierten sie, mitten in der Nacht?

Material, sagte die Mutter um acht Uhr morgens und strich Butter auf ihr getoastetes Brot, kratzte, was nicht wegschmolz, ab und schmierte es auf eine weitere Scheibe.

Material, weißt du –

In diesem Augenblick trat Carl Sternheim ein. Menschenmaterial, sagte er. Frisches wie mürbes, glattes wie pickliges, christliches wie jüdisches. Egal, was kommt. Die Front frisst alles.

Er schrie nicht, er schimpfte nicht, als er den einzigen Brief aufgeschlitzt und überflogen hatte. Seine Hand zitterte, als er ihn über den Tisch seiner Frau hinstreckte.

Thea blickte auf. Es lag etwas in der Luft. Mopsa legte ihren Toast auf den Teller zurück, Klaus stellte seinen Kakao ab.

Vielleicht könnte Benn …, kam es von der Mutter.

Carl Sternheim schluchzte.

Ein Attest von Benn?, fragte die Mutter.

Der Vater rotzte in seine Hände. So hatte Mopsa ihn noch nie erlebt.

Egal, was es kostet, sagte Thea.

Als in La Hulpe die Magnolien aufgingen, kam ein dicker Umschlag aus Brüssel an. Benns neuer Band mit Gedichten. *Fleisch* stand auf dem Titel.

Menschenfleisch?, fragte Mopsa, als sie das Buch sah.

Kluges Kind, sagte ihr Vater.

Sie wolle das lesen, erklärte Mopsa. Menschenmaterial, Menschenfleisch, da ging es wohl auch um den Krieg.

Ich habe dir doch *Krieg und Frieden* zu lesen gegeben, sagte ihre Mutter.

Warum soll ich ein Buch über den Krieg in Russland vor mehr als hundert Jahren lesen, wo wir hier jetzt selbst einen haben?

Das ist eine Art Bibel. Nach Tolstois Buch kannst du einmal leben.

Mopsa war bereits beim zweiten Satz hängen geblieben. *Ich*

sage Ihnen, Sie sind nicht mehr mein Freund, mein getreuer Sklave, wie Sie sagen, wenn Sie weiterhin die Notwendigkeit des Krieges abstreiten. Eine Frau sagte das, eine junge Frau zu einem älteren Fürsten.

Wollte er gern ihr Sklave sein? Und warum musste er dazu den Krieg notwendig finden?

Benn fand den Krieg offenbar auch notwendig. Musste, wer sein Freund, sein Sklave sein wollte, das ebenfalls finden?

Zwei Bände, mehr als 1600 Seiten, manche verheult.

Fleisch war ein dünnes Buch. Es hatte diesen beißenden Geruch, der auch in Benns Kleidern hing.

Am Nachmittag desselben Tages läutete der Gemeindebote. Wir müssen die Frauen, die Kinder und die Alten wegschaffen aus der Gefechtszone, sagte er. Die Sternheims sollten demnächst französische Flüchtlinge aufnehmen.

Am Wochenende standen sie vor der Tür. Zwei Greise, deren Schädel nur dünn mit Pergament bezogen waren. Eine Frau, die das Leben ausgewrungen hatte wie ihre Riesenbrüste. Mit roten Händen fuchtelte sie herum. Bitte, meine sieben Kinder, bitte. Die Älteste dort im Karren gelähmt. Macht nicht in die Hosen, wir heben sie ab, wiegt nichts, echt nichts. Das hier, bitte, das ist die Jüngste, Dolores Victoire, bitte, hat mir ein deutscher Besatzer gemacht. Verlieren wir den Krieg, heißt sie Dolores, gewinnen wir ihn, heißt sie Victoire.

Als sie ihre Mansardenzimmer bezogen hatten, roch das Treppenhaus nach Schimmel und Schweiß, nach Urin und Kohl und einem Feuer, das nicht richtig gebrannt hatte.

Mopsa war glücklich über die neuen Hausgenossen. Mit ihrem Bruder trug sie Baukästen, Puppen und Plüschtiere, Kartenspiele und Brettspiele nach oben. Nein, alles geschenkt. Doch, für immer.

Die Frau, deren Mann im Krieg war, erzählte vom Krieg.

Dass ihr Mann beim ersten Fronturlaub die Stiefel nicht mehr von den Füßen bekommen hatte. Socken und Leder waren durchnässt, gefroren, wieder aufgetaut verwachsen mit der Haut. Sie war in Fetzen abgerissen beim Rausschneiden. Sie erzählte, dass er drei, vier oder vielleicht auch sieben Wochen im Schützengraben gehockt, gewartet, gefeuert, geschlafen hatte, neben den Leichen von Kameraden, in deren Verwesungsgestank. Dass sie den Grind von seiner Kopfhaut nicht wegwaschen konnte, ihn kahl scheren und dann mit einem Spatel diese Schwarte abschaben musste. Dass er nachts oft laut schrie, und der Nachbar meinte, sie würden gestohlene Säue schwarzschlachten. Dass er beim Wiedereinrücken geschüttelt worden sei von Weinkrämpfen und so benebelt gewesen sei vom Fusel, dass er sich kaum auf den Beinen halten konnte.

Und draußen war Frühling.

Das Dienstmädchen hatte die Polster der Terrassenstühle mit Seifenlauge gebürstet und die Rattansessel mit dem Straußenfedermopp entstaubt.

Gleichgültig parfümierte der Flieder den Garten, auch im Kanonendonner aus der Ferne.

Carl Sternheim mied den Frühling. Fuhr oft weg, kam meistens erst am Tag danach wieder.

Setzte sich Mopsa auf seinen Schoß, küsste er sie nie auf die Wange, nur auf den Mund und schob dabei seine Zungenspitze zwischen ihre Lippen. Las er ihr vor, brach die Stimme weg. Seine kahle Stirn war fast immer feucht, oft fleckig. Zog sich Mopsa aus, stand er plötzlich im Zimmer. Sprach er mit Thea, erlauschte Mopsa zwei wiederkehrende Buchstaben: KU.

Was heißt KU?, fragte Mopsa.

Wo hast du denn das her?, sagte die Mutter.

Kurz vor Christi Himmelfahrt hörte Mopsa den Vater beim Betreten der Diele ins Haus rufen: Am 21. Mai kommt er zum Tee. Benn kommt zum Tee.

Drei Tage vorher traf ein Brief von Löwenstein ein, Mopsas falschem Vater.

Mopsa wusste, dass der Brief ihre Mutter erschrecken würde. Schuld war der richtige Vater.

Der Schlüssel fürs Badezimmer war verschwunden gewesen. Sie hatte von innen mit aller Kraft eine kleine Kommode vor die Badezimmertür geschoben. Der Vater hatte die Tür aufgedrückt, der richtige.

Noch am selben Abend hatte Mopsa an Löwenstein geschrieben, dass sie mit ihrem Bruder in den Kommunionsunterricht gehe, jeden Abend das Vaterunser beten müsse und sich in der Kirche bekreuzigen. Anders als Sternheim, der nur einen jüdischen Vater hatte, wollte Löwenstein, der auch eine jüdische Mutter hatte, seine Kinder nicht katholisch erzogen wissen. Wenn christlich, dann protestantisch. Es muss reichen, dass ich wegen des verdammten Familienfriedens deine Mutter katholisch geheiratet habe.

Warum hast du ihm das gepetzt?, fragte die Mutter.

Ich habe es ihm versprochen, sagte Mopsa.

Sie hatte gewusst, dass die Mutter weinen würde, obwohl der Schmerz bei ihr war.

In den meterdicken Mauern von St. Nicolas hatte sie manchmal ins Kirchenleere hinein alle Gebete aufgesagt, die sie konnte; der Hall hatte ihr geantwortet. Siebenhundert Jahre alt waren die Mauern. Brannte die Sonne außen drauf, legte sie ihre Hand darauf. Oder beide Hände. Damit war es jetzt wohl vorbei.

Benn trug denselben Anzug wie beim letzten Mal, nur ohne Mantel. Obwohl es an diesem 21. Mai sommerwarm war, hatte er wieder die schwarzen Schnürstiefel an. Wie alt er wohl war? Steif legte er ein Buch auf den Teetisch auf der Terrasse, *Gehirne* war in den Pappdeckel eingeprägt. Darunter: *Novellen*. Chlorgrün lag es zwischen den goldgeränderten Meißner Porzellantassen und den goldgeränderten Tellern mit Erdbeerkuchenstücken. Eine ungenießbare Farbe.

Mopsa hatte versucht, an Benns Bücher heranzukommen. Kaum etwas Lesbares wurde weggesperrt von ihren Eltern. Das Leichenschauhaus und das *Fleisch* hatten sie versteckt. In der Schreibtischschublade des Vaters hatte sie nur Liebesbriefe gefunden. Keiner war mit Thea unterschrieben.

Auf dem Sekretär der Mutter hatten wie üblich querformatige, linierte, gelochte Blätter gelegen. Tagebuchblätter. Niemals darin zu lesen, hatte Mopsa der leeren Kirche geschworen. In die Fächer über der Schreibfläche stellte ihre Mutter Bücher ein, die sie gerade las. Auch dort weder das Leichenschauhaus noch das *Fleisch*. Mopsas Hunger darauf war gewachsen.

Benn hatte beide Beine nebeneinandergestellt, die Füße weit voneinander entfernt. Seine Schultern, seine Knie, seine Stiefel, sein ganzer Körper ein Quader.

Kennen Sie Tolstoi?, fragte Thea Sternheim.

Für Romane dieses Umfangs fehle ihm die Zeit, sagte Benn.

Sie habe ihrer Tochter *Krieg und Frieden* zu lesen gegeben. Das ist eine Schule der Menschenkenntnis, sagte sie.

Menschenkenntnis ... war Tolstoi nicht Pazifist?, fragte Benn.

Dann zerlegte er schweigend seinen Kuchen in exakt gleich große Stücke.

Mopsa hatte sich in den letzten Wochen weiter vorgekämpft durch Taftgeraschel, Degenklirren, Schlachtenschlamm und Bankettgeraune, Gutshofdreck und Porzellankabinette und unzählige russische Namen.

Natascha ist vierzehn, als sie zum ersten Mal mit Andrei tanzt, sagte Mopsa und fixierte Benn. Gesehen hat sie ihn schon mit zwölf und ist von da an verrückt nach ihm.

Was ich gern sehen würde, sagte Benn, sind Ihre van Goghs.

Der Garten von Arles. Die Mutter hatte ihre Vaterunserstimme. Dieses Gelb seiner Pein, dieses Grün seiner Hoffnungen, dieses Lodern zu Gott.

Mopsa sah ihren Rücken im weißen Kleid, den Kopf zu Benn geneigt, daneben grau gemauert Benn, ganz Senkrechte, rechts der Vater, ein aufgezogenes Spielzeug, rastlos ratternd.

Hat sich selbst eingeliefert in die Heilanstalt, heißt es, sagte Benn.

Neinnein, das ist der öffentliche Garten, nicht der beim Irrenhaus von Arles, hörte Mopsa den Vater.

Minutenlang schwieg Benn das Bild an. Dann baute er sich vor dem Selbstporträt auf. Mopsa fürchtete sich davor. Das räudige Fuchshaar, der räudige Fuchsbart, der Mund ein wunder Fleck darin. Vor allem die Augen, kaltgrün, und dieser Misstrauensblick aus den äußersten Winkeln.

Facies alcoholica, sagte Benn. Absinth, nicht wahr? Grün wie die Augen.

Mopsa verstand nichts.

Die Droge, der Alkohol – das ist der Antichrist, seufzte die Mutter. Er gebiert Lug und Trug.

Benn sagte nichts.

Auf der Terrasse zog er ein Metalletui aus der Brusttasche. Ob hier im Freien Rauchen erlaubt sei? Er zündete sich eine Zigarette an. Kann auch helfen, die Droge, sagte er schließlich. Macht das Trübe hell, das Kalte warm. Löst Hindernisse auf und Angst und Schmerzen ... für eine Weile.

Mopsa lehnte neben der Mutter. Die weißen Hände auf dem weißen Schoß krampften ineinander. Sie sah auf zu Mopsa, zwinkerte, schob sie weg, Zeichen, hineinzugehen oder einfach woanders hin.

Der helle Blick traf Mopsa unerwartet. Wir reden von sogenannten Rauschmitteln, sagte Benn. Und dann im selben Ton, den Kopf ein wenig zu Carl Sternheim gedreht, ohne ihn anzuschauen: Rechnen Sie mit einem Termin im Juni. Allerdings sind mit dem Fortschreiten des Krieges die Chancen geringer geworden, ausgemustert zu werden. Das letzte Mal ist keiner der Gemusterten für KU erklärt worden.

Was heißt KU?, fragte Mopsa.

Kriegsuntauglich, sagte Benn.

Mopsa sah dem Vater zu, wie er fuchtelnd um sein Leben rannte durchs Wörterbuch der Krankheiten. Masernmumpswindpockenkeuchhustenscharlach ...

Benn rauchte und schwieg.

Spanischegrippegürtelrosezahnabszessmittelohrenentzündungundohnmachtartigeanfälle ...

Nur artig, stoppte ihn Benn, ohnmachtartig.

Wenn ich die Zeitung lese, zittern meine Hände, und ich kann nachts nicht mehr schlafen. Die Stimme des Vaters schlingerte.

Warum lesen Sie dann Zeitung?, fragte Benn, drückte seine Zigarette aus und nahm die nächste. Sternheim solle zu ihm in die Praxis kommen, zu einer umfassenden Untersuchung.

Dann wandte er sich Mopsa zu. Ich weiß, du bist zwölf, sagte er.

Er durfte ihre Glut nicht sehen. Sie rannte davon.

Benn brach schon am frühen Abend auf, lange bevor es dämmerte. Mopsa hörte seinen Tenor in der Diele. Sofort war sie an der Tür.

Dann die Stimme von Thea. Das kostbarste? Für mich ... Sie lachte unlustig. Nein, kein van Gogh. Das Kinderbildnis meiner Mutter.

Klirren, Gezeter, Scherbenfegen aus der Küche.

Jetzt wieder Benn. Meine? Die ist auch tot.

Wieder dieser Küchenlärm.

Verstorben? Nun ... eher verreckt, hörte sie Benn. Siebzehn Tage lang hat sie sich in den Tod geschrien, bis der Kehlkopf aufgab. Mein Vater hat mir verboten, ihr Morphium zu geben.

Stille.

Mopsa öffnete geräuschlos die Tür. Erstarrt standen die beiden sich gegenüber. Das weiße Sommerkleid ihrer Mutter aus vereistem Schnee, Benns grauer Anzug aus Granit. Laue Luft wehte durch die offene Haustür den Geruch von frisch gemähtem Gras herein.

Morphium, was war das?

Die Mutter bekreuzigte sich.

Aus religiösen Gründen, sagte Benn. Er riss die Rechte von Thea Sternheim zu seinem Mund hoch, hielt sie dort kurz fest, drückte seine Lippen direkt auf den Handrücken, ließ die Hand fallen, als wäre sie zu heiß. Dann schlug er die Hacken zusammen und wandte sich zum Gehen.

Eine halbe Stunde nach dem Vaterunser glitt Mopsa nochmals nach unten.

Offenbar redeten sie von Benn. Die Mutter sagte irgendetwas von Retter in der Not. Dann der Vater, schwer zu verstehen. Trank er nebenher? Drähte ... die Kommission ... schließlich nicht nur ein Prostituiertenarzt.

Am Kopfende und Fußende von Mopsas weißem Schleiflackbett hatte die Mutter Puffer anbringen lassen, damit Mopsa sich nachts nicht stieß. Sie hasste diese Puffer. Allmählich entdeckte sie überall welche. Unsichtbare vor allem. Keine Schule, nein: Hauslehrer. Stadtfahrten erledigte Thea fast immer ohne die Kinder. War es unvermeidbar, sie mitzunehmen, hieß es oft: Schaut weg. Mopsa musste hinschauen, wenn Männer sich in die Straßenbahn mühten, die nur ein Bein hatten oder nur einen Arm. War die Mutter allein unterwegs gewesen, stand in ihren Augen der Schrecken. Zeitungen? Nichts für Kinder. Die Flüchtlinge waren nach wenigen Wochen wieder aus den Mansarden verschwunden. Mopsa hatte geweint. Die Mutter hatte sie beinahe erstickt mit ihrer Umarmung und ihren Küssen. Ich will doch nur dein Bestes.

Das ist ja das Schlimme. Mopsa hatte es nur gedacht.

Um drei wurde es Tag. Es roch nach gemähtem Gras, und die Amseln sangen in die Stille hinein, als herrschte Frieden. Gegen sechs fing Carl Sternheim an zu schreien. Zwei Stunden später brachte das Mädchen auf einem Tablett Honig, Kakao und Croissants aufs Zimmer. Ihr sollt heute hier oben frühstücken.

Der Vater schrie noch immer. Durch die Fensteröffnung flogen von unten Brocken in Mopsas Zimmer. Benns Brief! Dann noch einmal: Wo ist Benns Brief? Hindenburgkommission. Fleischbeschau. Henker im weißen Kittel. Gedient, was heißt gedient? Schicksalsjahr. Letztes Aufgebot. Schlachtbank.

Gegen neun war der Vater heiser.

Gegen zehn sah Mopsa die Eltern im offenen Wagen die Rue de Genval nach Norden fahren. Was hatten sie vor in Genval? Ein hässlicher Bahnhof, alte Leute, die nur schlafen und essen wollten, und im See von Genval mit drei schwarzen Schwänen war Baden verboten.

Mopsa sah dort, wo Genval lag, ein Wetter aufziehen.

Der neue Hauslehrer trug das glatte Haar fast schulterlang, mit Fransen in der Stirn wie eine Frau, und kämmte es selten. Clément Pansaers lief meistens in Sandalen herum, auch wenn es kalt war. In geschlossenen Schuhen könne er nicht frei denken. Seine Finger glichen den Opferkerzen in der Kirche, nur die Handballen waren immer gerötet, beten lehnte er jedoch ab. Die Helden des Hauslehrers waren nicht die der Geschichtsbücher. Sie hießen Baudelaire, Rimbaud, Mallarmé und neuerdings Tristan Tzara. Seiltänzer der Syntax, Sonnenkönige der Vokale, nannte er sie. Auf jede Frage der Welt hat die Dichtung eine Antwort, sagte Pensaers.

Als er an diesem Morgen kam, musste am helllichten Tag, dem zweitlängsten Tag des Jahres, Licht gemacht werden.

Keine Angst, sagte Pansaers zu den Sternheimkindern.

Was machen sie mit meinem Vater?, fragte Mopsa.

Sie untersuchen, ob er gesund genug ist, um sich erschießen zu lassen, sagte Pansaers.

Mopsa fror. Trotz allem, der Vater im Krieg? Die Mutter würde in ihren Tränen ertrinken, und wenn die Mutter ertrank, würde auch Mopsa ertrinken beim Versuch, sie an Land zu ziehen.

Anakreon, sagte Pansaers, war ein großer Dichter im fünften Jahrhundert vor Christus. Er hat geschrieben: Lieber besoffen am Boden liegen als tot.

Zu dritt saßen Klaus und Mopsa und in der Mitte Pansaers auf dem Sofa im Salon und schauten auf den Maler mit den grünen Augen.

Der Hauslehrer zog eine Flasche aus der rechten Tasche seiner Samtjacke, ihr flacher Leib mit Leder bezogen, ihr Kopf aus Silber, ihr Glashals grün. Aus der linken Tasche fischte seine Hand drei eierbecherkleine Gläser. Eines für Klaus, eines für Mopsa, eines für ihn selbst. Randvoll mit Jadegrün, verteilte er sie.

Macht das Dunkel hell und die Kälte warm, sagte Pansaers.

Es schmeckte süß und bitter. Nach dem zweiten Glas hatte sich Mopsas Angst vor dem Blick des Malers aufgelöst in Nichts. Klaus war auf die Kissen gekippt und regte sich nicht mehr.

Aus dem Barschrank mit den Wurzelholzaugen, die unter den Augen van Goghs ins Zimmer glotzten, nahm Pansaers zwei hohe Gläser, füllte sie zu einem Drittel aus seiner Flasche und spritzte Wasser aus dem azurblauen Siphon darüber. Nun war das Jadegrün milchig.

Er sei nicht ihr Lehrer, er sei ihr Freund, hatte Pansaers den beiden an seinem ersten Tag gesagt.

Was ist ein Prostituiertenarzt?, fragte Mopsa.

Er war hier, ich weiß, kicherte Pansaers. Deine Eltern beten ihn an, diesen Eisklotz.

Und auf einmal waren sie da. Wo hatte der Hauslehrer sie her? Benns weggesperrte Bücher lagen auf seinem Schoß.

Er schlug *Morgue* auf.

Der Arzt, las er in seinem Deutsch, das immer vernebelt klang.

Mir klebt die süße Leiblichkeit
wie ein Belag am Gaumensaum.
Was je an Saft und mürbem Fleisch

um Kalkknochen schlotterte,
dünstet mit Milch und Schweiß in meine Nase.
Ich weiß, wie Huren und Madonnen riechen
nach einem Gang und morgens beim Erwachen
und zu Gezeiten ihres Bluts –

Es rauschte in Mopsas Ohren wie die Flügel der Erzengel, von der Mutter als Kinderschutzgeister beschworen. Die Flügel trugen sie hoch über eine Landschaft, in der sich im Takt der Worte Menschen bewegten, ameisenklein. Sie verdroschen und küssten sich, zerfleischten und umarmten sich, sie flanierten und stürzten, rannten davon, hackten Holz und tanzten. Alles im Takt der Worte.

Mehr, sagte sie, als er endete, bitte mehr.

Die Mutter stand in der Tür des Salons. Sie verströmte einen Geruch, den Mopsa von ihr nicht kannte. Nur aus den Zügen auf der Flucht vor drei Jahren.

Pansaers schoss hoch.

Und? Wo ist er?

Legt sich ins Bett, sagte Thea Sternheim.

Die Gläser und Benns Bücher auf dem Parkett sah sie nicht. Ihre Augen waren zugeschwollen. Ihr Haar klebte am Kopf.

Er ist dort in Ohnmacht gefallen.

Und?

Zuerst einmal nicht, sagte sie. Gnadenfrist. Benns Brief, vielleicht war's das. Aber es bleibt ungewiss.

Noch immer war es Tag draußen, als Thea Sternheim gebadet und geölt neben ihrer Tochter auf dem Bett lag. Ihre linke Hand und Mopsas rechte ineinander, ihr Atem ineinander, ihre Haare ineinander. Der Veilchenduft von Theas Parfum umfing sie beide. Mopsa blickte zur Zimmerdecke. Ins Weiße zu sprechen war einfacher

Rettet er ihn?
Vielleicht.
Ich glaube daran, dass er ihn rettet.
Ihre Mutter schwieg und atmete sehr ruhig.
Dass er uns alle rettet.
Die Brüste der Mutter hoben und senkten sich gleichmäßig.
Das Gleichmäßige, so selten. Wie wohl das tat.
Weil er gebaut ist wie St. Nicolas, sagte Mopsa leise.
Sie hörte das Lächeln der Mutter. Warm flutete das Gefühl des Verschworenseins durch Mopsas Körper.
Ich weiß, wie Huren und Madonnen riechen, flüsterte sie.
Um Gottes Willen! Die Mutter setzte sich auf den Bettrand, packte die Tochter an den Oberarmen, zerrte sie hoch. Das war Pansaers!
Mopsa schwieg, die Lider zusammengekniffen.
Es war Pansaers, ja? Ja?
Mopsa schüttelte den Kopf.
Das Gesicht der Mutter kam näher. Mopsa sah es nicht, sie spürte es. Wonach riechst du?
Mopsa schwieg. Vor dem Angesicht van Goghs hatte sie einen Eid ablegen müssen.
Hauch mich an!
Mopsa ließ sich schlaff werden im Klammergriff der Mutter.
Was hast du getrunken?
Die Milch des Paradieses hatte Pansaers das undurchsichtig Hellgrüne im hohen Glas genannt. Wie schön.
Mopsas Lippen waren versiegelt.
Es tropfte. Die Augen der Mutter liefen wieder einmal über.
Du wirst von nun an Heimlichkeiten vor mir haben, wie dein Vater, sagte sie.
Nein, sagte Mopsa. Werde ich nicht.

Und während die Mutter das Vaterunser sprach, betete Mopsa das Vokabular des Ekels herunter, spazierte an der Hand des Doktor Benn durch das, was er in berauschenden Wörtern besang. Durch das Leichenschauhaus, wo jemand dem ersoffenen Bierfahrer eine Aster zwischen die Zähne geklemmt hatte. Durch die Krebsbaracke mit zerfallenden Schößen und Brüsten und durch den Saal voller kreißender Frauen, wo gerade ein Kind in die Welt gepresst wurde.
Schließlich kommt es: bläulich und klein.
Urin und Stuhlgang salben es ein.
Jedes Wort erregte Anstoß. Und sie stieß sich und spürte sich.

Beseelt von diesem Schmerz, versank Mopsa in einem Schlaf, den ihre Mutter bis in den Morgen suchte.

Am 12. Juli fuhr frühmorgens scheppernd ein Karren vor den Eingang von Clairecolline.

Hausrat für Waffen!, krähte einer, der den Karren das letzte Wegstück hügelauf angeschoben hatte. Kupfer für den Sieg!

Die Mutter half dem Dienstmädchen und der Köchin, die kupfernen Töpfe, Pfannen und Kasserollen ins Freie zu schleppen. Mopsa hatte sie die Gießkannen für Zimmerpflanzen in den Arm gedrückt.

Pansaers war gerade erst gekommen. Er lehnte außen neben der Haustür. Hat Ihnen der Doktor den Kriegswahn in die Venen gespritzt?, fragte er. Bisher waren Sie und Ihr Mann doch dagegen.

Thea Sternheim überhörte ihn.

Wozu die Leute die Kupfersachen bräuchten, fragte Mopsa, während sie die Gießkannen zum Karren hochreichte. Wurden die verkauft, um Waffen einzukaufen?

Später, sagte die Mutter und lief zum Haus zurück.

Mopsa fand sie in der Küche. Sie nahm gerade den Wasserkessel aus dem Schrank. AB stand in verschlungenen Buchstaben auf seinem Bauch. Thea Sternheim hielt inne.
Mopsa stieß ihr ins Kreuz. Wozu?
Die Mutter schreckte auf. Jetzt ist dafür keine Zeit. Sie verschwand, mit dem Kessel.
Pansaers erschien wie aus dem Nichts in der Küche.
Für Geschosshülsen, sagte er. Wird alles eingeschmolzen. Was bisher für Tee und Suppen gut war, ist jetzt zum Morden recht.
Zwei Tage später schnappte Mopsa ein neues Wort auf. Senfgas. In der Nacht vom 12. auf den 13. Juli hatten die Deutschen mit Senfgas gefüllte Granaten auf ihre Gegner abgeschossen. Wie Verbrennungen der ärgsten Art … grauenvoll … Schmerzen zum Sichtotschreien … Haut löst sich ab … Benn hat zu tun.
Kam er deswegen nicht mehr zu Besuch?

Den Herbst zu unterhielten sich Thea und Carl Sternheim nur noch hinter geschlossenen Türen. Nachdem der Vater pfeifend von einer Stadtfahrt zurückgekommen war, hörte Mopsa die Mutter schluchzen und den Vater ins Schluchzen reinsagen: Alle Männer sind so. Jede Frau weiß das. Bloß du regst dich darüber auf.
Die Mutter sagte nur: Ich kann für immer gehen, aus der Welt gehen, wenn dir das hilft.

Immer mehr Nachmittage verbrachte Mopsa mit Pansaers, wenn die Eltern auf einer dieser Fahrten waren. Für gutes Lernen am Vormittag belohnte er die Kinder mit der Milch des Paradieses. Sackte Klaus aufs Kissen, weihte Pansaers Mopsa ein in die Sakramente des Doktor Benn. Als Einheimischer, in Brüssel zu Hause, wusste der Hauslehrer vieles über ihn, selbst mitbekommen oder von anderen gehört. Kriegslazarett IV, viertausend Betten, nur für Geschlechtskranke, belgische Fabrikarbeiterinnen vor allem.

Zum Heulen, sagte Pansaers, arme Weiber, die sich für einen Hungerlohn an Soldaten verkauft hatten. Am Anfang hatte Benn mit Freiraum geaast, in einem Elf-Zimmer-Haus, von den Deutschen beschlagnahmt, allein mit einem Burschen. Hatte nachts alle elektrischen Lampen angestellt, obwohl er nur ein, zwei brauchte. Genug Platz für Benns Geliebte, eine verheiratete Frau, gewaltig älter. Die Schnüffler vor dem Haus, vermutlich vom Ehemann bezahlt, hätten Benn vertrieben. Danach sei er in eine Pension gezogen, verrufene Gegend, heruntergekommen, aber dort habe er seine Ruhe. Es sei ihm heilig, dieses Ungeschorensein. So heilig wie das Ungerührtsein.

Mopsas direkte Fragen beantwortete Pansaers indirekt.

Wie sind alle Männer?

Pansaers Antwort kam von Benn.

Eine Frau ist etwas für eine Nacht!
Und wenn es schön war, noch für die nächste!
Oh! Und dann wieder dieses Bei-sich-selbst-sein!
Diese Stummheiten! Dies Getriebenwerden!
Eine Frau ist etwas mit Geruch ...

Pansaers atmete tief.

Darin ist Süden, Hirt und Meer.
An jedem Abhang lehnt ein Glück.

Beim Zuhören sah Mopsa das Gesicht des Doktor Benn vor sich. Nach Glück sah nichts an ihm aus. Diese bleiernen Lider. Drückte ein Unglück sie herunter, oder hatte er sie selbst heruntergelassen?

Wenn es dunkel wurde, zog der Vater gern mit Mopsa an

der Hand um die Häuser von La Hulpe, großmächtige Häuser in großmächtigen Gärten, dazwischen ein paar niedrigbillige, die Sternheim lieber waren, man kam näher heran. Jalousien vor jedem hellen Geviert. Oft blieb der Vater stehen und sah dem Schatten zu, der sich dahinter bewegte. Ein Kleid über den Kopf zog oder eine Bluse öffnete, ein Mieder aufhakte und fallen ließ, einen Rock und dann eine Unterhose von den Hüften schob.

Im Spätsommer kam Benn tagsüber auf Kurzbesuch. Thea Sternheim hatte ein tief ausgeschnittenes Kleid an, das sie sonst nur abends trug. Nein, keinen Tee. Im Stehen kippte er ein kleines Bier auf der Terrasse und redete mit Thea so leise, dass kein Wort zu erraten war. Dann schloss er sich mit dem Vater in dessen Zimmer ein. Als er herauskam, hörte Mopsa Benns Tenor in der Diele hallen. Wie viele? Naja, zweihundert bis dreihundert jeden Vormittag, zwischen 14 und 60 ... ob die sogenannten Damen lustdienstfähig sind.

Das war alles.

Mopsa durfte Benn nur verabschieden. Dieses Mal gab er der Mutter die Hand und hielt ihre zu lang. Aber lieber Benn!, sagte sie, mit einem langen hellen i. Ein Weckruf. Trotzdem blieben die Lider drunten. Diese zwei, drei Minuten genügten Mopsa. Sie würde Benn dazu bringen, die Jalousien zu öffnen und ihr zu zeigen, was sich dahinter verbarg. Ein Glanz, davon war sie überzeugt. Vielleicht ein dunkler, vielleicht ein wahnsinniger Glanz, den keiner aushielt. Dessen Anblick umbrachte wie Senfgas. Dagegen bist du wehrlos, hatte Pansaers gesagt, völlig wehrlos. Dringt durch alles hindurch.

Pansaers wusste, wie alt Benn war. Genau ein Jahr und einen Tag jünger als ich, sagte er. Ich bin erster Mai fünfundachtzig, er ist zweiter Mai sechsundachtzig.

Als Mopsa erklärte, bei Tolstoi seien die Frauen oft zwanzig Jahre jünger als die Männer, grinste er. Du hast es eilig, älter zu werden, was?

Vierzehn waren die jüngsten Frauen, die Benn untersuchte. Sie hatte noch über ein Jahr dorthin.

In die Innenseite der Tür ihres Kleiderschranks war ein Spiegel eingelassen, fast so groß wie die ganze Tür. Bisher hatte Mopsa sich darin nur zufällig ertappt. Nun studierte sie sich. Sagte sie sich bestimmte Stellen von Benn vor, dann hoben sich rechts und links die weichen rosa Schnauzen auf ihren Brüsten. Fasste sie hin, waren sie hart.

Es brauchte aber nicht unbedingt Gedichte dafür. Es reichte, sein Gesicht vor sich zu sehen, aus dem niemand schlau wurde.

Was er so denkt, politisch, literarisch und menschlich, ist mir noch immer nicht klar, hatte die Mutter nach Benns letztem Besuch dem Vater erklärt. Das war es. Die Lügen ihres Vaters durchschaute Mopsa alle. Benn sagte glasklare Sätze und blieb undurchsichtig. Die heruntergelassenen Jalousien passten dazu.

Sie bereitete sich vor auf seinen nächsten Besuch.

Arzt für Haut- und Geschlechtskrankheiten. Was ein Geschlecht krank machte, wusste sie nicht. Aber Haut, Haut! Sie würde im Bett liegen, bis zum Kinn zugedeckt. Juckreiz, ja, am ganzen Körper. Nichts zu sehen, nein, aber kaum auszuhalten. Das Fieberthermometer würde sie hochrubbeln auf 39 Grad. Sie würde Benn nicht begrüßen können. Er würde heraufkommen, um sie zu untersuchen. Ihre Augen würden geschlossen sein, ihre Lippen leicht geöffnet, aber stumm. Und wenn er die Decke wegziehen würde, dann sähe er sie, die Hand dort, wo die Spalte war. Nackt und glatt und bronzefarben von diesem unheimlich schönen Sommer im Kanonendonner.

Wenn er sich dann über sie beugte, würde sie, ohne die Augen zu öffnen, sagen:

Fleisch, das nackt ging.
Bis in den Mund gebräunt vom Meer.

Im September wurde die Glockenschnur an der Tür der Villa Clairecolline oft gezogen.

Menschen wankten auf der Schwelle mit aufgerissenen Augen, hohl und hechelnd. Zuflucht, bitte, nur für eine Nacht. Nein, gar nichts verbrochen, nur ein paar Stück Seife geschmuggelt. Oder laut gesagt, der Krieg könne nicht mehr gewonnen werden. Oder ein halbes Pfund Butter weiterverkauft, um dafür drei Kilo Kartoffeln für die Kinder zu kriegen, halbverfaulte Kartoffeln. Eine Nacht nur, vielleicht eine weitere, bitte.

Thea Sternheim quartierte sie ein. Die Fremden redeten nicht. Ob sie aus Erschöpfung schwiegen oder aus Misstrauen oder aus Angst. Wie bei den Geräuschen des Krieges aus der Ferne, Donnern, Pfeifen, Rauschen, Krachen, konnte Mopsa nur mutmaßen, was die Ursache war.

Als Ende des Monats, nach zwei Tagen alleine in der Stadt, der Vater abends zurückkehrte, hörte Mopsa ihn unten im Treppenhaus mit jemandem sprechen. Seine Stimme überschlug sich. War da eine zweite Männerstimme, gleichmäßig und gleichgültig? Benn, unangesagt ...

Die Haustür fiel ins Schloss. Jemand gegangen oder geblieben?

Ausdembettspringen, Nachthemdausziehen, Nachthemdverstecken. Die Augen geschlossen, die Lippen leicht geöffnet, die Decke bis ans Kinn hochgezogen, lag Mopsa da. Den

Schritt ihres Vaters erkannte sie. Kein zweiter Schritt folgte. Zu spät.

Grüße von Benn, sagte Carl Sternheim. Mopsa hörte seinen Siegelring am Holz, spürte, wie die Decke unten angehoben wurde, die Finger nach oben krabbelten.

Plötzlich stand die Mutter in der Tür.

Morgen reist er nach Deutschland zurück, sagte der Vater, küsste seine Tochter auf die Stirn und stand auf. Die Mutter trat zur Seite, als wollte sie nicht von ihm berührt werden. Sternheim blickte sie an. Benn geht an die Charité, für zwei Jahre, damit sie ihn als Facharzt anerkennen.

Ich weiß, sagte Thea. Und darauf schien sie stolz zu sein.

Am nächsten Morgen entdeckte Mopsa, dass der tiefe, große Ast der Blutbuche abgebrochen war. Der Gärtner hatte einen Pflock daruntergestellt, um ihn zu stützen. Nirgendwo hatte Mopsa lieber gesessen und die Gedanken kommen lassen als hier. Der Pflock lag am Boden.

Da kann man nichts mehr machen, sagte Thea.

Mopsa umklammerte den Bauch ihrer Mutter. Weißt du was? Ich glaube, wir verlieren den Krieg.

Es wunderte Mopsa nicht, dass nun alles schrecklich wurde. In der zweiten Aprilwoche 1918 klirrten die Fenster ohne Unterlass, tagelang.

Die Engländer bombardieren Armentières, sagte Pansaers. Damit es die Deutschen nicht kriegen. Sind nur hundert Kilometer Luftlinie.

Mopsa interessierte sich mehr für die Post der Mutter aus Berlin. Absender: Dr. Gottfried Benn.

Die Fenster klirrten weiter. Pansaers wusste, dass bei Ypern nun alle gegen die Deutschen kämpften, Franzosen, Engländer, Amerikaner, auch die Belgier. Dass an dem Fensterklirren detonierende Minen, einschlagende Granaten, explodierende Panzer schuld waren.

Das Klirren der Fenster hörte Ende April auf. Im Hausinneren klirrte es weiter. Seit Sternheims Erzählung *Ulrike* verboten worden war, weil sie unzüchtig sei und vor Gemeinheiten strotze, und er deswegen vor ein Kriegsgericht geladen worden war, vibrierte die Stimmung im Haus. Mopsa hörte, wie der Vater, blass und nass, der Mutter vom Besuch bei einem Arzt, bekannter Hirnanatom, erzählte, von Paralyse und Irrsinn redete. Dass es aber nicht unbedingt dazu kommen müsse. Sprach er von sich?

Jede Wahrheit musste Mopsa selbst an sich bringen. Die Hände der Mutter bebten so, dass Mopsa ihr leicht den Brief wegnehmen konnte. Absender ein deutscher Bekannter. Er war Thea um Spenden für ein Kriegerdenkmal angegangen, sie hatte abgelehnt. Nun drohte er, Carl Sternheim zu denunzieren. Er habe erstklassige Beziehungen nach Belgien. Einen Mann, der vor dem Krieg ins Ausland abgehauen sei, um Steuern zu sparen, dürfte der Staat gerne noch einziehen. Sternheim krank? Windiger Vorwand.

Unter der Bettdecke gestand sich Mopsa flüsternd, dass sie froh wäre, den Vater los zu sein. Dann stach sie sich dreizehn Mal mit einer Nadel in den Handrücken, für jeden Buchstaben seines Namens ein Mal.

Am 7. Oktober redeten alle von Frieden. Aber es kamen Freunde, belgische Freunde ins Haus, die Gerüchte mitbrachten. Carl Sternheim sei ein deutscher Spion. Der Hass auf die Deutschen schwillt stündlich an, sagten sie. Höchste Zeit, sich ins Ausland abzusetzen.

Nach Berlin?, fragte Mopsa.

Niemals Deutschland! Um keinen Preis, sagte Thea Sternheim.

Am 20. Oktober sah Mopsa beim Abendessen, wie ihre Mutter aus dem braunen Glas, das sonst neben ihrem Bett stand und aus dem sie oft einen ganzen Löffel nahm, etwas unter Mopsas Kartoffelpüree mischte.

Am nächsten Morgen sollte sie mit dem Vater und dem Bruder in die Niederlande aufbrechen, ohne die Mutter. Ich muss hier noch packen und räumen.

Der richtige Zeitpunkt. Kisten, Koffer, Chaos im Haus. Die Farbe des Buchs, dieses ungenießbare Grün, half, es zu finden.

Als Mopsa beim ersten Licht und Nieselregen mit Vater und Bruder in den Wagen stieg, der sie zum Zug brachte, log die Mutter weinend etwas von Rückkehr. Der Vater log schluchzend etwas von Liebe. Gewissheit war nur, was Mopsa in ihrer Reisetasche hatte: *Gehirne* von Benn.

Noch in der Nacht, bevor das Pulver der Mutter wirkte, hatte sie den Helden der Erzählung begrüßt. Rönne hieß er. War Arzt, hatte früher seziert, im Leichenschauhaus, nun Militärarzt. Ganz bei sich und erregungslos, was immer er sah. Ganz gleich, wie viele Gehirne er aufklappte, als böge er die Hälften einer Frucht auseinander. Dann hatte Mopsa mit geschlossenen Augen das Buch irgendwo aufgeschlagen.

Dünn sah er durch die Lider. Da war sie sicher, wer sie begleitete.

Am 15. November 1918 saß Mopsa am Mahagonischreibtisch eines Hotelzimmers in Den Haag. Nach langer Pause schrieb sie endlich wieder in ihr Tagebuch. Bald würde die Mutter nachkommen, wie gewohnt das Tagebuch der Tochter nach Heimlichkeiten durchkämmen. Thea kannte genau, was ihre

Tochter mit dreizehn Jahren und neun Monaten gelesen hatte. Woran dieser Rönne litt: Nichts kam ihm wirklich vor. Gehirne waren Barrieren, sperrten das Erleben weg. Nur im Rausch offenbarten sich Welt und Wahrheit. Benn trank ihn nicht herbei.

Gegen ein Goldarmband als Fluchtgeld hatte Pansaers, bedroht wie Sternheim, am Nachmittag vor dem Aufbruch noch einmal die Milch des Paradieses durch Mopsas Adern fließen lassen und Benns Gesänge.

Den Ich-Zerfall, den süßen, tiefersehnten,
den gibst du mir: schon ist die Kehle rauh.

Wer ihn ihm gab, hatte Benn darüber geschrieben: *Kokain.*

Weißes Pulver, wusste Pansaers, zum Schnupfen. Ärzte kommen ran, sonst schwer zu kriegen.

Mopsa schrieb gut lesbar: *Habe Gehirne von Benn gelesen. Ich finde es toll.*

ZWEI

Im Schaufenster der Apotheke, links vom Hauseingang, hingen hinter Schachteln, Röhrchen und braunen Glasflaschen zwei Schautafeln der menschlichen Geschlechtsorgane, einmal männlich, einmal weiblich. Quer über die Scheibe hatte jemand mit brauner dicker Farbe, die an Hundekot erinnerte, geschmiert: Schweinkram.
Die Krone der Schöpfung, das Schwein, der Mensch. Benn hatte recht.
Auf der anderen Seite des Eingangs ein Zigarrenladen mit schmutzigen Fenstern, um die Ecke eine Bierkneipe mit Erbrochenem am eisernen Fußabstreifer und fettsteif vergilbten Gardinen. Belle-Alliance-Straße Nummer 12 in Kreuzberg. Neben der Tür, schwarz auf weißem Email: *Dr. med. G. Benn Facharzt für Haut- u. Harnleiden 9–11 u. 5–6 außer Mittw. u. Sonnab.*

Kümmert euch um ihn, hatte Thea Sternheim zu Klaus und Mopsa gesagt, bitte kümmert euch.
Des Bruders Name in den Schlagzeilen. *Fememörder Theo Benn (34),* gerade erst, in diesem Februar 1926, zum Tod verurteilt. Schwarze Reichswehr, Selbstjustiz, anrüchig das Ganze. Jeder hatte es gelesen. *Benn* blieb hängen. Der Name

kam im Berliner Adressbuch nur zwei Mal vor. Armerarmer Benn. Thea wusste Bescheid, über alles. Die Ehefrau tot, Ende 1922 elend an einer Bauchfellentzündung gestorben, offenbar verpfuschte Gallenblasenoperation, die Tochter wegadoptiert nach Dänemark, der Stiefsohn aus der ersten Ehe der Gattin irgendwo, angeblich nur da, wenn er Geld brauchte.

Ihren Sohn hatte die Mutter nicht gefragt: Warum muss es Berlin sein, Klaus, warum jetzt? Journalismus lernen beim Ullstein Verlag war ein Ziel. Hauptsache, er hatte eins.

Und Mopsa? Wurde gefragt.

Muss es denn ausgerechnet Berlin sein? Sie könne doch in Köln bleiben, nachdem sie die Ausbildung dort abgeschlossen hatte. Theaterausstatterin, was sonst als Tochter des Theaterdichters. Das Kölner Schauspielhaus hatte den besten Ruf und schrieb rosige schwarze Zahlen. Konnte man von Reinhardts Deutschem Theater in Berlin nicht behaupten.

Köln! Sie wusste es doch genau, die Mutter, was die Luft dort verpestet hatte, Weihnachten vor einem Jahr. Bis dahin war sie gut gewesen, die Luft. Frisch gewonnen die Freundin Pamela, Tochter des Münchner Theateraufmischers, auf der Bühne ein verwegenes Mädchen mit Reitgerte, und dahinter ebenfalls. Dann war es weihnachtlich geworden, also familiär. Tilly Wedekind, die Mutter von Pamela, Carl und Thea Sternheim, alle waren sie Ende 1924 in Köln angerückt.

Carl Sternheim ständig mit einer Hand unter der Tischdecke auf Pamelas festem, rundem Knie oder mit einem Fuß strumpfsockig unterm Tisch an Mopsas Schienbein fummelnd. Thea Sternheim von Benn schwärmend und Tillys Reaktionen beobachtend. Pamela, die bei Damen verschwand, Carl, der bei Herren verschwand, gleichzeitig zu lange weg, sie kühl, er erhitzt wieder da, dann seine Bemerkungen, die in Pamelas Dekolleté glitschten.

Was will er von ihr? Weißt du, was dein Vater von meiner Tochter will?, hatte Tilly ausgerechnet Mopsa gefragt. Wusste sie doch, die Witwe Wedekind. Pamela hatte Mopsa erzählt, dass Wedekind seinen Töchtern beigebracht hatte, auf den Händen zu gehen, und sie es den Gästen daheim, in der Münchner Wohnung, vorführen mussten, im Rock, ohne Unterhosen, und dass der Vater dann oben in den Schlitz eine Münze reinsteckte.

Offenbar waren Väter so. Nur bei fremden Mädchen empörten sich die Mütter. Sonst schwiegen sie, damit der Ehemann nicht schrie. So war das wohl.

Nein, Mopsa hätte auf keinen Fall in Köln bleiben können. Noch weniger in der neuen Heimat ihrer Eltern am westlichen Bodenseeufer, Schweizer Seite, zwischen den Fachwerkhäusern von Romanshorn, der Rheinbrücke und den gotischen Türmen von Konstanz. Ein Haus, nach Thea Sternheims Plänen und Hoffnungen erbaut, diskret, harmonisch, friedlich.

Das wird ein Aufatmen, hatte sie ihren Kindern versprochen. Ein großes, tiefes Aufatmen. Dort wartet auf uns das Glück.

Abseits von Lärm und Hektik, hatte der Vater gesagt. Was Mopsa nicht verstand. Er zog doch mit.

Seit jener Flucht aus Clairecolline waren sie rastlos gewesen. Mopsa hatte aufgehört, die Umzüge zu zählen, von Hotelsuiten in private Mietquartiere, zu Freunden, in einen gekauften Landsitz, aus der Schweiz nach Sachsen, in den Waldhof bei Dresden, oder von München nach Leipzig und wieder nach St. Moritz ins Palasthotel.

Am Bodensee, in Uttwil, sah es nach Aufatmen aus. Die Tage schaukelten und schlenderten zwischen Fischernetzen und Obstkarren, Kuhfladen und Weinbütten, Pappeln und

Trauerweiden, den Staffeleien und den Schreibtischen von ein paar Künstlern, unaufgeregten Ruhesuchern.

Beschenkt mit Harmlosigkeit alles, bis Carl Sternheim kam.

Der Vater war im Schilf mit dem Feldstecher unterwegs, nicht Vögel beobachten, sondern nackte Paare, die dort im knisternden Versteck vergaßen, dass sie lauter waren als die Wellen am Kies und die Möwen auf den Holzpfosten des Stegs. Wie Pan am hohen Mittag schreckte er Mädchen auf, die sich im Uferdickicht still erkundeten mit einem Spiegel zwischen den Schenkeln, oder Männer, die badenden Frauen ihr Geschlecht herzeigten.

Da gab es den Nachbarn Hebby Binswanger, der in Zürich Medizin studierte und Mopsa Geschichten von Liebe und Treue und Zukunft erzählte mit einer ganz erwachsenen Stimme. Lag sie mit Hebby unterm Apfelbaum und wurde ruhig in seinen Armen, brach der Vater kreischend aus der Hecke.

Im Haus drin, unterm Walmdach, hinter Sprossenfenstern, war es noch schlimmer. Blickte Mopsa durch das Schlüsselloch des Badezimmers auf den Flur hinaus, sah sie ins braune Auge des Vaters. Zog sie, wenn es dunkel wurde, die Vorhänge zu in ihrem Zimmer, sah sie den Vater unten im Garten hinterm Oleander stehen. Lag sie an heißen Sommertagen halbnackt auf dem Bett, wurde sie mitten in der Nacht wach von seinen Schritten.

Die Holzböden im Haus waren besonders schön. Mopsa hatte es anfangs geliebt, darauf barfuß zu gehen. Mittlerweile grauste es ihr davor. Als die Mutter nach einer Überdosis Veronal vier Tage lang wie tot gelegen hatte, war doch bestimmt etwas von diesem Fasttotsein in den Boden hineingesickert. Dann hatte Thea sich mit Carls Rasiermesser die Handgelenke aufgeschnitten. Das Blut war weggeputzt worden, aber irgendwo musste es noch im Holz stecken. Vor der Tür des Mädchenzimmers hinterließ der Vater oft weiße, dickmilchartige Tropfen. Das meiste war bestimmt schon in die Dielen eingedrungen.

Mopsa war froh, wenn die Sturmwarnung am See losging. Ein Orkan könnte alles hinwegfegen, das ganze Anwesen mit allem drum herum und drin, alles. Der Wind legte sich jedoch immer rasch.

Ging Thea schwimmen, klammerte sie sich bei spiegelglattem Wasser an einen großen schwarzen Gummireifen. War ihr Mann mit dem Feldstecher unterwegs, zog sie sich in ihr Zimmer zurück, sprach mit Gott und erbrach, dass man es auf der Terrasse hörte.

Siehst du nicht diese Morgenwunder hier am See? Wenn's im Winter so graurosa perlmuttern changiert?, hatte Thea gefragt.

Sehe ich nicht, hatte Mopsa gesagt.

Spürst du nicht den Frieden, wenn die Amseln in der Baumblüte singen und das Wasser geduldig vor sich hinbetet?

Spüre ich nicht, hatte Mopsa gesagt.

Jetzt: Vier Millionen in Groß-Berlin. Spätestens diese Zeitungsnachricht hatte ihr gesagt, wo sie hingehörte. Kein Feldstecher, keine Schlüssellöcher, kein Vaterunser.

Dafür Benn.

Als Mopsa vor der Tür der Belle-Alliance-Straße 12 stand, fühlte sie sich für das Wiedersehen mit Benn gerüstet.

Die Mutter hatte ihn weggesperrt. Kamen Briefe von ihm, verschwanden sie sofort. Nie lag einer herum. Schickte er Druckfrisches, schmale Gedichtbände, literarische Zeitschriften, neu edierte Prosa, versank Thea in der Seite, auf der die Widmung stand. Tagelang sah sie dann aus wie eine glückliche Schwangere. Mopsa machte das wütend. Manchmal telefonierte die Mutter mit Benn. Nie sprach sie leiser hinter der verschlossenen Tür. Hatte Thea selbst an Benn einen Brief geschrieben, trug sie ihn eigenhändig zur Post.

Auf dem Liegestuhl ließ sie manchmal, wenn sie unerwartet ins Haus gerufen wurde, einen der schmalen Bände zurück. Mopsa reichten wenige Minuten, um Zeilen zu verschlingen, die sie beim Blättern lockten. Benn war nahrhaft. Ein paar Bissen reichten ihr tagelang. Ein paar Wörter wie *Satzbordell* oder *Wortvibrier*. Ein paar Reime wie *Geschlechtstrieb im Gesicht ... Der Bagno lässt uns nicht*. Ein paar Bilder wie *sinnlose Phallen schnäuzen / sich ins Antlitz der Welt*.

Mopsa hatte ihren eigenen Benn. Den konnte ihr keiner nehmen. Die Mutter wusste nichts von seiner Existenz.

Nach der letzten Begegnung in La Hulpe, da war sie dreizehn gewesen, hatte Mopsa ein Konto angelegt. Ein Konto für Benn. Dort zahlte sie Blicke ein oder auch handgreifliche Bewunderungen, die ihr sagten, dass sie begehrenswert war. Schön fand sie sich nicht, schön, das war die Mutter. Mopsa führte das Konto sorgsam. Blicke von Gleichaltrigen waren weniger wert als die von Volljährigen, am meisten zählten die von erwachsenen, berufstätigen Männern. Je nach Verweildauer gab es Aufschläge. Wo sich die Blicke verhakten, hatte Mopsa studiert. Es war der Mund, aufgeworfen und himbeerrosa, es war das Haar, dick, dunkelglänzend und kaum zu bändigen, es war der Hals, sehr lang und sehr weiß. Und es war ihr Gang. Ich habe vor nichts Angst, sagte der, probier es ruhig. Der Gang log, und Mopsa wusste es.

Seit jener letzten Begegnung mit Benn hatte sie das Küssen

geübt. Mehr als von allen Männern hatte sie von dem Dienstmädchen auf dem Waldhof in Radebeul gelernt, das wiederum mit vielen Männern, keine Ahnung wie vielen, geübt hatte. Als das Dienstmädchen dann Näheres über die Männer erzählt hatte, Matrosen, Barkeeper, Eintänzer, Handlungsreisende in Unterwäsche, Karussellbetreiber auf dem Rummelplatz, und von der Lustseuche, vor der man sich hüten müsse, hatte Mopsa Angst bekommen und war zum Frauenarzt gegangen. Sein Grinsen hatte mehr weh getan als die Metalllöffel in der Scheide.

Ansteckung? Bei einer Jungfrau? Kind!

Doch während sie dort auf dem Stuhl lag, sang sie sich selbst die Schmerzen weg mit Benn'schen Worten, *Curettage* überschrieben, deren Musik sie nun verstand.

Nun liegt sie in derselben Pose,
wie sie empfing,
die Schenkel lose
im Eisenring.
Der Kopf verströmt und ohne Dauer,
als ob sie rief:
gib, gib, ich gurgle deine Schauer,
bis in mein Tief.

Noch heute hatte sie sich vorbereitet auf das Wiedersehen mit ihm. Von ihrem Untermietquartier, Kantstraße in Charlottenburg, dritter Stock, war sie zu Fuß nach Kreuzberg gegangen. Sie hatte einen Umweg gemacht, der sie ihrem Ziel näher brachte, über Berlin Mitte, Moabit. Vor dem Gefängnis dort war sie stehengeblieben. Ziegelmauern, ordentlich gefügt wie für einen Schulbau. Fünf Flügel, zu einem Stern geordnet, in der Mitte eine grünspanige Kupferkuppel, alles mehrfach mit Stacheldraht umzäunt. Wo war das Untersuchungsgefängnis? Wo der Trakt für die Todeskandidaten? Wo der Ort, an dem das Fallbeil den Kopf abhackte? Wo der Keller, in dem der Kopf im Sarg wieder auf den Rumpf gesetzt wurde? Wo die Zelle von Theo Benn?

In Alt-Moabit hatte ihr Vater als Student gewohnt. Hier im Knast hatte Felix Sternheim, ein Bruder des Vaters, vor sechs Jahren in Untersuchungshaft gesessen. Wegen homosexueller Vergehen an Jugendlichen, hatte Thea dem Vater abgelauscht. Sei schon immer hinter den Buben her gewesen, der Felix. Dass ihm mit dem Pass eines Cousins die Flucht gelungen war, bis Mailand, hatte bei Mopsa damals nur kurz Phantasie und Herzschlag hochgejagt. Nun verknüpfte der Skandal um den Onkel ihre Lebensfäden mit denen von Benn.

Brummt wohl dein Oller dort oder dein Lude, wat?, schnarrte eine Frau von hinten in ihr Ohr. Da erst ging Mopsa weiter.

Armerarmer Benn.

Bevor ihre Mutter anreisen würde, um ihn selbst zu trösten, blieb nur noch wenig Zeit. Klaus war schon bei ihm gewesen, hatte aber wenig erzählt. Vor allem, dass Benn für ihn gekocht hatte, Erbsensuppe mit Würsten. Die Suppe mit einer grünen Trockenwurst, die er aus dem Papier geschält und in Heißwasser aufgelöst hatte, als Einlage Dampfwurst. Brühwurst aus Rind und Schwein, Speck und Schweinelunge, hatte Benn Klaus erklärt und Klaus danach Mopsa.

Der rührende Benn, hatte die Mutter am Telefon gesagt. Der rührende!

Mopsa drückte den Messingknopf. Er öffnete im weißen Kittel. Das dunkelblonde Haar braun, nicht mehr genug für einen Scheitel wie mit dem Lineal, einfach nach hinten gekämmt, die Stirn hoch, das Kinn schwer, der Hals in den weißen Hemdkragen eingezwängt, der Körper wie angeschwollen. Wären nicht die hängenden Lider gewesen, der kalte Blick und der irgendwie wunde Mund, sie hätte ihn nicht wiedererkannt. Doch, die Stimme.

Kommen Sie, sagte er und gab ihr die Hand.

Der Flur dunkel, am Boden ein Läufer in Dunkelrotbraun. Es gab keinen Grund, an geronnenes Blut zu denken, trotzdem.

Die erste Tür rechts in der oberen Hälfte mit Ribbelglas versehen, milchig. Benn öffnete sie. Wartezimmer für die Fremden, sagte er.

Fünf Stühle, jeder anders, alle stumpfbraun. Ein Gummibaum, der nach Putzlappen roch, ein Schirmständer, wie er hier in den Kneipen stand, darüber eine Leiste mit Kleiderhaken. Nur eins fiel auf: das einzige Bild. An der linken Wand, schwarzweiß, wohl eine Lithographie. Billiger Wechselrahmen. Nach vorn gekippte Tischplatten, auf einer Sektkühler mit Flasche, drum herum ein Gedränge: stehend, sitzend, gehend, rauchend Frauen, splitternackt oder nur mit Mieder, Hut und Halskette bekleidet, angezogene Männer, mit Melone, Zylinder, Glatzkopf, vorn ein Geistlicher, Soutane, Stehkragen, Zigarre. Das Bild stank, kicherte, schmatzte, schepperte und gurrte.

Heißt *Nachtcafé*, sagte Benn. Leihgabe von George Grosz.

So eins kenne ich nicht, dabei kenne ich schon viele Nachtcafés und Nachtbars und Nachtclubs, sagte Mopsa. Eldorado, Friedrichsgracht, Silberlöwe, Kleist-Diele …

Benn öffnete die Gardinen am Fenster. Er redete, ohne sich umzudrehen. Keine Bordelle zugelassen hier in Berlin. Die Huren dürfen nur noch auf der Straße, in Bars und Nachtcafés anschaffen. Also keine Kontrolle. Wenn sie endlich zu mir kommen, fallen mir die Geschwüre auf den Löffel. Der Blick ist schön.

Mopsa stellte sich neben ihn. Er roch nach Äther und Kölnisch Wasser. Stumm sahen beide hinaus auf den Belle-Alliance-Platz. Jetzt, am frühen Abend, schoben unter den Gaslaternen Frauen nebeneinander ihre Kinderwagen nach Hause, Paare schlängelten sich umeinander auf den Parkbänken, Einzelgänger rauchten im Rhythmus ihrer Schritte.

Nur Schlafzimmer und Küche gehen zum Hof hinaus, sagte Benn. Aber ich wohne hier nicht.

Nebenan das Behandlungszimmer. Der Stuhl, die Beinschalen zur Tür, Rollkästen mit gynäkologischen Gerätschaften, dem Scheidenspiegel, dem kerzenartigen Stift zum Erweitern der Körperöffnungen, den Tupferzangen und langen Wattestäben, ein Ständer, weiß, mit einem Glasgefäß, ein Waschbecken, Konsolen mit Apothekenflaschen, weiß etikettiert. Sterilität in Weiß und Chrom auf grauem Linoleum, brüchig, lange nicht gebohnert.

Ich will nirgends anders sein, sagte Benn. Gute Gegend, gutes Haus.

Als er die dritte Tür öffnete, roch es nach Zigarettenrauch, Parfum, Kaffee, Puder, darüber ein Hauch Brühwurst.

Das Herrenzimmer, Wartezimmer für Bekannte und Freunde, hörte Mopsa Benn in ihrem Rücken.

An den Wänden Bücher, ein Teil hinter Glas. Sessel mit abgenutzten roten Plüschbezügen und Dackelbeinen, ein niedriger runder Tisch mit beiger Klöppeldecke unter der Glasplatte. Der Schreibtisch hinten ein dunkler, schwerbeladener Dampfer, manövrierunfähig unter Stapeln. An der Wand eine Couch, in der Mitte durchgelegen. Auf dem Boden ein Teppich, der auf Smyrna machte. Webteppich, sagte Thea in Mopsas Kopf, Fabrikware.

Nichts war schön. Nichts erzählte davon, dass Benn es mit Sorgfalt ausgewählt hatte, bis auf die Bücherrücken.

Noch nie hatte Mopsa in einem privaten Raum gestanden, der so wenig warb um den Besucher. Gleichgültig sagte dieses Zimmer: So bin ich eben.

Im weißen Kittel servierte ihr Benn Streuselkuchen und Kaffee. Danach Likör.

Fast drei Stunden später sagte Benn: Kommen Sie wieder, wenn Sie wollen.

Fünf Tage später reiste die Mutter an. Klaus und Mopsa brachten sie vom Anhalter Bahnhof ins Hotel am Zoo. Carl Sternheim sei bereits in Berlin gestrandet. Sein Zustand habe sich von Unberechenbarkeit zu einer Dauererregtheit gesteigert.

Nein, in einem anderen Hotel, sagte Thea, der Vater wohne im Adlon. Er sei furchterregend gespannt, eine überdehnte Bogensehne, die jederzeit reißen konnte und weißgottwen dabei verletzen. In der Kreuzlinger Klinik war man ratlos gewesen.

Obwohl Mopsa am 10. Januar volljährig geworden war, nannte Thea die Krankheit nicht beim Namen. Von Nervenleiden war die Rede. Im Blut war angeblich nichts mehr nachweisbar. Längst kannte die Lauscherin die Diagnose Syphilis. Hebbys großer Stiefbruder, der Psychiater Binswanger, hatte eine durchdringende Stimme. Berliner Ärzte, Spezialisten, Labore, Kliniken, vielleicht einen Versuch wert. Benn jedenfalls, meinte die Mutter.

Nun also auch hier das selige Schwangerengesicht. Ja, da existiere ein tiefes Verständnis füreinander, ein sehr tiefes. Nicht mehr, nein. Körperliche Annäherung bedeute doch immer das Ende der Seelenfreundschaft, habe sie leider gelernt.

Sollte das heißen, Benn hatte sich um mehr bemüht?

Das Telefon ist ja für ihn eine Lebensnotwendigkeit, sagte Thea beim Frühstück im Hotel, wie für andere vier Mahlzeiten am Tag.

Also er telefonierte mit ihr, anscheinend mehrmals zwischen Morgen und Nacht.

Sie war zweieinhalb Jahre älter als Benn, war im November 43 geworden. Mit 36, nach der Überdosis Veronal, hatte sie dem Arzt gesagt: Ich kann meinen Mann ja verstehen, dass ihn mein alternder Körper anödet, aber muss er mich deswegen ständig verletzen? Muss ich die Haare seiner Geliebten aus meinem Kamm entfernen? Mopsa hatte an der Tür gelauscht.

Bei einem Charlottenburger Italiener wollte Thea sich abends mit Mopsa, ihrer Löwenstein-Tochter Agnes und ein paar alten Berliner Bekannten treffen. Agnes studierte nun privat Gesang in Berlin, ihr Geliebter war Komponist. Keiner fragte sie: Warum muss es denn Berlin sein?

Benn kommt später dazu, sagte Thea.

Sie wusste doch, dass Benn lieber Bier trank.

Er kam, als die Teller abgegessen waren.

Ein Pilsener, bestellte Benn. Gab es nicht. Er leerte das Helle bedächtig, dann legte er zwei Schnäpse nach. Agnes saß rechts von Thea, Benn ihr gegenüber. Um die Hüfte ihrer Ältesten hatte Thea ihren Arm gelegt. Agnes war ihr gerade das liebste der drei Kinder. Davor war Klaus dran gewesen, Mopsa schon lange nicht mehr. Das letzte Mal hatte sie den Vorzugsplatz verloren, nachdem die Mutter gesagt hatte: Du reißt die Augen auf wie dein Vater. Das vorletzte Mal nach einer Bemerkung, über die Thea hätte lachen sollen. Aber die hatte nur gesagt: Du schändest die heiligsten Dinge für ein Bonmot, wie dein Vater. Und hatte sich abgewandt.

Jedenfalls sah Mopsa, dass auch die Mutter Benn nicht dazu brachte, die Jalousien hochzuziehen. Ihre freie Hand lag am Fuß des Weinglases, wie zufällig hätte sie seine Hände berühren können, weiß wie lange geputzte Kutteln, die Fingernägel wieder sehr kurz. Auch von Metzgern kannte Mopsa solche Hände. Nach der ersten Zigarette warteten sie apathisch auf der Tischplatte, bis die zweite erlaubt wurde.

Mopsa versank in einem Traum von dem Metzger Benn im Leichenschauhaus und schreckte erst auf, als das Wort Phallus in ihre Trance platzte.

Wie bitte? Können Sie das nochmals sagen?

Das Verhältnis zum Wort ist primär, das kann man nicht lernen. Man hat es oder hat es nicht, sagte Benn.

Und? Weiter?

Das Wort ist der Phallus des Geistes, zentral verwurzelt.

So redet ein Mann, der schreibt, sagte eine von Theas alten Bekannten. Eine Frau, die schreibt ...

Mopsa hört nicht mehr zu. Benns Satz widerte sie an. Aber er drang in sie ein.

Benn war besetzt in den folgenden Wochen. Von Mutter und Vater. Benn bei der Mutter im Hotel am Zoo, die Mutter bei Benn in der Praxis unter vier Augen. Benn beim Vater im Adlon zur Beratung, Vater mit Mutter bei Benn zur Blutabnahme. Leider doch nicht einwandfrei negativ, die Probe. Eine Lumbalpunktion in der Klinik von Doktor Fleischmann brächte Klarheit. Dann die gute Nachricht: Bei Fleischmann habe man erst in einigen Wochen einen Platz für Sternheim. Benn würde wieder frei sein, bis dahin.

Mopsa hatte es eilig, die Mutter aufs Gleis zu bringen. Bloß nicht den Zug verpassen.

Es müsste dich doch freuen, dass Benn ihm und mir hilft.

Du warst es, die gesagt hat: Ich glaube, er wird uns retten, sagte Thea, bevor sie zu ihrem Mann in den Zug stieg.
Uns alle, sagte Mopsa. Ich gehöre auch dazu.
Sie küsste die Mutter auf den Mund, wie man eine Mutter nicht küsste. Schließlich war sie keine.

Benn meldete sich nicht. Das Telefon ist für ihn eine Lebensnotwendigkeit, hatte die Mutter gesagt. Mit seiner ordentlichen Schrift hatte er vor Mopsas Augen ihre Nummer eingetragen in sein Notizbuch.
Er hat mir erzählt, dass er manchmal abends am offenen Fenster steht, drin alles dunkel, und auf die Musik lauscht, die von einem Tanzlokal herüberdringt. Der rührende Benn, hatte Thea berichtet.
Auf dem Belle-Alliance-Platz gab es eine Bank, halb verdeckt durch ein Abzugsrohr, von der man gut zur Nummer 12 hinübersah, von dort aber nur schwer gesehen werden konnte. Am linken Ende saß immer eine Frau, einen Stock bei sich und eine Katze an der Leine. Flammenhaar um ein teigig aufgegangenes Boticelligesicht, käsig schimmerte die Kopfhaut an vielen Stellen durchs Rot. Ist ein Guter, der Doktor Benn, floss es aus ihr. Hat meine Tochter umsonst behandelt. Madonnenvisage ... da hab ich gleich einen Tripperverdacht, hat er gesagt, und recht hat er gehabt. Wär sonst krepiert, wie ihre Schwester wär sie krepiert. Dabei schafft sie nur noch sonntags und feiertags an, werktags ist sie beim Reichskanzler.
Benn zeigte sich nicht im Fenster. Auch an den folgenden Abenden nicht.
Einhundertzehn Meter waren es von seiner Haustür in die Yorckstraße 90. Die Fassade, auf der in Gelb *Reichskanzler* zu lesen war, verrußt. *Löwen-Böhmisch Biere* stand auf dem Schriftband über der Scheibe. Die Wände bis auf Brusthöhe

mit rauchgebeizten Brettern verschalt, ein Spiegel, halbblind, davor die Zeitungen, Pilaster mit Ölstuck, weiße Tischdecken auf den Tischen, in der Mitte Blumenstöcke, Fetthenne, Usambaraveilchen, Langlebiges. Die Madonnenvisage hieß Doris und stand hinterm Tresen, zwischen den beiden halbmeterhohen Glasbehältnissen mit Soleiern und milchsauren Salzgurken und dem kleinen Glasschrank mit Buletten auf fingerdickem Porzellan.

Besser als bedienen. Hier hat man den Hintern frei, sagte Doris. Und der Chef? Liebt Knaben.

Der Doktor Benn ist kein Blubberkopp, sagte sie, während sie Pilsgläser ins Becken tauchte und auf den Bimsstein stellte. Quasselt wenig, schluckt wenig. Zwei kühle Blonde, und hinterdrein zwitschert er noch einen, Steinhäger üblicherweise.

Nein, mit Damen komme er nie her. Doris wusste trotzdem Bescheid. In der Praxis sei schon öfter Privatbesuch da. Schicke Bräute, schnalzte sie. Muss was haben, der Doktor. Schön ist ja anders als er mit seinem Ballon, und Knete hat er auch nicht. Rührend? Der Doktor Benn und rührend?

Doris zerbrach vor Lachen ein Glas.

Benn meldete sich nicht.

Benn hat mir geschrieben, erzählte Thea keine Woche nach ihrer Abreise am Telefon.

In der folgenden Nacht überfielen Mopsa Unterleibsschmerzen. Herzlich habe er geschrieben, hatte Thea gesagt, sehr herzlich.

Mopsa brach am nächsten Morgen im Nieselregen auf zu Erkundungen in Berlin, mit Benn im Kopf. Zuerst im Café des Westens am Kurfürstendamm. Stickig von feuchten Mänteln, überfüllt, gierige Männerblicke auf jede Neue, die reinkam.

Ein Mann tritt mit einem Mädchen in Verhandlung.
Deine Stimme, Augenausdruck, Ohrläppchen
Sind mir ganz piepe.
Ich will dir in die Schultern stoßen.
Ich will mich über dir ausbreiten.
Sie hörte jedes Wort mit seiner Stimme, müde, kühl. Und fordernd.

Benn besaß kein Auto, nicht einmal einen Führerschein. Stammgast war er in der U-Bahn. Vielleicht auch, weil er dort mehr sah. Frauen jeder Sorte. Während er unter ihrer Schädeldecke vor sich hinredete, glotzte Mopsa Füße, Schienbeine, Waden, Schenkel an.

Der Strumpf am Spann ist da. Doch, wo er endet,
ist weit von mir. Ich schluchze auf der Schwelle.
Schließlich war sie mit Benn Unter den Linden. Zwischen Charlotten- und Universitätsstraße lag die Staatsbibliothek. Mopsa hatte sich eine Eintrittskarte besorgt. Stieg die breite Schlosstreppe hinauf in den Lesesaal, von einer hohen Kuppel überwölbt, darunter Nischen und Emporen. Tische und Stühle rund um eine leere Mitte. Eigentlich ein Teatro anatomico, ein Anatomiesaal. Nur die Vorführbühne und die Leiche fehlten.

Staatsbibliothek, Kaschemme,
Resultatverlies,
Satzbordell, Maremme.
Fieberparadies.
Auf einmal in der leeren Mitte der Anatom, von hinten. Er drehte sich um. Seine Hände waren blutig. Es waren nur die Handschuhe. Er legte sie ab. Mopsa erkannt ihn an den Lidern.

Ich werde verrückt, dachte sie, als sie im Freien stand.
Was sagen Sie?, fragte ein Passant.

Benns Handschrift verschönt mir heute schon den ganzen Tag, sagte die Mutter am Telefon, als Mopsa von der Staatsbibliothek zurück war. Ob sie sich bei Max Reinhardt am Theater offiziell beworben habe, der warte darauf. Es sei höchste Zeit, wieder zu arbeiten.

Die ganze Nacht über wieder der Unterleib. Arbeiten? Sie hatte zu arbeiten, mit dem, was Benn ihr auftrug. Er lag ihr in den Ohren, rund um die Uhr.

Die Pfemferts, alte Freunde der Eltern, waren immer da, zu Hause oder in ihrer Buch- und Kunsthandlung in der Kaiserallee. Thea sagte: Ich mag sie, obwohl sie so politisch sind. Mopsa mochte sie, weil sie es waren, was auch immer genau, Anarchisten, Spartakisten, Kommunisten, Sozialisten. Linksradikal jedenfalls, meinte Thea. Die eckten an, überall, hatten wenig Geld und hielten zusammen. Sahen auch aus wie zwei, die ein Gegenleben führen, zu große Köpfe auf schmächtigen Körpern, eine fröhliche Wut im Gesicht und im Blick den zu großen Traum. Die Pfemferts hatten Benns *Fleisch* gedruckt und andere frühe Sachen, Benn schrieb für ihre Zeitschrift *Die Aktion*, Sternheim auch.

Die Wohnung roch nach Papier, druckfrischem, altem, modrigem. Zeitschriften, Manuskripte, Zeitungen überall.

Was das Mitleid angeht, sagte Alexandra Pfemfert: Die Frau hat nie mit Benn zusammengelebt, und sterben lassen hat er sie allein in Jena. Und die Tochter? Er war froh, dass er die so leicht loswurde. Auf der Rückfahrt von der Beerdigung seiner Frau hat er im Zug eine dänische Walküre kennengelernt, Sängerin, reich verheiratet, hat mit ihr im Trauerschwarz etwas angefangen, etwas Kurzes, und ihr als Abschiedsgeschenk schließlich die Tochter überlassen, zur Adoption.

Übrigens kommt Benn heute Abend, sagte Franz Pfemfert.

Wegen meiner Piroggen, sagte seine Frau.

Früher, nach dem Krieg, habe er sich nach eigenen Worten massakriert, um Kunst zu machen, sagte ihr Mann. Sich an den Sonntagen Kaffee reingeschüttet, bis er davon berauscht war, und die Nächte verbummelt, um noch müder, noch mürber zu werden.

Und jetzt?

Beide zuckten mit den Schultern.

Eine Frau?

Keiner undurchsichtiger als Benn, sagte Alexandra.

Eher Frauen jedenfalls, sagte Franz. Sei ein Gerücht, behauptet Benn, dass die Frau uns alleine will. Zwei Idealfrauen? Naja, eine, die für ihn tippt, 200 Silben die Minute, eine perfekte Maschinenschreiberin mit einwandfreier Orthographie, das wär's. Die andere? Schauspielerin mit etwas Hurenblut.

Thea sah ihre Mutter, die für den Vater das Handgeschriebene abtippte und redigierte. Das Hurenblut fehlte ihr.

Benn kam pünktlich, im Anzug, mit Krawatte. Sein Blick prallte von Mopsa ab. Erschöpft sah er Alexandra an. Sie haben mir nicht gesagt, dass Leute da sind.

Er drehte sich um und ging.

Mopsas Zimmer lag zum Innenhof hinaus. Tageszeiten machten sich kaum bemerkbar. Die Gardinen öffnete sie niemals ganz. Klaus Mann hielt es so, und Klaus war ihr bester Freund. Bei ihm hing im Halbdunkel der Dunst von Zigaretten und Parfum. Bei ihr war es der Geruch des Brennspirituskochers. Sie liebte diesen Geruch. Die Wände hatte Mopsa mit Drucken von George Grosz tapeziert, bei den Pfemferts standen ganze Kisten davon im Lager. Nein, leider, ausgerechnet vom *Nachtcafé* sei nichts mehr vorrätig. Eine Uhr gab es nicht bei ihr, nicht einmal einen Wecker. Wozu? Niemand und nichts wartete auf sie. Mopsas Freunde waren verschwunden. Erika Mann hatte ein Engagement in Bremen angenommen, lausige Gage, aber in Berlin fand sich kein Theater, das bezahlt hätte für ihre kehlige Stimme, ihr Nuscheln und ihre fahrigen Bewegungen. In Max Reinhardts Schauspielschule hier hatte man sie aufgenommen, weil sie Tochter war von –. Klaus und Pamela waren auf Tour, eingeladen nach Wien, Prag, Breslau, Hamburg, Frankfurt, Zürich. Er las aus seinen Schriften, die sein Vater peinlich, gebrechlich, korrupt nannte. Sie sang die Lieder ihres Vaters, so messerscharf gesprochen wie vom Vater, färbte die Stimme so metallisch wie er und begleitete sich auf seiner Laute. Der Klatsch um die Verlobung von Klaus, der sein Desinteresse am weiblichen Geschlecht wie kein anderer offen vor sich her trug, und Pamela, beide noch minderjährig, schwemmte Publikum in die Säle. Pamela und Klaus wussten, wie man Anstoß erregte.

Besser ein Thomas Mann in der Hand als ein Klaus Mann auf dem Dach, hatte Tucholsky erklärt. Und Brecht: Jeder kennt Klaus Mann, aber wer dieser Thomas Mann ist, das weiß keiner so recht. Die Jauche, die über Klaus und sein Werk gegossen wurde, düngte seine Prominenz. Letztes Jahr war Mopsa dabei gewesen, als sein Stück *Anja und Esther* zuerst in München, dann in Hamburg aufgeführt worden war, die Ausstattung stammte von ihr. In München hatte es dünnen Mitleidsapplaus auf die Kammerschauspieler geregnet, in Hamburg waren Ovationen auf die vier Hauptdarsteller Erika und Klaus Mann, Pamela Wedekind und Gustaf Gründgens geprasselt. Dass die drei Dichterkinder ihre eigene Verlorenheit spielten, ihre Seelen nackt herzeigten, um sich gegen den Vaterruhm zu behaupten, hatte den Speichel fließen lassen im Saal. Mopsa hatte sich zu Hause gefühlt in diesen

Verlorenheiten. Jede hatte eine andere Farbe, und ihre passte dazu. Als sie das malte, flossen die Aquarellfarben ineinander: Mauve für Klaus wie seine liebsten Hemden, Mintgrün für Pamela wie ihre Augen, Veilchenviolett für Erika nach ihren Lieblingsblumen und für sich selbst Caput mortuum, ein Pigment, das angeblich deswegen Totenkopf hieß, weil es die Farbe des geronnenen Blutes hatte, dort, wo Delinquenten der Kopf abgeschlagen worden war. Dabei hatte sie damals Benn noch gar nicht wiedergesehen.

Am Bodensee hatte Mopsa manchmal an die elektrischen Weidezäune gefasst. Sie vermisste diesen Schmerz. Wochenlang war sie seit Jahresbeginn als Treibholz durch die Berliner Grenzenlosigkeit gedümpelt. Clubs mit Frauen in Anzügen, Fracks, Arbeiterhosen, mit Fliege oder Schiebermütze, Monokel und Zigarre, für Männer verboten. Zirkel, in denen sich Herren der Theater-und Geisteselite im Smoking rauchend, champagnertrinkend unterhielten neben halbnackten und ganznackten jungen Schönheiten und Büchervitrinen mit Prachtausgaben und Erstausgaben. Auf dem Kudamm Männer mit hervorblitzenden Strapsen auf High Heels, Frauen mit dramatisch bemalten Verzweiflungsgesichtern, mit räudigen Pelzen und schrillem Fummel zu Diven der Apokalypse aufgetakelt. Hotellobbys, wo beim Tanztee die Fabrikantengattinnen mit einem Gigolo Unterleib an Unterleib übers Parkett schoben. Keller, in denen sich Nachtportiers, Söldner, Filmstatisten, Schwarzhändler, Sportwettmacher, Kuppler und Nachtcafé-Soprane vermengten und Geschäfte trieben. Straßenecken, an denen minderjährige Mädchen mit grellroten Mündern ihr Kommstemit? übten. Kaufhäuser, in denen goldbehangene Ladys wie die Raben klauten. Theater, in denen nackte Tänzerinnen ihren Oberkörper so weit nach hinten, das Becken so weit nach vorn bogen, dass die Männer das Gleichgewicht verloren. Keine Grenzen, nicht nach oben, nicht nach unten. Anstoßen? Wie denn.

Seit dem Besuch bei Benn war alles anders. Er hatte sie vorgelassen, mehr nicht. Täglich rannten ihre Gedanken gegen die Mauer der Festung und stießen sich blutig.

Kommen Sie, wenn Sie wollen, hörte sie ihn.

Oder hatte er gesagt: Kommen Sie! Wenn *Sie* wollen.

Am zweiten Mai sechsundzwanzig hat Benn seinen vierzigsten Geburtstag. Kauf eine Flasche Champagner und Rosen. Bring's ihm vorbei, dass er feiern kann, der armearme Benn, hatte Thea ihre Tochter beauftragt.

Benn öffnete im weißen Kittel. Sie holen mich vom Schreibtisch weg, sagte er. Er nahm Flasche und Rosen, öffnete mit dem Ellenbogen die Tür zum Wartezimmer für die Fremden.

War das andere Zimmer belegt?

Das *Nachtcafé* fehlte.

Stattdessen hingen dort ein paar Kunstpostkarten mit gezeichneten Pferden.

War nur eine Leihgabe von Grosz, sagte Benn.

Sie feiern nicht?

Ich rechne ab, sagte er. Geeigneter Tag heute. In fünfzehn Jahren habe ich mit literarischen Arbeiten 975 Mark verdient, also 4,50 pro Monat. Übersetzungen ins Französische, Englische, Russische, Polnische inbegriffen und Abdrucke in Anthologien von Amerika bis Belgien. Eine gute Solotänzerin erhält in der Staatsoper 300 Mark für einen Auftritt, ein mittelmäßiger Filmschauspieler verdient 400 Mark am Tag, der erste Geiger in einer Sommerkapelle 1500 Mark im Monat, der Dirigent der Kinokapelle im Marmorhaus 4000 Mark. Da steht einer der Größten dieser Zeit mit 4,50 Mark im Monat entschieden ungünstig da.

Mopsa suchte nach einem Zwinkern in Benns Gesicht. Nichts. Einer der Größten dieser Zeit. Das dachten sicher viele Dichter von sich, sagte aber keiner. Außer Benn.
Wollen Sie ins Theater gehen? Er sah auf die Uhr. Es beginnt in vierzig Minuten.
Das Ja passierte ihr sofort.
Ich habe nur eine Karte, sagte Benn. Viel Spaß.

Die Schauspieler hätten Chinesisch reden können. An den Versen von Sophokles' *Elektra* interessierte Mopsa nur, wie die Münder der Frauen sie formten. Was beherrschten diese Lippen, was versprachen sie dem, der erfahren genug war? Woran konnte man erkennen, welche der Schauspielerinnen Hurenblut besaß?

Weghaben wollen hatte er sie. Was für eine Frau saß nun im Herrenzimmer oder saß sie gar nicht? Die Couch war in der Mitte durchgelegen. Mopsa wurde es heiß. Die Sitze rechts und links von ihr waren leer. Zu viele Revuen im Angebot, da interessierte antike Tragödie nicht. Sie schälte sich aus ihrer Jacke. Schicke Bräute, hatte Doris aus dem Reichskanzler gesagt. Benn trug keinen Ring. Hatte er jemals einen getragen? Eigentlich ertrugen diese Hände gar keinen Ring.

Das hatte Mopsa von Pamela Wedekinds Händen auch gedacht. Breite Handflächen, kurze stumpfe Finger, Männerdaumen, plumpe Fremdkörper. Wund und klebrig wirkten sie immer. Erika Mann hatte das nichts ausgemacht. Mopsa hatte oft gesehen, wie Erika diese wunden hässlichen Hände küsste. Sogar noch, als der Verlobungsring ihres Bruders daran steckte.

Nun trat Klytämnestra wieder auf die Bühne. *Gewaltig ist das Mutterherz. Man kann, auch wenn das Kind uns Böses angetan, doch nimmer hassen, was man selbst gebar.*

Thea Sternheim saß auf Mopsas Schultern. Liebe hätte die Mutter ihr Gewicht genannt.

Zu viel getrunken, junge Frau?, sagte einer, als Mopsa am Bühnenausgang torkelte.

Benn hatte gewusst, in welches Stück er sie schickte. Zu dieser Mutter, die den Vater samt Nebenbuhlerin in der Badewanne mit dem Beil erschlagen hatte. Angeblich, weil er die gemeinsame Tochter zum Opfertier gemacht hatte. Oder doch eher, um sich zu rächen. Konnte das Opfern der Tochter auch etwas anderes sein? Konnten auch ausgekämmte Haare Rachegelüste wecken?

Mopsa hatte sich ein Taxi genommen. Vielleicht sah sie noch, wer in der Belle-Alliance-Straße aus der Nummer 12 herauskam. Auf dem Rücksitz schmierte sie aus ihrer Handtaschendose Vaseline auf die Lippen, obere und untere. Hurenblut zeigen. Ein Tipp von Doris aus dem Reichskanzler.

Benn öffnete, im weißen Kittel. Noch immer? Schon wieder? Er gab ihr die Hand, als hätten sie sich Tage nicht gesehen.

Diesmal ging es den Läufer in Caput mortuum vor zum Herrenzimmer. Die Decke auf der Couch glattgezogen, die beiden Kissen glattgestrichen.

Können Sie Maschine schreiben?, fragte Benn.

Sie schüttelte den Kopf.

Benn verschwand und kam zurück mit einer halben Flasche Sekt, zwei Gläsern zwischen den Fingern und ein paar Sandwiches auf Porzellan in der anderen Hand. Übrig geblieben vermutlich. Geübt stellte er alles ab. Roch an seiner rechten Hand. Vaseline?, fragte er.

Mopsa war noch voller Mord und Mutter und Blut. Das war zu viel, einfach zu viel. Benn überhörte ihr Ächzen und schenkte Sekt ein. Ach, die ganze Geschichte sei doch voll von Vatermord, Muttermord, Inzest. Bis heute. Antike Tragödie ist immer, sagte er.

Ahnte Benn etwas?

Lamento und Tränen sind ihm zuwider wie Sahnetorten, Wagner und alle Stücke, die über eine Stunde dauern, hatten die Pfemferts gewarnt. Mopsa setzte sich aufrecht hin, sprach, wie Pamela gesprochen hätte, frisch gewetzt, und sah Benn an, als wären ihre Augen mintgrün: Was ist mit Ihrem Bruder, wurde das Urteil bestätigt? Guillotine –

Benn antwortete nicht. Er stand auf, ging um ihren Sessel herum, hob das Haar an ihrem Nacken an und küsste ihn.

Am 18. Mai 1926 stieg Thea Sternheim nachmittags am Anhalter Bahnhof aus dem Zug.

Mopsa hatte nicht in den Spiegel geschaut, sie wusste, wie sie aussah. Wie ein Mensch eben aussieht, dessen Herz seit zwei Wochen an einem Fleischerhaken hängt und der mit niemandem darüber reden kann.

Sie betrachtete ihre Mutter mit neuem Staunen. Geheiligte van Goghs, Familienreliquien, Geld, Schmuck, Wertpapiere durch Flucht und Inflation verloren, betrogen, bloßgestellt, nun bespuckt von einem Kranken. Nichts davon war Thea anzusehen. Mondän und überlegen stand sie da. Das hatte schon Carl Sternheim damals bestochen, diese Verheißung von Sicherheit. Mopsas Vater hatte früher mit seinen Erfolgsstücken einer Sorte von Bürgern in die Weichteile getreten, die es jetzt nicht mehr gab. Hatte sich aber immer einer elitären Gesellschaft angedient. Wie viele Theaterdirektoren geschmiert worden waren, um endlich wieder einen Sternheim auf die Bühne zu bringen, hatte Mopsa mitbekommen. Ohne Theas Geld hätte Carl Sternheim sich seinen Spott seit Jahren nicht mehr leisten können.

Und Benn?

Untätigkeit bei günstigen äußeren Bedingungen, hatten die Pfemferts gesagt, das sei sein Traum.

Mopsa beruhigte sich selbst. Nein, Benn ist anders, ganz anders.

Was das Geld anging, hatte Benn an diesem vierzigsten Geburtstag bilanziert: Ich beklage meinen Zustand nicht. Nein, ich will weiter meinen Tripper spritzen, zwanzig Mark in der Tasche, keine Zahnschmerzen, keine Hühneraugen, der Rest ist schon Gemeinschaft, und die meide ich.

Kein Mann für eine Thea Sternheim. Schon weil Gott zwischen ihnen stand. Gott behinderte die Sicht des Pathologen auf das, was er zerlegen wollte, und dem Rausch stand er auch im Weg.

Ein armer Hirnhund, schwer mit Gott behangen.
Ich bin der Stirn so satt. Oh, ein Gerüste
von Blütenkolben löste sanft sie ab
und schwölle mit und schauerte und triefte.

Auf halbem Weg zwischen Anhalter Bahnhof und Hotel am Zoo gestand Mopsa der Mutter die Sache mit Benn.

Also in Benn verliebt, wiederholte Thea Sternheim zum dritten oder fünften Mal, als sie ihre Tagebuchblätter auf den Hotelschreibtisch legte. Meine Tochter in Benn verliebt.

Mopsa schwieg.

Du in ihn, sagte Thea, ohne sich umzudrehen. Und er?

Mopsa schwieg. Erzählen von dem, was war oder nicht war? Dass sie genau wusste, an welchen Stellen die Decke im Herrenzimmer Risse hatte und Flecken, vermutlich Hausschwamm. Dass er Ekzeme hatte, der Hautarzt Ekzeme. Dass sie gewartet hatte, dass es geschah und nichts geschehen war.

Dass sie beim nächsten Mal die Lider geschlossen hatte, um weder die Risse und Flecken noch die Ekzeme zu sehen. Dass sie vorher Cognac getrunken hatte, für die Hingabe, ohne Erfolg. Dass er jedenfalls nie die Jalousien vor den Augen hochgezogen hatte. Lachend könnte sie bestenfalls berichten: Wer sich gynäkologisch bei einer Frau genau auskennt und geschickte Hände hat, kennt sich erotisch nicht besser aus, im Gegenteil. Das Lachen wäre wahrscheinlich entgleist.

Nein, besser gar nichts erzählen.

Benn ist undurchschaubar, aus Prinzip, sagte Thea.

Mopsa sah die leeren gelochten querformatigen Seiten auf der grünen Ledereinlage. Was würde die Mutter in ihrem Tagebuch machen aus dem Geständnis der Tochter?

Die rotgepolsterte Höhle des Apollo-Theaters zu betreten an diesem hellen Spätnachmittag im Mai, war Theas Idee gewesen. Alles redete über Eisensteins Film *Panzerkreuzer Potemkin*. Das Kino war bis auf den letzten Platz besetzt. Großenteils Leute, deren Uhren, Ohrgehänge, Hüte, Schuhe, Ringe, Mäntel nicht passten zu einem Propagandafilm für den Kommunismus. Jeder von ihnen musste wissen, dass es hier um die Verklärung eines Aufstands vor einundzwanzig Jahren ging, bei dem die Mannschaft der Potemkin verweigert hatte, Suppe aus verseuchtem Fleisch zu fressen. Keiner im Saal hatte jemals Fleisch gesehen, in dem Würmer saßen. Mopsa spürte, wie der Rhythmus der Bilder sie mitriss. Hinein in den Strudel. Hordenweise flohen Menschen, die sich auf die Seite der Matrosen geschlagen hatten, auf der riesenhaften Treppe, die vom Hafen Odessas herabführte. Rannten, die Augen, die Münder schreckgeweitet vor den Gewehrsalven der Soldaten, in den Saal hinein, auf die Zuschauer zu, als könnten die sie retten. Ihre Schritte, ihre Schreie waren ohne Ton zu hören, ihre Angst packte Mopsa, schleifte sie mit. Als eine von denen, die eine Kugel im Rücken, im Bauch, im Schädel, zu Tode stürzten.

Fast alle weinten, als sie das Kino verließen, und waren Kommunisten. Auch Thea weinte. Sie war jetzt sicher auch Kommunistin.

Mopsa ekelte es vor diesen Tränen. Mit auf die Barrikaden gehen, an die äußerste Grenze, sich mit den anderen und für die anderen weh tun, Risiko satt Komfort, das wär's. Sie reichte ihrer Mutter ein Taschentuch. Benn hatte recht, dass er Tränen misstraute.

Diese Krankenschwester, der sie das Auge herausgeschossen haben, dieses Blutloch im Gesicht, wer kann das je vergessen. Benn muss ihn sehen, schluchzte Thea.

Ist ihm zu lang, sagte Mopsa.

Du liebst ihn nicht wirklich, sagte ihre Mutter. Sie waren auf dem Weg zu ihm. Nicht nach Kreuzberg, nach Charlottenburg.

Noch nie hatte Benn Mopsa in seine Wohnung in die Passauer Straße eingeladen. Jetzt erst, im Schlepptau der Mutter. Deren Sätze über den Vater und seine Ausbrüche und die Veränderungen seiner Haut und die Meinungen der Ärzte am Bodensee glitten an Mopsa ab. Warum sagte sie nicht: Du nimmst mir Benn weg, und ich verfluche dich dafür.

Mopsas Freundin Pamela biss jeden in die Hand, der sich ihr mit Ausflüchten entzog. Und jeden, der hinter ihrer Mutter her war. An den Malen konnten sich Pamelas Opfer erkennen.

In Charlottenburg Häuser mit blinkenden Fenstern, frischen Fassaden, Restaurants mit polierten Türen und goldenen Namenszügen, breite verglaste Hauseingänge, dahinter reichstuckierte und illuminierte Treppenhäuser, nirgendwo Erbrochenes vor der Tür, nirgendwo Hinterhofgestank. Von irgendwoher wehte sogar der Duft von ofenfrischem Hefegebäck. Die Passauer Straße 19 hatte wenige Klingelschilder. Pro Etage eine Wohnung.

Hier hat Benn mit seiner Frau und seiner Tochter gewohnt, sagte Thea. Die nassen Augen klangen mit.

Nein, hier hat er seine Frau und seine Tochter abgestellt, sagte Mopsa. Nicht mal übernachtet hat er bei ihr.

Was willst du eigentlich von ihm?, fragte Thea. Ich meine von ihm als Mann.

Benn öffnete die Tür in einem schwarzen Anzug, weißes Hemd, hellblaue Krawatte.

Sieben Zimmer, sagte er. Mopsa bemerkte, wie ihre Mutter bei der Besichtigung von Zimmer zu Zimmer steifer wurde. Es war die Wohnung eines Selbstmörders, der von der Schönheit der Welt nichts mehr wissen wollte und nur hauste zwischen ererbten oder lieblos zusammengekauften Objekten. An den Fenstern verzweifelt rosengemusterte Gardinen. Im Schlafzimmer zwei getrennte Betten. Auf einem verbarg eine abgenutzte Decke Aufgehäuftes, wohl Textilien.

Ich habe ihre Kleider noch immer nicht weggegeben, sagte Benn. An wen schon.

Salon nannte Benn den größten Raum. Vermutlich weil dort ein Klavier stand und über dem Sofa ein Bild hing. Englischer Teekuchen mit kandierten Früchten, Kaffee, salzige Kekse, Weinbrand.

Benn aß den Kuchen mit dem kleinen Besteck. Zärtlich hielt er Messer und Gabel; geschickt, ohne dass etwas krümelte, aß er, in exakt gleich großen Stücken. Sie konnten also Zärtlichkeit, seine Hände, Mopsa sah ihnen zu, während es vom *Panzerkreuzer* zur Geschichte ging.

Geschichte?, hörte sie Benn wie aus großer Entfernung. Ist ohne jeden Sinn, keine Aufwärtsbewegung, keine Menschheitsdämmerungen. Sie übersteht den Niagara, um in der Badewanne zu ertrinken.

Mopsas Lust, in diese Hände hineinzubeißen, wuchs. Dort eine Spur ihrer Zähne zu hinterlassen, für Tage, Wochen.

Sie wollte den Blick nicht sehen, mit dem ihre Mutter Benn bedachte. Theas Anbetungsblick konnte sie kaum aushalten.

Hier ist das Heute, sagte Benn.

Thea fing an, von Gott zu reden. Benn kehrte den Pfarrerssohn heraus. Schade, dass Protestanten keine Klöster haben. Manchmal denke er dran, eins zu gründen. An einem milden Ort, und dort Rosen zu pflegen. Ach ja, Rosen, sagte Thea. Die Rosen.

Dass sie beide an einem Sonntag zur Welt gekommen waren, wie schön, beide einen Bruder hatten, der Theo hieß, wie schön. Und wer ist für Sie der größte lebende Schriftsteller? André Gide. Ja, Gide, kein Zweifel. Wie kunstvoll gebaut, wie hintergründig, wie delikat und fragil.

Gerade hatte sie noch um erschossene Aufständische geweint.

Mopsa hob den Kopf und sah Benn an. Ist Syphilis eigentlich erblich?

Theas Verstummen freute sie. Aber Mopsa hatte noch etwas in der Hinterhand.

… was meinst du?

Dieses Du gehörte ihr, nur ihr, wie die Kenntnis seiner Ekzeme.

Als sie die Wohnung gegen drei Uhr morgens verließen, war Mopsa dennoch klar: Sie hatte verloren. Über ihrem Dornengestrüpp hatten sich Thea und Benn die Hände gereicht, ohne sich auch nur zu ritzen.

Als Mopsa am Vormittag zum späten Frühstück die Suite ihrer Mutter betrat, stand auf dem Tisch ein Strauß tiefdunkler Mohn. Große Blüten mit schwarzen Herzen.
Die Karte von Benn hatte Thea Sternheim an den Fuß der Vase gelehnt.

Am Tag, an dem ihre Mutter abreisen wollte, kam Mopsa zu früh. Sie hatte sich beeilt, um zu früh zu kommen. Die äußere Tür der Suite öffnete sie geräuschlos. Benns Stimme drang durch die innere.
Und? Sind sie süß?
Thea summte.
Schweigen.
Sie müssten süß sein.
Thea summte.
Warum er nicht öfters gekommen sei, sagte sie schließlich.
Ich habe Angst vor der Eifersucht und den Kommentaren Ihrer Kinder. Alles Aussprechen ist immer Schwächung des Gefühls.
Mopsa schloss die Tür, rannte die Treppe hinunter und wartete im Palmenschatten des Foyers, bis Benn das Hotel verließ.
Auf dem Tisch in Theas Suite ein großer Teller mit roten Spuren, auf der Fahne des Tellers Erdbeerblätter.
Hat er dich damit gefüttert?
Thea lächelte. Warum nicht?

Schwüle Luft, wie noch nie Ende Mai, drang durchs offene Fenster herein. Unten im Hof kreischten die Katzen wie Vögel. Oder waren es Vögel, die wie Katzen klangen? Aus einem Tanzlokal Tangoklänge. Ob Benn heute im schwarzen Rechteck stand und hinauslauschte? Ob eine Frau auf einer Bank saß und ihm dabei zuschaute? Schicke Bräute, einsame Bräute, wo immer er sie herhatte.

Mopsa hatte beide Hände auf ihren Schamhügel gelegt. Das Haar dort war feucht. Die Katzen kreischten noch immer. Der Schlaf verweigerte sich ihr. Sie stand auf. Irgendwann würde sich alles ändern, würden die Festungsmauern in sich zusammenfallen. Würde Benn von Liebe reden. Sie musste nur lange genug ausharren. Was er mit Thea gespielt hatte, war eine Prüfung gewesen, eine Bestrafung, vielleicht verdient. Mopsa hatte Benn zu viel vorgejammert. Auch über ihren Beruf, zu wenig Struktur, Halt, System. Zu viel Intrige. Theaterwelt, Vaterwelt.

Aber was bleibt mir anderes übrig? So geht es uns allen. Wenn ich Pamela frage, warum sie Schauspielerin ist, sagt sie: Was bleibt mir anderes übrig. Wenn ich Klaus frage, warum er schreibt, sagt er: Was bleibt mir anderes übrig.

Sie alle seien Gefangene zu großer Freiheiten. Beschenkt aus Sicht der Ahnungslosen. In Wirklichkeit eingesperrt im Ruhm der Väter. Ja, das Gejammer war dumm gewesen.

Sie war gewarnt worden. Doris vom Reichskanzler hatte wissen wollen, warum Benn allein hause. Und er hatte ihr erklärt, dass er vor vielen Frauen, auch vor der Ehefrau, auf der Flucht war: Tränenbäche und Todessehnsucht machen einen Mann hilflos, außerdem lustlos. Beschwert er sich, ist er ohne Gefühl. Sucht er sich eine Aufheiterung und sie kommt dahinter, ist er ein Schwein.

Keiner schlief in dieser Nacht. So viel Tropen in Berlin, das war selten. So viel Blütenparfum, Weite und Wollust in der Luft. Restaurantterrassen, Cafés, Wohnzimmer, Essküchen, alles war noch erleuchtet. Mopsas Zimmer wurde vom Hof erhellt. Sie nahm die billig gebundene Erzählung vom Tisch, Pfemferts hatten ihr den Band vor ein paar Tagen ausgehändigt. Mit einem Gruß von Benn. Geschrieben hatte er den Text schon vor sechs Jahren. Auf dem Sofa der Pfemferts hatte Mopsa ihn sofort verschlungen.

Eine Nacht wie die veränderte alles, Gerüche, Körper, Wahrheiten, auch einen Text wie den. Sie knipste die Lampe an, um ihn nackt noch einmal zu lesen. *Der Garten von Arles.* Unter dem Titel ein Motto. *Das ist reines Gelb. Das löst wie Zuckerei. Da kann Gott nicht weit sein. Was heutzutage Gott ist: Tablette oder die Originalstaude mit Pottasche oder Coquero.*

Mit Drogen kennt Benn sich aus, hatten die Pfemferts gesagt. Dort wo die Kokastaude wächst, wird Kokain Coquero genannt. Nur wenn man die Blätter der Kokastaude zusammen mit der alkalischen Pottasche kaut, wird das herausgelöste Kokain so umgewandelt, dass es keine Sucht erzeugt. Benn hat es wohl selbst probiert.

Ich weiß, sagte Mopsa.

O Nacht! Ich nahm schon Kokain,
und Blutverteilung ist im Gange ...

Im Uttwiler Haus der Eltern am Bodensee hing der *Garten von Arles* im ersten Stock auf einer weiß geschlämmten Mauer neben dem großen Fenster zum Wasser hinaus. Es war einer von vier van Goghs, die sich noch im Besitz der Sternheims befanden, fünf hatte Thea in den letzten Jahren verkaufen müssen. Auf den Garten van Goghs blicken, hieß auch, auf den See blicken. Er löschte das Lodernde nicht.

Das ist reines Gelb. Das löst wie Zuckerei. Gegen harten Husten hatte Thea den Kindern immer drei Dotter auf zwei Esslöffel Zucker im Glas verrührt. Es hatte geholfen. Die Zeilen beschleunigten Mopsas Puls. Danach sehnte sich Benn: dass sich etwas löste. Grenzen sich auflösten wie Barrieren im Hirn bei Kokain. Mit einem Gruß von Benn. Also: Er wollte nicht allein in seiner Festung verenden. Er rechnete damit, dass sie den Hinweis verstand und auf seinen Befehl hörte.

Mopsa hörte. Sie zog sich an, ein nachtblaues Kleid mit gelben Blüten.

Zum Kakadu waren es keine zehn Minuten zu Fuß. Die Bar befand sich direkt an der Ecke Kudamm, Joachimsthaler Straße und Augsburger Straße.

Sind alle da, hatte Klaus Mann gesagt. Boxer, Zeitungsleute, Baulöwen, Jagdflieger, Animierdamen, auch männliche, Luxustarif allerdings, Operettensterne, auch mal ein Staatssekretär.

Die lange Hockerreihe an der Messingreling der Bar war fast voll besetzt, Blick auf die handbemalten Fliesen mit Kakadus. Nur interessierte der Blick keinen.

An der Bar kommst du am schnellsten ran. Sie sagen auch Zement dazu, hatte Klaus gewusst, Kakao oder Schnee.

Der Mann rechts von Mopsa war ein Jagdflieger. Ohne Schnee hält das bei uns kaum einer aus, sagte er.

Kennen Sie Benn?, fragte Mopsa.

Etappe Brüssel? Er grinste, ließ zwei Gläser Cognac und die Dose kommen. Sein Zigarettenetui hatte er aufgeklappt, auf der Innenseite des Deckels zog er sechs weiße Pulverlinien. Drei für jeden, sagte er.

Mopsa hielt sich an der Reling fest.

Anfängerin? Der Jagdflieger hatte behaarte Handrücken, auch die Stimme klang behaart. Aus der Brusttasche zog er zwei knochenfarbene Röhrchen, Bakelit vermutlich. Nie Geldscheine, merk dir das. Sind dreckig, sondern Bakterien ab, außerdem Schwermetalle. Keine geschnittenen Strohhalme, kein normales Papier. Scharfe Kanten! Nasenschleimhäute pflegen, kapiert. Nasendusche zwei Mal die Woche.

Mopsa zog.
Sprudel prickelte in ihrem Hirn. Wacher war sie nie gewesen. Was sah sie alles. Die Schnäbel der Kakadus waren lauter Nasen von Benn. Das Muster drum herum war das des Smyrnateppichs im Herrenzimmer. Orient aus Cottbus, hatte Benn gesagt. Dieser weiße Vogelleib mit rosa Höhungen ihr gegenüber, das waren Benns Hände mit den geröteten Höckern. Benn drang in sie ein, und sie drang in ihn ein.
Zersprengtes Ich – o aufgetrunkene Schwäre –
verwehte Fieber – süß zerborstene Wehr.
Du verträgst das Zeug nicht, sagte der Jagdflieger.
Kokain, sang Mopsa auf einem Ton. Von Benn.
Ich hab deinen Kakao bezahlt, Puppe, sagte der Jagdflieger, ich, nicht dein Doktor von der Etappe.
Schwäre, Geschwüre, seine Ekzeme. Sie trinken, ja, sie trinken. Den Menschen trinken mit allem, egal wie bitter es schmeckt. Kein Ekel! Mopsa kippte den Cognac.

Das Kino im Eckhaus am Kottbuser Damm hatte nichts gemein mit den Filmpalästen im Westen. Am Eingang hinter Glas ein Plakat. Flammendrot und leblos hing ein Männerleib in den Armen einer totenblassen Frau mit schwarzen Augenhöhlen und dem Lächeln eines Totenschädels. *Mörder, Hoffnung der Frauen* stand darunter. Diagonal darüber ein weißer Streifen: *Nur heute! Operneinakter. Libretto: Franz Kafka. Musik: Paul Hindemith. Studenten der Hochschule für Musik.*
Dauert keine halbe Stunde, sagte Benn. Ihn interessiere es wegen Hindemith. Nur der könnte Benn vertonen.
Die Sitze hart und schmal, im Saal roch es nach Bier, Schweiß und Fleischsalat.
Eine Schar Krieger in Rot mit ihrem Anführer gegen eine Schar Frauen. Sie reizten sich, heizten sich auf, stichelten, sta-

chen mit Worten und Gesten. Dann riss der Anführer der schönsten, stärksten, größten Frau ihr Glitzerkleid vom Leib und brandmarkte sie. Aufschrei im Saal, wo hier doch Abgebrühte saßen. Der Anführer wurde in einen Turm gesperrt, seine Männer trieben es mit den Frauen. Nur eine umschlich den Turm, die Gebrandmarkte. Flehte um Einlass, flehte darum, von dem, der sie gebrandmarkt hatte, berührt zu werden, einfach nur berührt. Mopsa grüßte sie stumm als Verwandte.

Das ist Nietzsche, sagte Benn, diese sogenannte Liebe. In ihren Mitteln der Krieg. In ihrem Grunde der Todhass der Geschlechter.

Vom Kino aus war es nicht weit in die Belle-Alliance-Straße. Die Toilette lag neben dem Sprechzimmer, die Wände waren mit hellgrüner Ölfarbe gestrichen. Mopsa ließ das Wasser laufen, während sie schnupfte.

Benn brachte wieder Sekt an, eine ganze Flasche. Bis auf die Stehlampe neben der Couch kein elektrisches Licht. *Zersprengtes Ich*, flüsterte Mopsa. *Süß zerborstene Wehr.*

Sie musste danach eingeschlafen sein. Das Licht der Stehlampe blendete sie. Es war direkt auf ihr Gesicht gerichtet. An Benns rechter Zeigefingerspitze klebte weißes Pulver.

Woher sie das Zeug habe. Er selbst? Nein, das sei etwas anderes. Etwas vollständig anderes. Ein Arzt könne damit umgehen. Außerdem sei das Gedicht damals auf der Etappe entstanden, lang her. Und jeder brauchte dort Überlebensstoff gegen Grauen und Ekel.

In Brüssel kamen Patientinnen zu mir, denen hatte das Zeug ein Loch zwischen Nase und Mund in den Gaumen gefressen, drüber eine ranzige Höhle. Aus ihrer verfaulenden Nase lief der Schleim durch die Höhle in den Mund. Ihr Hirn schiss auf die Zunge. Sie wollten, dass ich das Loch mit einem

Stück Haut wieder zunähe. Musste sie weiterschicken, keine Hautarztsache, Zahnarztsache. Für sie war's nur ein Problem, dass es den Kunden grauste, wenn morgens auf dem Kopfkissen blutiger Auswurf lag.

Mopsa zitterte. Benn nahm das Plaid vom Fußende, entfaltete es und deckte sie zu.

Dann streichelte er ihren Kopf, langsam, gleichmäßig, wie einem Kind.

Das Nächste, was sie wahrnahm, war Kaffeegeruch. Er hielt die Tasse in der einen Hand, eine Streubüchse mit Zucker in der anderen. Er wecke sie nur, um sie rechtzeitig heimzuschicken. Der letzte Bus fuhr kurz vor Mitternacht.

Als Mopsa ihren Koffer auspackte, wunderte sie sich, dass nicht alles, was darin lag, Kleider, Unterwäsche, Strümpfe, nach Äther, Kölnisch Wasser und Juno rund roch, Benns Zigarettenmarke.

Die Wiese rund um die gemauerte Hütte hinter dem Haus der Eltern schmatzte. Der Pegel war in Konstanz auf fünf Meter gestiegen. Die Uferpromenaden waren überschwemmt. Kinder fuhren dort Paddelboot. Erst heute Morgen, ein paar Stunden, bevor sie mit dem Mittagsschiff aus Lindau herübergekommen war, hatte es zu regnen aufgehört. Die Luft war getränkt von Tang und nassem Holz. In dem kleinen Spiegel überm Waschbecken sah Mopsa die Müdigkeit in ihrem Gesicht. Gut so, das würde ihr Fragen ersparen.

So einen Abgang macht er oft, hatte Doris vom Reichskanzler gesagt. Sagt es vorher keinem Aas, dass er abhaut, meistens zu diesem Bruder in der Uckermark, Templin, glaube ich.

Drei Abende nacheinander war Mopsa zu Beginn der Woche bei Benn gewesen. Hatte nicht gejammert über die

Schmerzen im Unterleib, über das Schweigen der Mutter, über die Kälte ihres letzten Briefs, hatte nichts erzählt von den vielen Benn-Porträts, die sie gezeichnet und in kleine Stücke gerissen hatte. Obwohl Klaus Mann sagte: Das ist er, unser Meister.

Und dann hatte sie vor verschlossenen Türen gestanden. Klingeln, Sturmklingeln, bis jemand sie endlich hineinließ ins Treppenhaus, Pochen an der Praxistür, Hämmern, Rufen, alles ins Leere.

Die Stille hier am See machte es noch schlimmer. In keinem menschenleeren Kirchenschiff hätte lauter gehallt, was sie Benn sagen hörte: Lustmord finde ich seit je die eigentlich ideale Form der Liebe, jedenfalls von Seiten des zart empfindenden Mannes. Dem robusten ist es natürlich gleich, was aus ihr wird.

Am Tag nach Mopsas Ankunft in Uttwil stand der Postbote vor der Tür, als sie zurückkehrte von einem Kontrollgang am Ufer, mit nackten nassen Füßen. Er wollte gerade die Glocke ziehen. Ein Telegramm, adressiert an Thea und Carl Sternheim.

Tausendfachen Dank für Widmung Uznachschule. Ganz wunderhübsches Stück. Zweifellos sensationeller Erfolg. Grüße an Sie beide. Benn.

Er hatte keine Ahnung. Wüsste Benn irgendetwas von den Nachstellungen ihres Vaters, ihn müsste dieses Lustspiel anwidern. Es ging darin vor allem um Sternheims Gelüste. Wer ihn kannte, durchschaute sofort, dass die *Schule von Uznach* eine Schule von Uttwil war, die Sternheim in seinen feuchten Träumen errichtet hatte. Eine Schule für modernen Ausdruckstanz, die ihre Schülerinnen gymnastisch und philosophisch aufrüstete. Damit sie sich gegen patriarchalische Idioten behaupten konnten. Die handelnden Personen: *Bildschöne Mädchen im Alter von 17 bis 20*. Nach dem Gesetz also minderjährig. Aufnahmebedingung: Sie hatten bereits entjungfert zu sein. Der Direktor ein Dichter, der sein Geld anders verdienen musste, hieß nicht Sternheim, aber Siebenstern und hatte den Doktortitel, den Mopsas Vater so gern gehabt hätte. Auch sonst alles klar. *Links Bodenseeufer, hinten links ein Badeschuppen, offen nach vorn ... Thylla, Maud, Vane in der Hütte beim Auskleiden.* Unter dem Vorwand der körperlichen Ertüchtigung ging es um freistehende Brüste, rasierte Achseln, Schenkel, Schambeinfuge, Beckenring und geschmeidige Gürtelmuskulatur. Siebenstern hatte ein Verhältnis mit einer der bildschönen Schülerinnen und schaute zwei anderen gerne zu, wenn sie sich küssten und befingerten.

Natürlich verschwieg Sternheim seinem Arzt, dass ihn minderjährige Frauen, ob die eigene Tochter, deren Freundin oder die Mädchen im Schilf, mehr animierten als die von Benn bewunderte Gattin, für Sternheim ein bodenloses Gefäß, in dem seine Männlichkeit und Genialität ersoffen. Aber Thea, hatte auch sie geschwiegen?

Mopsa legte das Telegramm auf die Kommode in der Diele und floh wieder ins Freie. Erdbeeren? Die Bauern schüttelten den Kopf. Der Regen.

Kirschen? Werden dieses Jahr teuer. Die Blüte hat Frost abgekriegt, und jetzt dieses Wetter.

Das passt, sagte Mopsa. Die Zeit der Kirschen ist vorbei.

Die Bauern glotzten sie an. Einer hatte Schattenmorellen vom Spalier hinterm Haus. Seien aber sehr sauer.

Das ist mir recht, sagte Mopsa. Dann ging sie schwimmen, weil der See zu kalt dafür war.

Vor den Mittagsmahlzeiten fürchtete sie sich. Während des Essens redeten Thea und Carl nur über Belangloses. Warum man nie das Gewünschte serviert bekam, wenn man im Restaurant ein verlorenes Ei in der Bouillon bestellte. Dass die Rote Beete, die am See gut gedieh, die Bildung roter Blutkörperchen fördere. Dass Mopsas Freundin Thylla, Tochter von Henry van de Velde, die vor kurzem noch mit ihren Eltern in Uttwil gelebt hatte, sich in der Thylla im Stück erkannte.

Was soll's. Alle erkennen sich, weil sie es wollen, erklärte Sternheim. Wer sucht denn nichts zum Sichaufregen.

Zwei Tage nach dem Telegramm berichtete die Mutter beim Mittagessen, dass Benn mit seiner Tochter Urlaub machen wolle, in Dänemark bei der Adoptivmutter.

Er hatte ihr also geschrieben.

Als säße Mopsa nicht am Tisch erklärte Thea ihrem Mann: Ich glaube, Benn ist schlau, dass er sie nicht bei sich groß werden lässt. So ist er die Verantwortung los für alle Erfahrungen, die sie in dieser Phase macht. Streitereien, wie Mopsa sie mir deswegen zumutet, erspart er sich.

Mopsa blickte auf ihren Teller. Als er leer gegessen war, sah sie auf. Der Vater starrte auf ihre Brüste. Sie hatte nach dem Baden nur einen Morgenmantel angezogen. Mopsa zurrte das klaffende Revers zusammen.

Nach dem ersten Schlagabtausch von Vater und Tochter über ihre Rechte auf Freiheit und seine, über seine Nachstellungen und seine Eifersucht, die er Beschützen nannte, erhob sich Thea; sie stützte sich dabei am Tisch ab wie eine alte Frau. Ihr zerschlagt den Frieden der Landschaft hier. Ohne jeden Grund. Ich bin der Prellbock.

Ist wohl erblich. Deine Mutter war's auch, schickte Mopsa ihr nach.

Diesen Drang ihrer Tochter, zu psychoanalysieren, wie sie es nannte, hasste Thea. Manchmal hasste auch Mopsa selbst ihn. Kaum hatte sie erfahren, dass Benn an ihre Mutter geschrieben hatte, wieder diese Unterleibsschmerzen. Was würde Thea ihm antworten? Ich glaube, Sie sind weise. Streitereien über längst Vergangenes, wie Mopsa sie mir zumutet, ersparen Sie sich.

Thea hatte in der Bibliothek einen Briefentwurf liegen lassen, offen, den Federhalter nebendran. Absichtlich, psychoanalysierte Mopsa.

Mir ist, als wäre mir ein Leben anvertraut, das ich mit Umsicht, Einsicht, mit der ganzen Zartheit, zu der ich fähig bin, verwalten will.

Beschämt las Mopsa noch einmal. *... ein Leben anvertraut ... mit aller Zartheit, zu der ich fähig bin ...* Schrieb die Mutter über sie? Mopsa las weiter,

Lassen wir die Vergleiche! Ihre Sympathie tut mir wohl. Wärmt wie Katholizismus. Mein lieber Benn, lassen Sie Ihr Wohlwollen keine Redensart sein.

Mopsa schaute in den Garten. Ihre Mutter stutzte die Rosen zurecht, rupfte Unkraut aus dem Beet und band den regenschweren Rittersporn mit Bast an Holzstäben fest. Sie bewegte sich ruhig und schön.

Als würde sie verfolgt, rannte Mopsa aus dem Haus über die schmatzende Wiese zu ihrer Hütte. Sie riss die Schublade auf. Das Schreibheft sah ramponiert aus. Gut so.

Diese Sucht nach Komfort, geistig, körperlich. Wohltemperierter Durchschnitt, sudelte Mopsa hinein. *Nicht einmal Leid hält bei mir lang an. Ich konsumiere es schnell, gründlich, mit äußerster Qual, aber es geht schnell vorbei. Das weiß ich von Anfang an.*

Die Rückkehr ins wattierte Dasein war ja gesichert. Schlimmer: unvermeidbar.

Benn kannte die Bierkutscher, die minderjährigen Straßenmädchen und die Prostituierten mit erschlafften Brüsten, die

Abdecker, die Toilettenfrauen und die Waschweiber, die Leichenwäscher in der Anatomie, die Menschen, die zu sechst in einem Bett schliefen, ihre Krätze nicht loswurden, im Gestank von Leimsiedereien und Gerbereien husteten, keinen Ausguss in der Wohnung, einen Abort auf der Treppe zu zwanzig, dreißig. Er hatte alles angefasst, wovor es Thea und Carl Sternheim beim Nurdrandenken grauste.

Benns wegen hatte Mopsa sich in Berlin angehört, wie diese Menschen redeten. Freier Zugang zur Gosse, kein Problem. Dort waren die Rosen weniger fein. Dass in Gedichten das Rosenbrechen Deflorieren meinte, wusste keiner, Bescheid wusste jeder. Rosen sagten sie zur Monatsblutung, Rosenmontag zu dem Tag, an dem es losging, Rosenhecke zur Monatsbinde.

Mopsa wartete seit sieben Wochen auf ihren Rosenmontag. Wäre sie von Benn schwanger, würde Thea dann die nächste Überdosis Veronal schlucken? Und würde Benn zum Engelmacher?

An ihrem Unterleib ertastete sie im Sitzen eine Wölbung, einseitig. Sie brauchte nicht aus dem Fenster zu sehen, um zu wissen, was ihre Mutter nun tat. Sie schnitt eine Rose ab, eine besonders schöne, große Blüte, und steckte die Nase hinein. Vermutlich schloss sie dabei die Lider, dachte an Gott. Oder an Benn. Die Rosen, ja, die Rosen. So oft von Benn beschworen.

Sternheims gute Laune schwitzte. Pamela Wedekind und Erika Mann hatten sich angesagt. Sie machten in Friedrichshafen Urlaub, im Kurgartenhotel, in der Kurgästeliste geführt als Frau Mann und Herr Wedekind. Mit dem Dampfer wollten sie quer über den See auf Besuch nach Uttwil kommen. Die Schule von Uznach frei Haus. Mopsa wusste, dass Erika und Pamela Abschied feierten. Eine Bestattungsfeier. Auf den

13. Juli war in München Erikas Hochzeit mit Gründgens angesetzt. Trauzeuge: Brautvater Thomas Mann. Mopsa wusste so gut wie Erika, wie Pamela, wie jeder in der Berliner Theaterszene, was Gründgens an Erika vor allem interessierte: diese im Sumpf der Gerüchte errichtete gleißende Familie mit ihrem weitverzweigten Kanalsystem. Dafür nahm er Erikas Geschlecht in Kauf.

Erika und Pamela traten aus der Fähre, gleich groß, gleich jung, das dunkelbraune kinnlange Haar fast gleich geschnitten, die gleiche weiße Schluppenbluse, der gleiche Rock dazu und die gleichen Pumps. Jede hatte der anderen den Arm um die Hüfte gelegt. Wie sie auf dem Landesteg daherkamen, so gleichschwingend an einem Junitag in frischen Brisen vom See, schreckte Mopsa der Gedanke an einen Mann wie etwas Gewaltsames ab.

Das Licht machte das Pfirsichflimmerhaar auf Pamelas Wangen sichtbar und den dunklen Flaum auf Erikas langer Oberlippe. Beide waren sonnengebräunt und rochen nach Nussöl.

Sie nahmen Mopsa in die Mitte, eskortierten sie durchs Dorf, vorbei an den in fruchtbaren Gärten breit brütenden Häusern und erzählten ihr Männerwitze. Nicht von Männern, über Männer. Die sich als Adler fühlten, aber nur Suppenhähne seien und jede Frau zur Glucke machen wollten. Die Reitgerte in Pamelas freier Hand pfiff alle paar Meter durch die Luft. Erika trat auf, als trüge sie beschlagene Stiefel. Zu spät bemerkte Mopsa, dass ihr Kichern sich überschlug.

Thea und Carl gingen hinter ihnen her. Mopsa vernahm in ihrem Rücken den Spott der Eltern.

Hüfte an Hüfte hockte Mospa mit den beiden Freundinnen auf der Treppe, die aus dem Haus auf die Terrasse führte. Thea fotografierte sie. Carl saß wie lesend im Liegestuhl auf dem Kies unterhalb, glotzte herauf zwischen Pamelas aufgestellte Beine. Der Rock war von den Knien leistenwärts gerutscht. Pamela zerrte ihn mit ihren wunden Händen wieder über die Knie, stellte die Beine steiler, er rutschte wieder herunter. Erika erzählte vom Hochzeitsessen. Nach der standesamtlichen Trauung sollte es mit Autos hinausgehen, Starnberger See, fangfrische Forelle in der Kaiserin Elisabeth, Feldafing. Kloßig zuerst, als würde sie gleich zu heulen anfangen, dann gereizt, während sie das Spiel zwischen Sternheims Blicken und Pamelas Händen kontrollierte. Das Telefon ging. Thea verschwand im Haus, erschien nach einer Viertelstunde wieder mit Flecken auf den Wangen.

Kostet das einen Hungerleiderarzt nicht zu viel – aus Dänemark?, fragte Sternheim, ohne den Blick zu wenden.

Erikas Hand suchte hinter Mopsas Rücken das Hinterteil von Pamela. Aber Pamela stand auf. Sprang hinunter auf den Kies, riss Sternheims Buch an sich. Zille, *Hurengespräche*? Naja. Haben Sie es mit den Käuflichen?

Die sind sehr vernünftig, sagte Sternheim, diese Mädels bei Zille. Was sie da am frühen Morgen noch im Bouillonkeller reden, nicht schlecht.

Mein Vater hatte auch so eine Liebe zu denen, vor allem den ganz jungen in Paris. Schon fast eine Verehrung hatte er für die.

Alle diese Mädels sind von ihren Vätern genommen worden, bis auf eine, sagte Sternheim. Die kannte ihren Vater nicht. Zuerst haben sie wohl randaliert. Aber wenn sie erst mal siebzehn, achtzehn sind, finden sie das gar nicht mehr schlimm. Dem Alten tut es gut, wenn er nach einem harten Tag danach einpennt, die Hand auf ihrer Bürste, und sie ist stolz drauf.

Pamela ließ die Peitsche durch die Luft sausen. Sternheim lachte.

Der Tee ist serviert, rief Thea.

Parkett mit intarsierten Sternen, an der Decke ein muranobunter Lüster, an den Wänden im blattvergoldeten Rahmen winterliche Alpenlandschaften mit violetten Schatten, petrolgrüne Dreiecke vor Felsengrau, schwarzgeränderte Holzhäuser vor Eisblau. Auf dem Mahagoni-Konsoltisch rechts ein großes zylindrisches Glas mit schwarzem Deckel. Darin eine Gebärmutter samt Eierstöcken.

Der Ordinarius an der Zürcher Universitätsfrauenklinik kannte Thea Sternheims Namen aus Kunsthändlerkreisen. Nein, keine van Goghs, dafür Kirchner und Hodler und ein Segantini. Vorzugstermin, selbstverständlich. Sein Schweizerisch war eingebettet in einen Bariton. Mopsa hörte aber einen Tenor, Berlinerisch:

Ist nur für die Armen ein Problem. Dienstmädchen, Fabrikarbeiterinnen, Büglerinnen, die schlucken zwei Tassen Streichholzköpfchen, schmieren sich den Thermometerinhalt auf die Schmalzstulle, laufen zu Abtreiberinnen, die Seifenlauge in die Bauchhöhle pumpen und mit schmutzigen Stricknadeln hantieren. Manche kippen einen halben Kanister Petroleum hinter die Binde. Es gibt auch welche, die hoffen, durch Beischlaf mit vielen Männern Tag für Tag die Gebärmutter zu sprengen.

Die Gebärmutter sprengen.

Nur Benn könnte das, ganz alleine er. Die Gebärmutter explodieren lassen und alles um sie her. Zu enden als Niederschlag aus Schleim und Blut und Gewebe auf Benns roten Polstermöbeln, seinem falschen Smyrna, der durchgelegenen Couch.

Zu spät. Sie war in der Schweiz und Benn in Dänemark. Mopsas Gegenwart versank im Glaszylinder. Da schwamm sie, diese Mutter, die vielleicht nie geboren hatte. Wem hatte sie gehört? Wie alt war die Frau gewesen? Welche Farbe hatte ihre Haut gehabt und welche ihre Augen?

Wir werden um eine Operation nicht herumkommen. Der Tumor kann auch gutartig sein. Ganz harmlos.

Solche Baritone waren zum Lügen gemacht. Der Tenor unter der Schädeldecke sagte die Wahrheit.

Hier diese blutet wie aus dreißig Leibern.
Kein Mensch hat so viel Blut.
Hier dieser schnitt man
erst noch ein Kind aus dem verkrebsten Schoß.

Am besten bald, sagte der Bariton, damit Sie noch viel vom Sommer haben, jetzt wo er endlich da ist.

Nun schwamm also statt der Gebärmutter das im Glas, was sie bei ihr gefunden hatten. Mopsa hatte sich gewünscht, dass es in Formaldehyd eingeweckt und auf den Tisch am Fußende ihres Bettes gestellt wurde. Kugelrund war es gewesen, Größe eines Puppenkopfs, glatt und hell orangefarben wie die Haut eines Kindes, das zu viel Karotten bekommen hatte. In der Mitte senkrecht aufgeschnitten, dümpelte es im Glas, damit man sah, was innen drin steckte. Talg, kräftige dunkle Haare und zwei kleine schneeweiße Zähne.

Neben dem Einweckglas aus dem Labor standen Rosen, ausgerechnet Rosen von ihrer Mutter.

Wenn Benn zu Rosen griff, war er Mopsa fremd. Als weinte er in einer lausigen Operette. *Leda-Feste, rosenröten.* Sonntagsbeilagen-Gesülze. *Venus mit den Tauben gürtet / sich Rosen um der Hüften Liebestor.* Hätte in ihrem Schulbuch stehen können. *Ergib dich der Levkojenwelle, / die sich um*

Rosenletztes gießt. Nein! Rosen machten ihn besoffen, unscharf, und peinlich.

Gut gegangen, hatte der Professor gesagt. Fäden sind gezogen, sieht nach optimaler Wundheilung aus. Es nennt sich Teratom oder, wenn es bösartig ist, Teratokarzinom. Woher? Meingott, woher! Zufall. Das ist gewissermaßen Ihr unentwickelter Zwilling. Wäre in Ihrem Körper mit Ihnen gealtert, und irgendwann wären die Haare in dieser Geschwulst grau geworden.

Nach ihrem ersten Besuch redete Thea unten vor dem Haus noch mit dem Gynäkologen. Mopsas Fenster stand weit offen. Es war still hier im Grünen auf dem Zürichberg.

Zuerst das Beruhigungsgemurmel des Baritons. Dann hell die Stimme Theas. Wissen Sie, dass mich der Anblick dieses Tumors mehr entsetzt hat, als wenn ich Großmutter geworden wäre? Für mich ist das ein Albtraum. Ich werde nicht schlafen können.

Am Tag darauf durfte Mopsa aufstehen. Sie nahm den Rosenstrauß aus der Vase und warf ihn hinunter auf die Einfahrt.

Vier Tage später holte Hebby Binswanger sie ab. Es wurde Heu geerntet. Hebby fuhr mit offenem Verdeck. Macht mich glücklich, sagte er. Das riecht nach Frieden und Heimat.

Mopsa schwieg bis Uttwil.

Sie kam zu früh. Die Haustür war nur angelehnt. Mopsa streifte die Sandalen ab und ging barfuß durch die Diele ins Wohnzimmer. Durch die offenen Terrassentüren wehte der See- und Sommerwiesengeruch herein. Mopsa atmete tief ein. Warum roch es für sie nicht nach Frieden?

Ich kann an nichts anderes denken, sagte Thea. Den ganzen Tag treibt mich das um.

Sie musste laut sprechen. Ihr Mann saß am anderen Ende der Terrasse.

Es wäre mir ein Bedürfnis, jetzt ganz in der Nähe zu sein. Berühren, da sein, in den Arm nehmen, das hilft einfach besser.

Nach dem, was im *Börsen-Courier* über den Prozess stand, gibt es keine Hoffnung mehr, kam es von Carl. Sie haben das Todesurteil vom Februar einstimmig bestätigt. Sein Bruder muss dran glauben.

Der armearme Benn, sagte Thea. Sie schluchzte.

Alles schlief noch, als Mopsa am nächsten Morgen mit nichts als einer leichten Reisetasche den Landesteg vorging, um den ersten Dampfer zu besteigen. Der See lockte mit fruchtigem Pastell über der Wasserfläche und sprudelfrischer Luft. Nein. Laut Fahrplan würde sie nach elf Stunden, am späten Nachmittag, in Berlin sein.

Ihre Geschwulst hatte sie nicht mitnehmen dürfen. Forschungszwecke, hatte es geheißen. Mopsa hatte den unentwickelten Zwilling lange genug studiert. Zufall, hatte der Gynäkologe gesagt.

Sie war allein in ihrem Zugabteil. Im Dämmerschlaf hing sie im Polster und versuchte die Gedanken von ihrem pochenden Unterleib abzulenken. Ohne Erfolg.

In ihr steckte ein zweites Ich. Sie hatten es herausoperiert, aber es war noch immer da. Mopsa wusste genau, warum es sich verkrochen hatte zwischen Eierstöcken und Gebärmutter. Es hatte nicht gefunden werden wollen. In der Kindheit schon hatte sich das zweite Ich abgekapselt, weil es sich nicht zu leben traute. Dem ersten war draußen brutal zugesetzt worden. Hin- und hergeworfen zwischen Müttern und Vätern, richtigen und falschen, Wahrheiten und Lügen, Anfeindungen und Anwälten, Wutausbrüchen und Flennerei, vertrautem Kinderzimmer, fremdem Kinderzimmer. Leid jeder Sorte brachte das äußere Ich zügig hinter sich, weil es sonst verreckt wäre. Aber der innere Zwilling tickte anders. Der boykottierte, was der äußere tat. Der verbündete sich mit Carl Sternheim, wenn er seiner Tochter nachstellte. Mit jedem Täter, weil der innere Zwilling die Folgen der Tat nicht zu spüren bekam. Er sagte ja, wenn jemand Mopsa Schmerz zufügte. Er identifizierte sich mit dem Angreifer. Und er lebte weiter in Mopsa und würde erst mit ihr sterben.

Berlin verschlug ihr den Atem, als sie den Anhalter Bahnhof verließ. Die Hitze stand reglos und stank. Mopsa fühlt sich besser. Sie ging zu Fuß bis zur Wohnung in der Kantstraße.

In ihrem Zimmer nahm sie ein Foto von Erika Mann aus dem Silberrahmen, schob eine Postkarte aus Dänemark mit der Schriftseite nach vorn unters Glas und stellte den Rahmen quer wieder auf.

Liebe, teure, hochverehrte –

Und dann ging es darum, dass Benn hier in Dänemark bei seiner Tochter und deren neuen Eltern nichts fehle und doch das Entscheidende, was immer das sei.

Adressiert war die Karte an Thea Sternheim.

Thea hatte sie ihr ins Krankenhaus mitgebracht. Um dir zu beweisen, hatte sie gesagt, dass Benn gar keine Zeit hatte, deine Briefe zu beantworten.

Ein süßlicher Geruch hing im Raum.

Die Äpfel in der Silberschale auf ihrer Kommode waren verfault. Mopsa ging den Flur entlang. Klaus Mann hatte gesagt, er ziehe im Sommer hier ein, nach Erikas Hochzeit. Das zweite Zimmer zum Hof, jenseits der Küche, war im Mai frei geworden. Mopsa klopfte. Die Vermieterin öffnete in einer

Kittelschürze, auf dem Kopf einen Handtuchturban. Sie sei am Putzen. Der Herr Mann sei ein guter Junge. Habe schon das Geld vorbeibringen lassen. Ab der zweiten Septemberwoche ...

Geld. Mopsa durchwühlte ihre Tasche. Nichts, nichts Bares mehr dabei.

Als Agnes vor ihr stand in weißem Batist in ihrem weiß lackierten Eingang, sah Mopsa den Blick der Schwester erstarren. Du bist doch gerade erst aus dem Krankenhaus entlassen.

Bitte, sagte Mopsa. Der Blick ihrer Schwester löste sich, und Mopsa spürte ihn an sich herunterlaufen, mitleidig oder angewidert?

Bitte, sagte Mopsa. Ich habe nichts. Gar nichts.

In der Diele sah sie eine junge Frau mit altem Gesicht, fahl, ausgetrocknet, die Bluse zerknautscht, als hätte sie drin geschlafen, Manschetten und Kragen angegraut, der Rock verfleckt, die Schuhe dreckig. Ihre Hände zitterten, es zuckte durch ihren Körper.

Ja, schau dich nur an im Spiegel, sagte Agnes. Schau dich genau an. Du bist wahnsinnig, in diesem Zustand zu reisen.

Die Hitze hatte noch immer nicht nachgelassen, als Mopsa einen Tag später gegen acht Uhr abends in die Passauer Straße wanderte, zu dieser Selbstmörderwohnung, in der Benns Frau gehaust hatte und er sich nun in sieben Zimmern verlor. Bei vielen Kneipen und Geschäften waren die Läden heruntergelassen. Darauf Schilder mit *Urlaub bis –*. Nur wenige auf den Straßen unterwegs, fast alle angespannt. Zufällig Berühren war Rempeln. Mensch, pass uff. Zu lange schon warteten sie auf einen Regen oder ein Gewitter. Es war noch zu hell, um Licht zu machen. Bei Benn waren die fünf Fenster zur Straße hin geöffnet. Mopsa klingelte. Nichts. Sie ging auf die andere Straßenseite. Zu sehen war niemand. Die rosengemusterten Gardinen waren verschwunden. Mopsa lehnte sich an die Mauer und wartete.

Es hatte bereits zehn geschlagen, als ein Mann aus der Haustür trat, weißes Hemd, die Ärmel hochgekrempelt, das graue Jackett an einem Finger über der Schulter.

Doktor Benn? Der ist ausgezogen. Gesehen hat man ihn hier ohnehin fast nie.

Das Schild an der Wohnungstür im Treppenhaus sei bereits entfernt.

Doris vom Reichskanzler wusste, was los war. Die Praxis laufe mies.

Der Doktor wohnt und pennt jetzt auch hier in der Belle-Alliance, sagte sie.

Während sie Gläser polierte, betrachtete sie Mopsa. Sehe ziemlich abgehalftert aus, meinte Doris. Operation, erklärte Mopsa, Unterleib, erst zwei Wochen her. Doris öffnete den Glasschrank, entnahm einen Teller mit Hackfleisch, klein geschnittenen Gewürzgurken und Zwiebeln, stellte ihn auf den Tresen. Roher Hackepeter aus eigener Mache.

Mopsa gabelte gierig. Doris fragte: Wegen ihm? Bist du wegen ihm wieder so ruckzuck her?

Als Mopsa nickte, sagte sie: Ich weiß nicht, wie der es anstellt, dass die dollsten Weiber so ein Gewese um ihn machen.

Mopsa konnte nicht anders. Sie musste an der Belle-Alliance-Straße 12 vorbei. *Hier müssen wir an der Leine gehen*, stand neben einem Hundekopf auf dem Schild vor dem Grün des Belle-Alliance-Platzes. Es war nicht sie, es war der Zwilling, der sie trieb. Nein!, sagte Mopsa laut, den Blick auf Benns Fenster gerichtet, als schwüre sie vor einem Andachtsbild dem Versucher ab. Nein! Messerstiche in ihrem Unterleib zwangen sie auf eine Parkbank. Zwischen ihren Oberschenkeln nässte es, Blut oder Sekret. Gekrümmt wartete sie ab, bis der Schmerz sie entließ.

Agnes hatte Mopsa die Schlüssel zu ihrer Wohnung ausgehändigt. So lange du hier nicht jeden angiftest, darfst du kommen, wann du willst.

Geräuschlos schloss Mopsa auf. Berthold Goldschmidt spielte Klavier. Mit langen Pausen. Vermutlich war er am Komponieren. Agnes redete in die Pausen hinein, aus der Küche nebendran, offenbar. Man merkte, dass sie Gesangsunterricht nahm. Ihr Mezzosopran tönte durchdringend.

Weißt du, es hat auch mit Sternheim zu tun, dass die Mutter Probleme mit Mopsa hat.

Goldschmidt spielte weiter. Nächste Pause, wieder Agnes. Thea hat mir gesagt, was ihr durch den Kopf ging, als Mopsa nach dem Eingriff dalag, röchelte, schwitzte, kotzte und stöhnte, ihr sei sauschlecht: So wird Mopsa in der Stunde ihres Todes liegen und röcheln und in ihrer körperlichen Auflösung Carl unsagbar ähnlich sehen.

Goldschmidt spielte weiter.

Hast du verstanden?

Goldschmidt spielte weiter.

Es ist Carl, nicht Mopsa selbst. Oder Carl in Mopsa, den die Mutter hasst.

Jaaa, schrie Goldschmidt.

Mopsa hatte verstanden. Die Mutter hatte diese Tochter, eine Metastase Sternheims, aus ihrem Herzen operiert, wie der Chirurg die Geschwulst aus Mopsas Unterleib.

Sie klammerte sich am Flurregal fest, Bücher knallten aufs Parkett, eine Vase zersplitterte. Das Gesicht von Goldschmidt in einem, das von Agnes im anderen Türrahmen.

Dich hat sie behalten, schrie Mopsa Agnes an. Nur dich.

Agnes legte ihr ein feuchtes Tuch auf die Stirn. Über dem Sofa hing ein Bild, kleinformatig, das Mopsa aus dem Schlafzimmer ihrer Mutter kannte. Sie hatte es für Agnes kopieren lassen. Ein Niederländer um 1500. Es zeigte ein Folteropfer, fotografisch genau. Ein Mann von Anfang dreißig, eigentlich gutaussehend, halblanges Haar, kurzgeschnittener Vollbart. Blut lief über sein schmerzverzerrtes Gesicht, lief über die Stirn, die Augen, die Wangen, den Hals hinunter. Auf den Kopf hatte man ihm einen Kranz aus dornigen Zweigen gepresst. Mopsa hatte nie verstanden, warum sich ihre Mutter diesem Anblick Tag für Tag aussetzte. Sein Wille geschehe, hatte Thea mit Mopsa gebetet. Und schon mit sechs, sieben Jahren hatte sie die Mutter gefragt: Wer sagt uns denn, was Gott will?

Die Heiligen sagen es uns, hatte Thea erklärt, Christus vor allem. Laotse, Buddha, Franz von Assisi und Tolstoi.

Nun war sie vermutlich dabei, Benn unter ihre Heiligen einzureihen. Neben Tolstoi, den mystischen, Benn, den rührenden, Benn, den undurchschaubaren.

Mopsa kannte ihn nackt.

Konfektionsfimmel. Benn habe einen Konfektionsfimmel, hatte Doris gesagt. Er bevorzugte Frauen, die perfekt angezogen waren, bloß nichts Originelles, nichts Aufreizendes. Elegantes Kleid oder wadenlanger Rock mit Seidenbluse, dezente Farben, Pumps, gerne Perlenkette.

Mopsa klingelte in der offiziellen Sprechzeit bei Benn. Sie

hatte von Agnes noch einmal Geld gepumpt und stand nun neu eingekleidet da. Benn öffnete selbst. Er gab ihr die Hand. Irgendwie verändert, sagte er. Erstaunt klang das nicht, es war eine Feststellung. Mopsa wusste, dass Thea ihm von der Operation berichtet hatte.

Er führte sie ins Wartezimmer für Bekannte und Freunde. Die Couch! Diese Couch wieder zu sehen, machte Mopsa benommen. Benns Bauch, die Ekzeme auf der fast haarlosen Brust und am rechten Oberarm, sein Gesicht gerötet über ihrem, das Kokain am Zeigefinger, seine Hand auf ihrem Scheitel. Bilder, Sätze, Zeiten zerrannen in ihrem Hirn.

Könntest du …, sagte Mopsa.

Benn wandte sich ab und öffnete das Fenster.

Um einen Rat bitten, damit hatte Thea bei Benn offenbar Erfolg. Mopsa wollte einfach fragen: Wohin soll ich? Erzählen von Bella, der kommunistischen Ärztin, und Helene, der russischen Gewerkschaftsfrau, die Mopsa damals in Sachsen entflammt hatten für das, was sie notwendige Gerechtigkeit nannten. Von ihrem Wunsch, mit siebzehn, achtzehn, nach Russland zu gehen, dort für die Ärmsten zu arbeiten. Sie wollte ihm erzählen, dass Thea dagegen gewesen war, obwohl die Frauen doch nur taten, was Theas Heiliger Tolstoi gepredigt hatte. Dass sie sich nach dem Nützlichsein sehnte, nach dem Hinlangen, dem Riskieren, dem Sichabrackern. Dass sie sich nicht spürte bei dieser Bühnenbildnerei und auch sonst nie. Dass sie wie Benn alles anfassen wollte, gerade das Eklige, Brandgefährliche, damit sie davon angefasst wurde.

Benn setzte sich.

Noch einmal: Könntest du …

Benn verschränkte seine kurzen Arme.

Ich finde dieses Du zwischen uns unangebracht. Er räusperte sich. Eine derartige Beziehung berechtigt noch nicht zu Intimitäten.

Er stand auf.

Dreh dich nicht um. Schau nicht zurück. Dreh dich in keinem Fall um. Mopsa stolperte weiter die Straße entlang, in Pumps und diesem verfluchten Rock, der festklebte, sich um Knie und Waden wickelte, stolperte schneller, bis sie endlich stürzte. Angekommen ganz unten. Den Asphalt küssen. Liegen bleiben.

Bist du tot? Es war eine Kinderstimme, die fragte.

Ja, sagte Mopsa.

Pfemferts, die würden helfen. Verheult, ohne dass sie eine Träne geweint hätte, kam Mopsa dort an. Der Kunstbuchladen war fest verrammelt. *Urlaub bis –*. Auch an der Wohnung waren die Läden ganz heruntergelassen. Blieb nur Agnes.

Schweißnass platzte Mopsa hinein.

Goldschmidt spielte Bach. Agnes brachte Eistee. Wie gleichmäßig sie sich bewegte, auf den Gleisen ihres Schienennetzes. Verfahren unmöglich.

Kalt? Du spinnst! Benn kalt? Benn herzlos? Agnes lachte. Der sei ein guter Hirte wie aus der Bergpredigt. Ohne ihn wäre doch Carl Sternheim längst tot und Thea verrückt.

Agnes hatte mit der Mutter telefoniert. Neueste Entdeckung: Benn habe Nierensteine. Thea hatte ja auch Nierensteine. Sie sei, amüsierte sich Agnes, ganz beglückt, dass sie nun noch mehr mit Benn verbinde. Zwei Sonntagskinder, die einen Bruder namens Theo haben, den Lieblingsschriftsteller Gide und Nierensteine! Mopsa schrie, das interessiere sie nicht. Was ist eigentlich mit dir los?, fragte Agnes. Da verließ Mopsa türenknallend die Wohnung. Man ist nie einsamer als im August, hatte Benn gesagt. Das war im Mai gewesen, als er sie noch geküsst hatte.

In ihrem Zimmer griff sie zu Bleistift und Papier. Porträts waren ihre Stärke. Sie versuchte, Goldschmidt mit der runden Kinderstirn, den staunenden dunklen Augen und seinen überlängten Händen zu zeichnen. Die Stirn auf dem Blatt war steil, die Augen gerieten hell und waren verhängt von schweren Lidern, die Hände breit und kurz.

Benn siezt Mopsa wieder, würde Agnes der Mutter berichten. Und Thea würde erklären, dass sie nichts anderes erwartet habe. Mopsa sei zerstörerisch.

Sie zerriss die Zeichnung. Die Treppe hinunter, hinaus auf die Straße. Vor der Haustür prallte sie auf eine Frau. Ihr Korb fiel zu Boden, Rosen überall, Rosen auf dem Pflaster zwischen Hundekot, Papierfetzen, einer Bananenschale. Die Frau schimpfte, so könne sie die in keinem Lokal mehr verkaufen. Mopsa floh. Als sie im Kakadu an der Bar saß und auf Benns Nasen starrte, sagte der Mann neben ihr: Ach, lange nicht gesehen.

Es war der Jagdflieger.

Ich weiß jetzt, wovon Sie geredet haben. Stark, wirklich, die ersten Gedichte, die ich aushalte.

O Nacht! Ich nahm schon Kokain,
und Blutverteilung ist im Gange,
das Haar wird grau, die Jahre fliehn,
ich muss im Überschwange
noch einmal vorm Verhängnis blühn.

Wie für mich geschrieben. Die Kakaodose, bitte.

Lassen Sie mich in Frieden!, kreischte Mopsa.

Was haste denn?, fragte der Barkeeper. Will doch keiner was von dir.

Der Hocker neben ihr war leer.

Wenn ihm nicht zu entkommen war, dann hin zu ihm.

Mopsa rannte zurück, die Treppe hinauf, den Flur entlang in ihr Zimmer.

Im Hof hörte sie eine Elster schreien, vermutlich nistete sie in der Ulme. Mopsa erkannte das warnende Schackern und das langgezogene Krähen sofort. Im Garten am Bodensee nisteten viele Elstern. Die Bauern aus dem Ort hatten dringend geraten, die Nester auszuheben. Elstern brächten Unglück.

Du bist wahnsinnig, du gehörst ins Irrenhaus, hatte Carl Sternheim geschrien, als Mopsa ihm in Uttwil gesagt hatte, sie sei in Benn verliebt. Da war der Vater gerade aus der Privatklinik Bellevue in Kreuzlingen zurückgekommen. Als Sanatorium bezeichnete Carl Sternheim das Haus. Aber die Onkel, Großonkel und den Großvater von Hebby, der Bellevue gegründet hatte, nannte jeder in Uttwil Irrenärzte.

Vor vier Jahren, als die Todesanzeige von Tante Marie gekommen war, Sternheims Schwester, hatte er gesagt: Ihr Mann hätte sie nur rechtzeitig ins Irrenhaus bringen sollen. Dort hätte man sie dran gehindert, sich aufzuhängen.

Vor zwei Jahren hatte Thea erklärt, man müsse dem Maler Felixmüller ein weiteres Bild abkaufen. Zum Dank dafür, dass er persönlich Carlhans ins Irrenhaus gebracht hatte, Carls Sohn aus erster Ehe. Da war Carlhans zweiundzwanzig gewesen, ein Jahr älter als Mopsa jetzt.

Kurz danach war der Vater von der Premiere seines Erfolgsstücks *Die Hose* in Dresden heimgekommen, hatte Mopsa mitten in der Nacht geweckt, mit Stiergebrüll, das dann in Schluchzen überging, schließlich in Wimmern versickerte. Schlagt den Juden tot, hatten einige im Saal geschrien, als Sternheim, der auch Regie geführt hatte, die Bühne betreten hatte. Ich werde wahnsinnig, hatte er gewimmert und Mopsas Hand weggestoßen, als liefe ihm eine Ratte übers Gesicht. Erst als der Arzt gekommen war und ihm eine Spritze gegeben hatte, war er ruhig geworden.

Benn hatte erzählt, seine Tochter Nele leide ebenfalls an Ekzemen. Sei vielleicht erblich. Und der Wahnsinn, war der auch erblich?

An seinem sechzehnten Geburtstag hatte Klaus gesagt, das Beste sei, nicht geboren zu werden. An seinem neunzehnten im Januar dieses Jahres hatte er gemeint, er wolle jung sterben. Jetzt war er in Spanien, wollte in Barcelona eine Kneipe aufmachen und jeden Sonntag zum Stierkampf gehen. Seine Stelle beim Ullstein Verlag hatte Klaus vor ein paar Wochen bereits wieder verloren. Die Stadt sei schuld, dieses aggressive Viermillionengebräu, meinte Thea. Es zersetze dünnhäutige Menschen wie ihn. Mache krank.

Thea duldete in sich nur noch das Gesunde, Agnes also. Tochter eines anderen Vaters.

Der 3. Februar 1917 war der kälteste Tag in Mopsas Leben gewesen. Bis heute. Dieser 6. August 1926, an dem das Thermometer jetzt, um 23 Uhr, noch fünfundzwanzig Grad zeigte, brach den Kälterekord. Benns Kälte saß in jeder Ecke des Zimmers.

Mopsa wusste, was sie wärmen würde. Sie stellte sich ans Fenster, die Dose aus Theas Badezimmer in der Hand, hörte der Elster zu und begann, bis 23 zu zählen.

Die Quersumme aus dem 3. 2. 1917. Der Tag, mit dem alles begonnen hatte. Als sie dreiundzwanzig geschluckt hatte, kullerten noch zwei auf dem Boden der Dose. Also: eine für Benn, eine für Mopsa.

Ihr Körper war aus Schlamm. Auch ihr Kopf war aus Schlamm. Ihre Augen waren Steine, drin versunken. Ein Würgen wollte, dass sie sich aufbäumte. Sie konnte nichts bewegen. Doch sie hörte. Benn und einen anderen Mann. Keine Angst, sagte der andere, sie kriegt nichts mit.

Wissen Sie, kam es von Benn, ich habe schon oft gedacht, Frauen müssten Kaninchen sein, dann wären sie anders organisiert als wir. Wüssten nicht, was wir denken und tun. Sie könnten in der Bettstelle schlafen, unten an den Füßen, und alles wäre in Ordnung. Leider aber sind sie keine Kaninchen, sondern eine Art Mensch.

Sie sind jetzt auch über vierzig, sagte der andere. Eine gute Zeit, sich noch einmal zu binden. Vielleicht wäre das eine Möglichkeit, Leben in Ihre Bude zu bringen. Wie nennen Sie es – Greisenasyl?

Alles, was nach Bindung aussieht, ist gegen die Natur, hörte sie Benn. Für den Mann gibt es doch nur die Illegalität, die Unzucht, den Orgasmus.

Dann hörte Mopsa ein Rauschen, anschwellend.

Alles gut. Das Gesicht war fremd, aber vertraut. Eines dieser Fürsorgegesichter, die sich anfühlten wie ein frischer weißer Verband, tröstlich und rein, und einander überall zum Verwechseln ähnelten. Klinik Fleischmann, Zehlendorf, sagte die junge Frau. Müdigkeit legte die Hand auf Mopsas Stirn und drückte ihr die Lider zu.

Man hat Ihre Schwester geholt, und die hat Doktor Benn alarmiert. Doktor Benn hat Sie hierher bringen lassen und Ihnen den Magen ausgepumpt. Er ist ein Freund von Doktor Fleischmann.

Weiße Wände, über dem Fußende des Bettes ein Gemälde. Stillleben mit Rosen in einer weißen Vase. Neue Sachlichkeit nannte sich dieser Stil. Starr sahen die Rosen aus, wie vereist. Mopsa zog die Decke näher an den Hals. Ein Familienporträt der Sternheims. Zusammen in eine Vase gestellt, der Schönheit gewidmet, aber erstarrt. Da blühte nichts mehr auf. Raureifhell waren die Rosen, hell wie der helle Wahnsinn.

Die Schwester sollte endlich Benn fragen. Benn würde kommen. Er musste kommen.

Es war diese Mischung aus Äther und Kölnisch Wasser, die Mopsa weckte. Im weißen Kittel stand er neben dem Bett. Schmal, olivfarbene Haut und dunkle Augen.

Fleischmann, sagte er. Paul Fleischmann.

Ich will hier raus. Ich muss zu ...

Er lächelte. Liebes Kind, ich darf Sie nicht gehen lassen. Frühestens in drei, vier Tagen.

Und dann?

Sollen Sie nach Sylt mit Ihrer Schwester, um sich zu erholen, sagt Doktor Benn.

Wo ist er?

Bei seinem Bruder in Templin.

Was macht er dort?

Das kann ich Ihnen nicht sagen, sagte Fleischmann. Ich weiß nur, dass der Bruder Superintendent ist und Kaninchen züchtet.

DREI

Die Bettler standen mit leeren Blechnäpfen in großen Pfützen, in denen sich Leuchtreklame und Weihnachtsillumination spiegelten. Der Schnee war geschmolzen. Es waren mehr Bettler als in den Jahren davor. Trotzdem war die Leuchtreklame noch bunter, die Weihnachtsillumination noch heller geworden. Selten schepperte eine Münze in die Blechnäpfe.

Mopsa war an diesem 29. Dezember 1932 auf dem Weg zu Benn. Verschiedene Fußwege führten aus dem Westen Berlins, wo sie in der Pension am Savignyplatz wohnte, in den Osten nach Kreuzberg, verschiedene Anfahrten mit Bus, Straßenbahn, U-Bahn. Sie kannte sie alle, kannte jede Fassade, jede Kreuzung, jede Abzweigung, jede Haltestelle. Doch an diesem Tag musste sie sich konzentrieren, um sich nicht zu verlaufen. Vor zwei Wochen schon hatte sie bemerkt, dass es nicht überstanden war. Im Gegenteil, sie war gefährdeter denn je. Benn war nicht überwunden. Obwohl sie die letzten Jahre alles getan hatte, um endlich von ihrem kalten Gott loszukommen.

Die falsche Zeit, um ausgerechnet ihn zu besuchen. Im Dezember balancierte Mopsa immer auf dem Hochseil, ohne Netz. Sie hatte Angst vor diesem Monat. Aus gutem Grund. Es war, als hinge ein Fluch über ihm wie über der ganzen

Familie. An den kürzesten Tagen hatten die Sternheims von jeher, panisch vor dem Jahresende, folgenschwere Entscheidungen getroffen. Entscheidungen, unter denen prompt Konten, Verhältnisse, Hirne, Haushalte und Nerven zusammenbrachen.

Ihr Analytiker hatte Mopsa gesagt, das sei kein Fluch, das sei die Kindheit. Ihre Mutter hatte gesagt, das sei Sternheims verseuchtes Wesen, das fortlebe im Blut der Kinder.

Am 16. Dezember 1927 war Thea auf ihren Wunsch in Berlin von Carl Sternheim geschieden worden. Direkt davor hatte Sternheim versucht, mit seinem süßen Wortgift Thea noch einmal zu betören; es hatte nicht mehr gewirkt. Direkt danach hatte Sternheim beschlossen, die Vision einer diskreten Trennung mit Kot zu beschießen, mit dem Thema Geld.

Im Januar darauf dehnte sich die Kloake aus, sickerte zuerst in alle privaten Kanäle, dann in die öffentlichen.

Mopsa hatte im Dezember 1927 entschieden, jetzt und immerdar von diesem Gestank nichts wahrzunehmen. Wie das ging, hatte sie im Sommer davor am Bodensee gelernt. Sie war mit dem Motorrad gestürzt und mit gebrochenem Bein und Schädelverletzungen in der Klinik Münsterlingen gelandet. Gegen die Schmerzen, vor allem im Kopf, hatte sie Morphium bekommen. Im Jahr darauf war sie morphiumsüchtig geworden.

Im Dezember 1928 hatte Thea Sternheim den Entschluss gefasst, in Berlin eine Wohnung zu mieten. Mopsa wusste, warum. Thea hatte es ihr erzählt. Ich würde Sie liebend gern täglich ärztlich besuchen, hatte Benn zu Thea gesagt. Werden Sie bitte wochenlang krank, und lassen Sie mich kommen! Kein Wunder, dass Thea krank wurde.

In demselben Dezember 1928 hatte Mopsa den Entschluss gefasst, René Crevel zu heiraten, einen schwulen Erzengel mit Umstürzlergeist, der fluchen konnte wie ein Knastbruder und himmlisch über den Tod schrieb. Mit dem war er als schwer Tuberkulosekranker intim. Damit trat sie einen Konkurrenzkampf los mit unabsehbaren Konsequenzen.

Im neuen Jahr hatte sich der Erzengel in einen Mann verliebt, der sich in Mopsa verliebt hatte.

Ebenfalls im Dezember 1928 hatte die von Klaus Mann entlobte Pamela Wedekind beschlossen, die Leiden ihres angehenden Verlobten Carl Sternheim publik zu machen. Hieß, die in ihren Augen Schuldige beim Namen zu nennen. Die Zeitungen berichteten, dass er einen schweren Nervenzusammenbruch erlitten habe, ausgelöst durch aufs äußerste überzogene finanzielle Forderungen seiner geschiedenen Frau.

Im Januar erklärte Sternheim den Ärzten auf der geschlossenen Station in Kreuzlingen, er sei in der Militärzeit der potenteste Deckhengst aller Bataillone gewesen, und die Gesamtausgabe seiner Werke werde ihm 3 Millionen und 600 000 Goldmark einbringen. Im Jahr darauf heiratete er Pamela und wurde ins Westend-Sanatorium Berlin überführt.

Die Entschlüsse, ja, diese verheerenden Entschlüsse.

Der Dezember 1929 hatte den anderen Dezembern nicht nachgestanden. Mopsa hatte eine Entscheidung getroffen, unter deren Folgen noch alle ächzten. Heute Morgen erst, an diesem 29. Dezember 1932, drei Jahre später, hatte sie ein Foto im Silberrahmen von ihrem Nachttisch entfernt, das im Dezember 1929 entstanden war. Ihr Hochzeitsfoto, geknipst von Thea in Theas Berliner Vierzimmerwohnung, Stadtteil Wilmersdorf. Benn hatte nicht mit drauf sein wollen. Ihn hatte sie auf einem gesonderten Bild verewigt, wie er mit versteinertem Mund in schwarzem Anzug, weißem Hemd, ein zu großes Einstecktuch in der Brusttasche, den Blick vorbei an der Kamera ins Nirgendwo richtete.

Dann hatte Theas Köchin ein Menü aufgefahren, von Hochzeitssuppe über Boeuf Stroganoff bis zu Reis Trautmannsdorff. Ein Fremder hätte gedacht: Das ist ein Beerdigungsessen. Theas geschwollenen Lidern hatte man angesehen, dass sie die Nacht vor der Hochzeit durchgeheult hatte. Erfolglos der Versuch, ihrer Tochter den Bräutigam als berechnend, ichbesessen und windig auszureden, diesen Jack, so benannt nach Jack the Ripper. Alice Apfel, zweite Trauzeugin neben Benn, hatte schon vor der Hochzeit auf die Hochzeit getrunken, drei Apfelbrände. Ihr Lächeln verrutschte ständig ins Weinerliche. Mopsa und ihr Mann Rudolf Carl Baron von Ripper waren erst morgens um halb sechs ins Bett gefallen und nach vier Stunden Schlaf herausgekrochen. Wankende Rohre, hatte Thea sie genannt. Sie wankten im Sitzen. Sternheim hatte seine Verlobte Pamela in Uttwil gelassen und spielte mühsam normal. Benn gab in die schlingernde Runde hinein Mystisches von sich. Irgendwann rezitierte Thea mit nassen Augen: *Warst du der große Verlasser, / Tränen hingen dir an, / und Tränen sind hartes Wasser, / das über Steine rann.* Das hatte Benn in jenem August gedichtet, als Mopsa sich seinetwegen umbringen wollte. Aber es hatte nicht seiner Geschichte mit Mopsa gegolten. Der Grund dafür lag in Potsdam unter der Erde. Mopsa hatte den Grabstein nach der Beerdigung im Februar besichtigt: *Lili Breda 1887–1929*. Den Stein hatte Benn bezahlt und auch das Bestechungsgeld, damit eine Selbstmörderin christlich bestattet wurde. Dass sie sich seinetwegen aus dem fünften Stock gestürzt hatte, wurde in den Zeitungen berichtet, und dass er nach ihrem Alarmanruf mit dem Taxi zu ihrer Wohnung gerast war, sie aber nur noch als blutigen Matsch auf dem Asphalt angetroffen hatte, das hatte Benn Thea erzählt. Weinen hatte Benn damals keiner gesehen.

Die Doris aus dem Reichskanzler hatte gewusst warum. Als sie die Breda verbuddelt haben, da hat der Doktor auf dem Friedhof eine Neue aufgegabelt. Kollegin von der. Wieder eine Theatertusse.

Mopsa hatte in jenem Dezember 1929 nicht nur beschlossen, mit Ripper glücklich zu werden, sondern auch freizukommen aus dem Klammergriff der Drogen.

Im Januar war sie in der neuen gemeinsamen Wohnung in der Dörnbergstraße im Drogennebel die Ateliertreppe heruntergestürzt und ins Krankenhaus eingeliefert worden.

Im Dezember 1930 hatte Thea ihrer Tochter eröffnet, sie sei der auf die Spitze getriebene Abklatsch Sternheims. Und Mopsa hatte erneut beschlossen, nach einem stationären Drogenentzug in Lugano und dem Rückfall in Berlin, endlich die Sucht loszuwerden. Benn hatte Thea gepetzt, dass Ripper bei ihm aufgekreuzt war, in dreiteiligem Maßanzug und Krawatte, um sich Eukodal verschreiben zu lassen, Drogen auf Rezept. Und dass er ihn glatt hinausgeworfen habe. Mopsa hatte der Mutter einen Brief geschrieben. *Ich habe eine so grenzenlose Sehnsucht nach Ordnung, nach Sauberkeit, einfach nach Reinheit und werde so lange radikalen Hausputz halten, bis sie erreicht ist. Ich liebe Dich und möchte Dich in einen warmen Mantel aus Zärtlichkeit wickeln.* Dann hatte sie sich ins Westend-Sanatorium einliefern lassen, um einen neuen Entzug zu machen.

Im Januar des folgenden Jahres hatte sie vor Zeugen die Mutter beschuldigt, sie mit ihrem Vater sexuell verkuppelt zu haben.

Im Dezember 1931 hatte sich Thea Sternheim entschlossen, Deutschland zu verlassen. Die Deutschen, sagte sie, sind ein national tollwütiges Geschlecht geworden. Deutschland erlebe ich als eine Gefängniszelle.

Im Januar 1932 hatte sie nach einem Jahr der Trennung erstmals Mopsa wieder gesehen, in Paris, und erklärt, sie vermisse Benn, also Berlin. Sie hatte ihre Tochter fotografiert vor der Kirchenfassade von Saint-Germain-des-Prés. Mopsa sah schön aus auf dem Bild, das Gesicht sinnlich, zufrieden in den Pelzkragen geschmiegt, nicht wie eine Drogensüchtige, die ihre Entzugsversuche zu zählen aufgehört hatte und ihrer Ehe beim Zerbrechen zusah.

Doch auf jenen Pariser Friedensschluss mit der Mutter war ein neuer Krieg gefolgt. Die Waffen waren präziser, die Abwehr radikaler geworden. Mopsas Lügen besser und Theas Panzerung gegen die Tochter dicker.

Die beiden verband nichts mehr außer Benn.

Vor nun zwei Wochen, am 13. Dezember 1932, hatte Mopsa zum letzten Mal in der Belle-Alliance-Straße 12 geklingelt, eingeladen von seiner Tochter Nele. Und am Tag darauf hatte Mopsa an Thea geschrieben: *Benn ist nahezu liebevoll, und ich muss all meine Borsten herausstrecken, damit ich nicht wieder auf meine erste Liebe hereinfalle. Es ist schrecklich. Ich bin verrückt. Dieses Scheusal wird doch mein ganzes Leben lang die einzige ernsthafte Gefahr bedeuten. Ja, es ist schrecklich. Ich habe eine Totenangst vor dem Kerl, wo er doch so böse und dick und scheußlich ist.*

Diese Angst vor Benn tat weh. Mopsa verschwieg ihrer Mutter, wie sehr sie das brauchte. Sie spürte diese Angst im Nacken, im Brustkorb, im Unterleib. Sonst spürte sie nichts mehr außer Schmerzen. Sie sah sich die Bettler mit ihren

Blechnäpfen genau an. Ihre Köpfe waren grindig, ihre Hände schrundig, Löcher in den Wangen und Flecken im Gesicht, bläuliche, schwarze. Sie rochen nach Urin und Ungeziefer, und ihre Verzweiflung, hieß es, sei ein stumpfes Beil. Mitleid? Angst? Nein. Eine Glaswand schied Mopsa von diesen Lumpengestängen in den Pfützen.

Nach der Hochzeit 1929 war sie mit Jack the Ripper gereist, bis das Geld verbraucht war, nach London, in die Niederlande, nach Südfrankreich, dann von Marseille mit dem Schiff nach Marokko. Krank in einem Siechenhospital gelandet, hatte sie dort Typhusinfizierte verrecken sehen. Empfunden hatte sie dabei nichts. Die anderen Menschen, fiebernd, schwärend, sterbend oder tot, waren ihr gleichgültig gewesen. Wie ihre eigenen Schmerzen. Kieferoperation in Berlin, Blinddarm- und Gallenblasenentzündung in Tetuan, Ruhr und Paratyphus in Tanger, neuer Unterleibstumor in irgendwo, nächste Kieferoperation und zentimeterlanger Schnitt in der Mundhöhle in Nizza, Bauchfelloperation, wo war das?

Folgen der vielen Entzugsmanöver, also Sühne für die Sucht, sagte die Mutter. Die Tochter sah es anders. Entzündungen alles, eitrige Entzündungen. Mit Eiter gefüllte Hohlräume, Unfruchtblasen, die den Inhalt der Höhle loswerden mussten. Waren das ihre Schwangerschaften? Sie gebaren Ekel.

Mopsas Nervosität war ansteckend wie Grippe oder offene Tuberkulose. Auf Ripper hatte sie die längst übertragen. Ruhe fand Mopsa nicht bei ihm, nur bei ihrem großen Geliebten, der immer, immer für sie da war. Mal nannte er sich Morphium, mal Opium, mal stand Eukodal außen drauf. Auch in Marokko kein Problem, solange Geld da war. Sie hatte aufgeschrieben, warum Opium ihr innigster Vertrauter war. Was

Opium alles für sie tat. *Es ist nicht etwa der Rausch. Es ist das Ausgeschaltetsein. Wenn das Haus brennte, würde man keinen Finger rühren. Die Beine sind schwer, man ist herrlich hilflos und wunschlos glücklich. Zärtlich und impotent. Man träumt nicht in Sätzen, in Bildern. Sondern im Tastsinn. Man fühlt Körper und Geist aus sich herausgeschält, unabhängig von der Zeit. Nur anfangs gebunden an die Horizontale, auf der man liegt, später losgelöst, rund und in Form. Es ist der unsentimentalste, der absoluteste Zustand, den ich kenne. Ganz fern und beruhigend sieht man den Schein der kleinen Flamme, spürt den süßen Geruch des Rauchs, spürt ihn so allvertraut und wohltätig wie die streichelnde Hand des Arztes nach der Narkose, und dann kommt die große, atemanhaltende schwimmende Pause, das Nichts.*

Die streichelnde Hand des Arztes. Benn war der Einzige, der sie hätte erlösen können von dem Hunger ihrer Haut. Die Mutter weigerte sich seit langem, ihn zu stillen. Der Vater hatte ihn missbraucht.

In Paris war Mopsa im Hotel zu Thea ins Doppelbett gekrochen. Thea hatte es geduldet. Als die Tochter ihren Körper an den der Mutter gedrückt hatte, war die ins Badezimmer geflohen, hatte dort wohl Veronal geschluckt und sich dann auf die Chaiselongue gelegt. Die streichelnde Hand des Arztes. Dieser Lili Breda hatte Benn sie auch versagt.

Ein paar Tage nach dem letzten Besuch bei Benn, um den zweiten Advent herum, hatte Mopsa bei Doris im Reichskanzler vorbeigeschaut. Dort hatte Benn oft allein gesessen und gegessen. Als die Breda noch lebte. Er kann es nicht leiden, wenn eine Frau ihn im Hirn anfassen will, hat er gesagt. Und wenn sie klammert wie ein Klammeraffe, hatte Doris gesagt. Die Breda war auch noch eifersüchtig. Hat geschrien:

Du musst mit jeder herumhuren!, als sie seine Tochter bei ihm traf. Die Neue sei schon dreimal geschieden. Oder viermal?

Mopsa stand an der Bushaltestelle. Hörte den Bus kommen, gleichzeitig hörte sie ihre Mutter. Benn ist meinetwegen eifersüchtig, stell dir vor. Meinetwegen!

Thea war vor genau einem Jahr hier gewesen, viele Abende mit Benn zusammen und auch mit diesem fünfundzwanzigjährigen Künstler aus Belgien, Herman de Cunsel. Sie beklagte sich, dass Herman oft schlecht aus dem Mund roch nach nächtlichen Exkursionen, dass er als Matrosen verkleidete Strichjungen mitbrachte, dass seine Schmächtigkeit erbärmlich sei. Aber sie liebte ihn, nicht nur weil André Gide ihn zu ihr geschickt hatte. Ein Kind, von Gott gesandt. Genau zu dem Zeitpunkt, gesandt, als Mopsa geheiratet hatte.

Mädchenhaft hatte Thea geklungen, als sie davon erzählte. Benn hat Bemerkungen gemacht, als Herman in seiner Gegenwart nach meiner Hand gegriffen hat. In meiner Wohnung, ich bitte dich. Als Herman meine Hand streichelte, ist er wortlos abgehauen. Hat den teuren Armagnac stehen lassen.

Auf Ripper war Benn nicht eifersüchtig gewesen. Wieder hörte Mopsa über dem Motor des Busses die Mutter, hell triumphierend. Benn hat mich nachts angerufen und gefragt, ob es stimmt, dass Herman mir einen Heiratsantrag gemacht hat. Er sieht doch, was mit Herman ist. Was er ist, ich meine …

Er sieht doch – ja, er sah mit diesen halbverhängten Traumaugen, die seine Träume verschwiegen und Mopsa deshalb wahnsinnig machten.

Kommen Sie!, schrie ein junger Mann mit Schiebermütze. Kommen Sie! Der Bus fuhr bereits an. Wo war sie gewesen? Mopsa sprang auf, schlug sich das rechte Schienbein an, spürte, wie es schmerzte, nass wurde, warm den Knochen entlanglief. Sie sah an sich hinunter. Der Strumpf war zerrissen, es blutete. Benn duldete so etwas nicht. Jede Laufmasche erspähte er. Jeden kleinen Fleck auf dem Kleid, sogar gezogene Fäden im Gewebe. Sie stieg zwei Haltestellen weiter aus. Noch hatte das Kaufhaus geöffnet. Man half ihr mit einem feuchten Lappen, Jod und Pflaster in der Umkleidekabine. Als sie mit neuen Strümpfen die Belle-Alliance-Straße entlanghinkte, schlug es Viertel vor sechs. Auf fünf hatte er sie eingeladen.

Benn öffnete mit vereistem Gesicht. Die Hand reichte er ihr mit ausgestrecktem Arm. Wortlos ging er vor ihr zum Wartezimmer für Bekannte und Freunde. Zwei Teller standen auf dem Tisch mit der Klöppeldecke unter Glas. Seine Tochter sei schon wieder abgereist. Die Couch, diese Couch war mit Stapeln bedeckt. Mopsa setzte sich dennoch so, dass die Couch in ihrem Rücken stand. Ihr Bein brannte. Der Knöchel war so dick angeschwollen, dass der Rand des Schuhs einschnitt. Benns Bierglas war zu zwei Dritteln gefüllt, das Glas vor ihr war leer. Er setzte sich, trank, stellte das Glas ab. Starrte auf Mopsas Kinn, zog ein Taschentuch heraus, reichte es ihr.

Sie nahm es entgegen, hielt es fest, wartete. Hier, sagte Benn und legte seinen rechten Zeigefinger an seinen rechten Unterkiefer. Der Finger war weiß, der Fingernagel war weiß, der glattrasierte fettgepolsterte Unterkiefer war weiß. Ich habe eine solche Totenangst vor ihm, hatte sie der Mutter geschrieben. Erst beim Durchlesen war es ihr aufgefallen. Nicht Todesangst, nein: Totenangst. Angst vor Toten, vor einem Toten. Greisenasyl hatte Benn selbst seine Wohnung genannt. Hatte er sie nur eingeladen, um sich des Lebens zu versichern?

Mopsa rieb mit dem Tuch an der gegenüberliegenden Seite ihres Gesichts.

Rechts, sagte Benn. Mitdenken, nicht nachäffen.

Sie rieb an ihrer rechten Seite. Weg?

Auf der Toilette befindet sich ein Spiegel, sagte er.

Als sie wiederkam, las er in einer Zeitschrift, blickte kurz auf und sagte: Die Zwiebelsuppe ist verdorben. Zu lange auf dem Herd.

Tut mir leid, sagte Mopsa. Aber ich bin ...

Sie sind zu spät gekommen, sehr viel zu spät. Mehr gibt es dazu nicht zu sagen.

Als er sein Glas leer getrunken hatte, stand er auf.

Bier oder Wein? Die Kalbsleber ist mittlerweile kalt.

Cognac half, die kalte Leber zu verdauen. Sonst half er wenig.

Unpünktlichkeit sei keineswegs eine lässliche Sünde. Bringe Ordnungen, ja Systeme zum Einbrechen. Sie könnten lernen von der Musik, sagte Benn und zog aus dem Stapel einen grauen pappgebundenen Band, schwarz beschriftet. *Paul Hindemith. Das Unaufhörliche. Oratorium. Text von Gottfried Benn.*

Mopsa erkannte ihn wieder. Mit Widmung hatte Benn ihn letztes Jahr ihrer Mutter geschickt. Jede Zeitschrift, in der ein Gedicht von ihm erschienen war, jede Publikation in Form eines Buchs oder eines heftdünnen Bandes, jede Zeitung, in der er einen Beitrag platziert hatte, lieferte er bei ihr ab. *Der hohen Protektorin. Der lieben Gönnerin. Der süßen Frau Sternheim. Der Sanften und Verehrten.* Mal zeichnete er als *treuer Benn*, mal als *alter Freund*, mal als *ergebener GB*, mal als *altes Wrack*. Thea ließ solche Widmungsexemplare gern aufgeschlagen herumliegen. Mopsa hatte Benn nie etwas zugesandt.

Ein verspäteter Einsatz kann alles verderben, sagte Benn, Sekundenbruchteile, und das Ganze gerät aus dem Leim. Lernen Sie von der Musik! Das Oratorium sei ein großer

Erfolg gewesen, die Philharmonie voll besetzt, Ovationen. Kritiker, die ganze Presse, einstimmige Begeisterung. Sogar die Jugend, Klaus Mann, der angenehme Klaus Mann habe den Text gefeiert. Ein Heidelberger Professor habe ihm geschrieben. Hymnisch. Spät, aber doch erkannt, widerwillig. Er lachte die Geringschätzer nieder, als säßen sie im Zimmer. Anerkannt, sehr spät, dass er noch etwas anderes konnte, der Doktor für Haut- und Geschlechtskrankheiten. Viele seien der Ansicht gewesen, der Text sei der Vertonung überlegen, tiefer, stärker, rhythmischer, aber nun gut ... Vielleicht durch die Sache mit der Akademie.

Sie wissen ja, Anfang des Jahres hat man mich berufen. Mitglied der Preußischen Akademie der Künste. Goethe, Kant, Diderot, Einstein, Planck, Gerhard Hauptmann, Thomas Mann, Heinrich Mann, große Namen, in dieser Gesellschaft zu sein heißt was.

Mopsa sah zu, wie Benns Fäuste sich aufführten. Entfesselt tanzten sie das Elefantenballett von der eigenen Wichtigkeit. Diese Wichtigkeit blies ihn zu einem Gnom auf, der weiter anschwoll und anschwoll, zum Platzen gefüllt.

Erst als er dick Schlagsahne auf seinen und Mopsas Apfelkuchen häufte, fiel er plötzlich in sich zusammen.

Die Praxis ist uneinträglich und degoutant. Ich hausiere mit Gedichten, muss froh sein, wenn sie für den Abdruck in irgendeiner Zeitschrift 75 Mark zahlen. Der Staat tut nichts für die Kunst. Die Leute sind irre. Der Staat muss zertrümmert werden. Die freien Berufe, die kein festes Einkommen, keine Ferien und keine Bürostunden nach der Uhr kennen, die müssen wieder ran, den verkrachten und verlumpten Staat zu finanzieren. Nein, da bleibt einem die Spucke weg, da vergeht einem die Laune.

Benn aß maschinenartig, ohne aufzusehen, redete nebenbei, aß exakt im Takt. Er nahm ein zweites Stück Kuchen, den zweiten Klatscher Sahne.

Wie ein Almosenempfänger leben als, immerhin, Mitglied der Preußischen Akademie. Herabwürdigend, wie einem das Personal die eigene Kläglichkeit vorführt. Das kenne ein Fräulein Sternheim natürlich nicht, sagte er. Die Haushälterin ein ostpreußischer Höllenhund, zerre ihn herum, wie es ihr passe.

Es klingelte. Benn schreckte auf aus dem Klagelied. Sehen Sie, sagte er.

Ob er einen Patienten erwarte.

Es klingelte noch einmal.

Benn reagierte nicht. Dieses Zuspätkommen, das sei keineswegs eine lässliche Sünde. Seine Stimme stieg. Er sprach von Missachtung der Ordnung, Sabotage des Systems und schließlich von Verrat. Verrat? Ja, Verrat!

In Mopsa bebte etwas. Sie legte beide Hände auf den Solarplexus. Es bebte heftiger. Konnte es sein, dass es ein Kichern war? Dass sie Benn lächerlich fand? Sie schluckte, biss auf die Unterlippe, setzte sich ganz aufrecht hin. Es half nichts. Das Lachen brach aus und riss das Idol vom Sockel. Scheppernd zersprang es, als wäre es innen hohl gewesen.

Benn sah auf die Uhr. Sie wollten sicher aufbrechen. Er ging vor ihr zur Wohnungstür. Als sie Danke sagte, war die Tür bereits ins Schloss gefallen.

Auf dem Weg zur Bushaltestelle sah Mopsa vor dem verschlossenen Tor zur Hasenheide Doris vom Reichkanzler mit einer anderen Frau, lachend, haltlos laut, sodass es sie krümmte. Lachten sie über Benn?

Nein, es war doch nicht Doris.

Zurück in der Pension setzte sich Mopsa hin und schrieb ihrer Mutter, was an diesem Abend passiert war.

Seine Majestät die Sphinx aus der Hasenheide, hat sich benommen, als ob ich der letzte Auswurf von Landesverräter wäre, beleidigt und so lächerlich würdevoll, so größenwahnsinnig und so spießig zugleich, ganz unbeschreiblich.

Der Dezember war fast zu Ende. Mopsa hatte es geschafft, nichts Großes, Definitives zu beschließen.

Am 31. Dezember 1932 machte sie sich um halb zehn vormittags auf zum Gottesdienst in die Ludwigskirche, eine der Backsteinkirchen, Gotik im Alter von Carl Sternheim, von denen es in Berlin zu viele gab.

Wie oft hatte sie mit ihrer Mutter übers Glaubenkönnen geredet. Den Gedanken an eine Auferstehung des Fleisches ließ ihr Hirn nicht ein. Dort standen die Schlachthausbilder des Krieges, von zerfetzten Leibern auf verwüsteten Äckern. Musste man ihn einlassen, den Gedanken, wider alle Vernunft? War das der Preis für diese Geborgenheit, von der Thea schwärmte?

Offenbar machte ihr Katholizismus die Mutter begehrenswert für Benn. Thea hatte Mopsa beim Friedensfest in Paris davon erzählt. Bereitwillig. Was der Katholizismus ihr denn sexuell so gestatte, habe Benn sie einmal unter vier Augen gefragt. Dabei hatte er die Lampe, die direkt neben ihr stand, weggedreht. Besonders animierend habe Benn sie gefunden, wenn sie aus der Kirche gekommen war. Sind ja ganz im Fluss!, habe er gesagt. Ungeheuer im Fluss!

An den Mauern klebten noch die Plakate der Reichstagswahl vom November. Die Lämmerherde der Verhärmten, Halbverhungerten und darüber *Unsere letzte Hoffnung: Hitler.* Aufgeräumte Frauengesichter und darüber *Frauen für Hitler.* Männer mit großen Nasen, krummen Beinen, Weste und

Schuh, in ihrem Schatten die lebenden Leichen der Arbeiter. Darüber: *Die Bonzen im Speck. Das Volk im Dreck.*

Bei den Novemberwahlen hatten die Nationalsozialisten mehr als vier Prozent eingebüßt, verglichen mit den Juliwahlen. Doch sie hatten mit Abstand die meisten Sitze behalten. Mopsa war klirrend nüchtern an diesem Silvestermorgen. Der Boden wankte trotzdem.

Schon vor einem Jahr hatten die Hakenkreuzler auf offener Straße Goldschmidt, Fleischmann und Flechtheim, Theas Kunsthändlerfreund, angerempelt, in die Hundescheiße geschubst und als Saujuden bespuckt. Thea Sternheim hatte sich nach Paris abgesetzt. Sie folge der Stimme des Herzens. Der traute Mopsa nicht. Ihr eigenes Herz redete nicht, es war das Hirn, das sie vor Deutschland warnte. Und was war mit dem Herzen der Mutter?

Mopsa hatte nach der Versöhnung mit ihr in Paris Anfang dieses Jahres ebenfalls im Hotel Atala in der Rue Châteaubriand gewohnt. Als, wie so oft in den ersten Februartagen, eine Frühlingsahnung überwältigend lau jeden unvorsichtig machte, hatte Thea die geöffneten Fenster vergessen und auch, dass der Hof hallte. Es musste Theas Intimus Herman de Cunsel sein, zu dem sie sprach.

Weißt du, ich bin nicht imstande, für eine Jugend, die Gott verließ und von Gott verlassen ist, noch einen Funken Mitleid aufzubringen.

Ihr Mitleid galt dem jungen Cunsel, als Kind Vollwaise geworden, seither verloren in der Suche nach sich selbst und nach einer Mutter. Cunsel, der eine Ehefrau wollte, obwohl er Männer liebte. Lag er in ihrem Zimmer auf der Chaiselongue, auf dem Bett oder kauerte er im großen Boudoirsessel?

Wer mit der gottverlassenen Jugend gemeint war, hätte Mopsa gewusst, ohne dass ihr Name gefallen wäre. Aber mit der Illusion, es sei schon Blütenduft in der Luft, wehte es die nächsten Sätze in ihr Zimmer.

Eine Diskussion mit Mopsa über irgendein Thema macht mich für drei Tage handlungsunfähig. Sie ist davon besessen, mich für ihre Enttäuschungen verantwortlich zu machen. Sie sucht immer nach einem Sündenbock. Ich habe mehr davon, der Paarung von zwei Fliegen zuzusehen, als die Liebkosungen dieses Kindes zu ertragen, das aus allen Ritzen seines Charmes nach Nichts stinkt.

Die Kirche war wegen Silvester geheizt. Es roch nach feuchten Mänteln, Zwiebeln und Mottenpulver, über das sich Parfum legte, das aus Pelzmänteln aufstieg.

Der Priester redete von Jesus Christus. Lassen wir uns von ihm verführen zu dem Vertrauen in Gottvater. Dem bedingungslosen Vertrauen in den von ihm Auserwählten. Seine Stimme war rissig.

Darüber klang Theas Stimme, sanft, angestrengt sanft, und, wie ihr Tee, gesüßt: Jesus Christus ist der größte Verführer der Welt. Mopsa glaubte beiden nicht. War der Raum schuld?

Die Gotik dieser Kirche war falsch. Es war die Gotik der Bahnhöfe. Sie strebte nach Rekorden, nicht beseelt nach oben. Sie kannte kein Geheimnis mehr. Sie tat nur so.

Mopsa bekam Atemnot. Während die Gemeinde sang, drängte sie sich an starrgemachten Knien vorbei aus der Kirchenbank, schlich zum Eingang, drückte die Tür auf. Im Freien fiel ihr ein, was Klaus Mann in Paris gesagt hatte. Auch er und Erika waren zu Beginn des Jahres dort gestrandet. Auch er und Erika waren gemeint gewesen mit der Jugend, die Gott verließ und von Gott verlassen war. Auch die beiden glaubten nicht an Jesus, den Verführer.

Das ist ein Auserwählter, hatte Klaus gesagt, als die Rede auf Gottfried Benn gekommen war. Und dann hatte er erzählt vom Oratorium, das er in Berlin bei der Uraufführung gehört hatte in der Alten Philharmonie. Nicht von der Musik, nur vom Text. Benn warnt davor, hörte sie Klaus, über der Organisation der Erde jenes Geheimnis zu vergessen, das auch dann noch über unserem Leben walten wird, wenn die Güter dieser Erde endlich, endlich gerecht verteilt sein werden.

Die Pfützen waren vereist. Die Bettler standen an den U-Bahn-Eingängen oder dort, wo warme Abluft durch Gitter nach oben drang. Mopsa trieb es, den langen Weg zu Fuß in den Osten der Stadt zu machen.

Auf den Litfaßsäulen halbnackte Figuren in Federboas und sonst nichts. Die Etablissements überboten sich zu Silvester mit Grenzenlosigkeiten. Mopsa kannte die meisten dieser Paläste, Dielen, Clubs, Wintergärten und Salons. Im Angebot war alles. Beine jeder Länge, Brustwarzen jeder Farbe, Hinterteile jedes Formats, Damen, die sich peitschen ließen, und Damen, die peitschten. Entblößt wurde alles, selbst Entstellungen, verbrecherische Begierden, Brüste über männlichem Geschlecht, Auswüchse, kindliche, mürbe, monströse Leiber. Heute waren noch mehr Spanner unterwegs, die Alleingehenden ins Ohr raunten: Gleich um die Ecke können Sie kriegen, was Sie wollen. An den Straßenecken standen Mädchen in hohen Stiefeln in Rot, Giftgrün oder Gold. Biste alleene, biste bekloppt, blies einer Mopsa seinen Frühstücksschnaps ins Gesicht.

Alleinseinwollen hatte jeder in Berlin verlernt.

Im Reichskanzler stand Doris auf einer Bockleiter und warf Luftschlangen um die Deckenlampen. Als sie Mopsa sah, stieg sie herunter. Sie trug ein Lamettakleid und hatte sich die Augenlider petrolgrün geschminkt.

Der Doktor kommt heute nicht, da kannst du Gift drauf nehmen. Außerdem habe er was Neues. Doris schenkte zwei Gläser Sekt ein. Auf den Alten! In der Blumenhandlung nebenan hat er Orchideen bestellt und mit einer Pulle Chanel an sie schicken lassen. Wedekind heißt die.

Mopsa klingelte. Der ostpreußische Höllenhund öffnete. Keine Sprechstunde heute. Ob sie nicht lesen könne?

Am Ende des Flurs zeigte sich Benn.

Einen Wunsch? Er trat einen Schritt zurück.

Nein, kein Rezept. *Das Unaufhörliche*, von ihm selbst gelesen.

Benn trug eine silbrige Krawatte zum weißen Hemd und einen Anzug. Wollte er heute noch ausgehen? Mit welcher Wedekind? Konfektionsfimmel hatte Doris es genannt. Beide Töchter schieden aus. Das musste die Mutter sein. Nur Wedekinds Witwe trug Seidenbluse und Perlenkette zum Rock in der angemessenen Länge.

Benn setzte sich an den Klöppeldeckentisch, nahm den Band vom Stapel. Die Lider hingen tiefer denn je. Bei mir sitzen die Krankheiten, jedenfalls die Erkältungen, vielfach in den Augen. Die fangen sie ab und auf, hatte er Thea berichtet.

Das Unaufhörliche: Großes Gesetz ...

Gesetz. Er sprach es so, dass es eines war. Mopsa schloss die Lider. Seine Stimme hatte keinen Glanz, sie war hell und klar, fest und verhalten, zögernd, aber sicher. Sie hob sich nicht zu einer Frage, sie senkte sich nicht zu einem Schlusspunkt. Benn las seine Verse, ohne sie durch Betonungen zu deuten. Jedem Wort gab er Kontur. Doch mehr verriet er nicht.

So sprach das Fleisch zu allen Zeiten:
nichts gibt es als das Satt- und Glücklichsein!
Uns aber soll ein andres Wort begleiten:
das Ringende geht in die Schöpfung ein.

Benn habe ihr geklagt, hatte Doris erzählt, dass sein Honorar für die Rundfunkübertragung des Oratoriums in voller Höhe vom Finanzamt gepfändet worden sei. Aber Orchideen und eine Pulle Chanel für die Wedekind.
 Mopsa blickte auf. Benn saß dick und reglos da. Eine riesige Auster aus Fleisch.

Das Ringende, von dem die Glücke sinken,
das Schmerzliche, um das die Schatten wehn,
die Lechzenden, die aus zwei Bechern trinken,
und beide Becher sind voll Untergehn.

Kein Blick zu ihr, kein Schwanken der Stimme, keine Veränderung bei den Lechzenden, bei den zwei Bechern. Keine Leidenschaft.

Des Menschen Gieriges, das Fraß und Paarung
als letzte Schreie durch die Welten ruft,
verwest an Fetten, Falten und Bejahrung,
und seine Fäulnis stößt es in die Gruft.

Das Leidende wird es erstreiten,
das Einsame, das Stille, das allein
die alten Mächte fühlt, die uns begleiten –:
und dieser Mensch wird unaufhörlich sein.

Das war er, Benn der einsam, still Hausende. Das war sie, die Grenze, an der Mopsa anstieß und ohne die sie nicht werden konnte.

Zum ersten Mal verbrachte Mopsa die Silvesternacht alleine. Im Bett einer Pension, der sie dreißig Übernachtungen schuldete. Und doch wie Louis Quatorze. Alle ließ sie antreten am Bett, alle. Die Mutter, den Vater, die Halbschwester, den Ganzbruder, Ripper, Crevel, Cunsel, Erika Mann, Klaus Mann, Pamela Wedekind. Alle hatten zu viel getrunken, wankten und lallten. Irgendwie ist es bedauerlich, lallte Thea Sternheim, dass Crevel nicht Mopsas Mann geworden ist. Wie viel besser als Ripper hätte er in unsere Familie gepasst. Crevel lallte: Mopsa, du reine Blüte, die inmitten der Fäulnis blüht. Ripper lallte: Schieb Geld rüber, sonst bin ich fertig und mache vorher deine verlogene Familie fertig. Cunsel lallte in Theas Arm: Ich küsse dich inzestuös, Schwester und Tochter.

Dann trat Benn an. Er fühlte ihren Puls, ihre Stirn, hieß sie aufsitzen, steckte ihr ein Fieberthermometer in den Mund, wartete wortlos. Sagte: Encephalitis lethargica sive epidemica. Kann bei Drogenmissbrauch oder Entzug auftreten. Gehen Sie morgen in die Charité. Seine Stimme war kalt wie damals das Stethoskop auf ihrem Rücken. Kalt und tröstlich und erregend.

Es schlug erst 22 Uhr. Die Augen, starr und so weit geöffnet, dass es weh tat, hatte sie aufs Fenster gerichtet. Mussten doch ermüden. Was für eine endlose Nacht. Versuchsböller in der Ferne, Gleichschrittparolen auf der Straße, Fackelschein und gebrüllte Lieder. Wie viele Menschen sich heute Nacht umbrachten? Legten sie den Kopf in den Gasherd, sprangen sie aus dem Fenster, bestiegen sie einen Elektromasten, stachen sie ein Küchenmesser in die Brust, bevor sie, eine Wäscheleine um den Hals, den Stuhl unter ihren Füßen wegstießen? Oder hieß die Lösung einfach Veronal?

Benn hatte keine Angst vor dem Nichts. Wahrheit? Wohnt nur in Mythen. Und in den Mythen ist Zerstörung der große Refrain. Doch er war ein Pfarrerssohn. Er hatte die Metaphysik mit aller Gewalt aus sich herausgerissen. Geblieben war die Wunde. Aus der wuchs wie Unkraut die Sehnsucht genau danach.

Mopsa dachte an den alten Bauern in Uttwil, vor dem sich alle anderen fürchteten, weil er keine Angst kannte. Die Sau weiß nicht, warum sie gefüttert wird, hatte er gesagt. Und wir sind nicht besser dran.

War sie das wirklich, ein Kind von bald dreißig Jahren, das aus allen Ritzen seines Charmes nach Nichts stank? Konnte das Nichts stinken? Für Thea war Nichts Nichtstun. Mopsa mied die Arbeit nicht, die Arbeit mied sie. Für Klaus Manns *Revue zu vieren*, in der Klaus, Erika und Pamela neben Gründgens sich selbst gespielt hatten, ihre Leere und ihre Langeweile, hatte Mopsa Bühne und Kostüme entworfen. Passt, höhnte die Kritik, passt wie angegossen. Noch so ein Dichterkind und nicht mehr als ein Dichterkind, degeneriert, überflüssig. Schmarotzerblüten im Großstadtsumpf.

Man brauchte sie einfach nicht. Nur das Nichts konnte sie brauchen, dort störte alles, was nicht Nichts war.

Wenn du nicht schlafen kannst, schließe eine Wette mit dir ab, eine absolut wahnwitzige Wette, hatte der Hauslehrer in La Hulpe zu Mopsa gesagt.

Am 31. Dezember 1932 um 23 Uhr wettete sie darauf, dass sie dem Entschluss dieser Nacht treu bleiben werde bis ans Ende ihrer Tage.

Kurz vor Mitternacht beschloss sie, Benns Frau zu werden.
Ungeachtet der Nebenbuhlerinnen.
In guten und in schlechten Tagen?
In guten und in schlechten Tagen.
Bis dass der Tod euch scheidet.
Bis dass der Tod uns scheidet.
Er musste ja nicht zustimmen.
Dann kam der Schlaf.

Frühlingsanfang stand im Kalender. Vielleicht hatte Thea deshalb diesen Tag ausgewählt für das Gipfeltreffen mit ihren drei Kindern in Berlin. Der Frühling war immer gekommen, nach Erdbeben und Orkanen, bei Börsenkrach und Massenhinrichtungen, ob die Spanische Grippe wütete oder Hungersnot. Mitten im Krieg war er gekommen. Sonst war auf nichts mehr Verlass. Auf die vereinbarten Zahlungen des Museums für die van Goghs ebenso wenig wie auf die Rendite hier angelegter Papiere. Thea Sternheim war Emigrantin, sie galt als Verräterin seit dem 30. Januar 1933.

Auf die Kirche war kein Verlass mehr. Sie sperrte Nationalsozialisten nicht aus. Gottesdienste scheute Thea sogar in Paris, seit Hitlerkatholiken wie von Papen an der Macht waren. Auch auf die Klugheit der Klugen war kein Verlass mehr. Die Flechtheims hatten noch sämtliche Picassos an den Wänden hängen. Obwohl sie wissen mussten, was mit jüdischem Besitz geschehen würde. Nicht mal auf die Zuflucht bei Freunden war noch Verlass. Vor dem Haus der Pfemferts lauerte einer in Uniform mit Hakenkreuzbinde. Dabei war dort eh nichts mehr zu holen. Am 1. März 1933 waren Pfemferts Richtung Karlsbad abgehauen, ohne ein Reservehemd oder zweite Unterhose. Wenige Tage später hatte ein Haufen johlender SA-Leute das Lebenswerk der beiden demoliert.

Verlass war auch nicht mehr auf den Familienanwalt Broh. Er hatte Theas Scheidung von Sternheim durchgefochten. Jude, verhaftet, verschwunden, sagten die Nachbarn.

An diesem 21. März werden wir ohne Rücksicht aufeinander alles aussprechen, hatte Thea verkündet. Und nicht auseinandergehen, bevor das Ganze draußen ist.

Klaus war wie Thea aus Paris angereist, Mopsa mit Agnes aus Hamburg.

Mopsa stand an diesem ersten Frühlingsmorgen in der Pension Savigny vor dem Spiegel, nackt. Das Zimmer eng, der Spiegel klein. Sie sah sich nur bis eine Handbreit unterhalb des Schamhaars. Das genügte. Vor vier Wochen hatte zwischen den Oberschenkeln ein leeres Rechteck geklafft, nun schlossen sie wieder zusammen. Die entzündlichen masernartigen Flecken auf den Brüsten waren verheilt, die Haut war nicht mehr stumpf. Die blauen Flecken an den Einstichstellen, rechter wie linker Arm, waren hellgelb geworden, kaum mehr zu sehen.

Am 10. Februar 1933 hatte Mopsa eine halbe Seite lang um Hilfe geschrien. *An Madame Thea Sternheim, Hotel Atala, Paris.* Blaues Briefpapier, wie Benn.

Ripper ist hier aufgetaucht. Es war das Gleiche wie vor zwei Jahren. Letzte Rettung Entziehungskur, brauchte Geld. Da mir klar ist, dass es so nicht weitergeht, habe ich R. ausgezahlt und aufgegeben, da ich mich selbst nicht aufgeben will. Er ist wieder in England, und ich werde ihn nicht wiedersehen. Falls Du mir helfen willst, nach vier Jahren Pleite auf der ganzen Linie wieder anzufangen, tue es schnell. Falls nicht, bitte ich Dich, ein Gentleman zu sein und diesen Brief für Dich ganz allein zu behalten.

Thea hatte nicht geholfen und nichts für sich behalten. Kopien der Absage an Agnes und Klaus.

Kurz danach war Agnes in Berlin aufgekreuzt und hatte Mopsa festgenommen. Thea hatte ihrer Ältesten eine Vollmacht über Mopsas Monatswechsel erteilt. Agnes hatte Mopsas Koffer in der Pension hier ausgelöst, hatte in Mopsas Wohnung alle Fenster aufgerissen und gepackt, während zwei Stunden lang eisiger Ostwind den Verwahrlosungsgeruch hinausblies.

Bevor ich in Hamburg deine Geisel bin, gehe ich lieber in Berlin auf den Strich, hatte Mopsa erklärt.

So wie du jetzt ausschaust, nimmt dich dort keiner, hatte Agnes gesagt. Du kommst auf allen vieren daher.

Salzbäder, Massagen, Spaziermärsche an der Alster unter Aufsicht, viel Milch, nachts eingekeilt im Bett zwischen der Schwester und deren neuem Freund. Was Mopsa auf alle viere geworfen hatte, interessierte Agnes nicht.

Die Ohren abstellen. Hätte Mopsa das gekonnt, es wäre nicht wieder so weit gekommen.

Im Wartezimmer der Charité hatten sich Anfang Januar 1933 zwei Väter unterhalten, Schuhe hochglanzpoliert, fette Uhrenkette, Bartwichse. Der eine hatte dem anderen gedankt.

Das war der Rat, der richtige, die Rettung! Endlich, endlich sei sein Sohn auf dem rechten Weg. Seit er in der Partei ist, hat er aufgehört mit dem Herumlungern. Weiß, wo er hingehört. Was dem Leben Sinn gibt.

Ich habe es schon immer gewusst, sagte der andere. Der Hitler macht sauber. Der legt den ganzen Sumpf trocken. Wir müssen einen neuen Menschen erziehen, sagt er. Auf dass unser Volk nicht an den Degenerationserscheinungen der Zeit zugrunde gehe, sagt er.

Mopsa war aus dem Wartezimmer geschlichen. Im nächsten Schaufenster hatte sie sich angesehen. Eine Herumlungernde, die keinen Sinn entdeckte in ihrem Dasein. Solche kauften die Nazis ein, waren leicht und billig zu haben.

Im Treppenhaus bei sich daheim hatte sie gehört, was der Hilfsbursche des Kohlelieferanten dem Hausmeister erklärte. Er sei jetzt drin, sagte der Lieferantenhelfer. Denen sei es piepegal, dass er im Knast gewesen sei. Muskelkerle wie ihn könne man brauchen, sehr gut brauchen in der Partei. Wenn ich den Richtigen eins auf die Fresse gebe, krieg ich Belobigung.

In der Bäckerei nebenan hatte Mopsa mitbekommen, dass die Tochter frischverlobt war. Die Mutter hatte ihren Süßen lange weggebissen. Künstler! Was willste mit so einem. Haut seine ganze Penunze für Schnee raus und pennt bis in die Puppen. Jetzt ist alles gut. Ab acht in der Früh malt er Plakate für die Partei.

Vor der Ludwigskirche hatte Mopsa belauscht, wie eine Frau im Sonntagsmantel der anderen von der Gesundung ihres Mannes erzählte. Der Suffkopp hatte ein Loch, wo ich meinen Glauben habe und meine Moral. Jetzt ist es gefüllt. Hitler sei Dank.

Ihre Vermieterin hatte Mopsa gefragt, ob sie nicht mal mitkommen wolle. Geht mich ja nichts an, aber Sie wirken ganz schön knülle, Mädel, leer wie ein ausgekippter Eimer. Wenn Sie mal im Chor mit all den anderen geschrien haben wie ich für den armen toten Wessel, dann geht's Ihnen gleich besser. Da sind Sie voll mit Kraft und Zukunft und allsowas.

Mopsa kannte ihre Leere gut, jenes Loch, seine Sogkraft. Es war gefährlich. Doch Mopsa wusste, wohin sie sich retten konnte. Im Nichtstunkönnen war sie sicher vor anderen und vor sich selbst. Ein Impotenter konnte niemanden vergewaltigen. Als am 31. Januar kurz vor Mitternacht die Horden, noch immer nicht müde vom Siegesrausch, die Straße mit Grölen anfüllten bis hinauf in den dritten Stock, setzte sie sich die nächste Nadel.

Heute aber, an diesem 21. März, war der Tag der nüchternen Abrechnung. Mopsa zog das dunkelgrüne Kleid an, das die Mutter an ihr besonders liebte, steckte den Smaragdring an, den die Mutter ihr zur Volljährigkeit geschenkt hatte und den zu versetzen sie eisern vermied, tuschte sich die Wimpern, bürstete die Locken glänzend und lächelte ihr Spiegelbild an.

Punkt zehn erschien sie in Theas Zimmer.

Als sie es um drei Uhr nachmittags verließ, gab es nur noch Benn.

Agnes hatte für gute Stimmung gesorgt. Du hast mir ja deine frühen Tagebücher überlassen, sagte sie zu Thea. Sie zog einen der Bände heraus, zu dem die gelochten Blätter am Jahresende verleimt wurden. Agnes hatte einen Papierstreifen eingelegt. Hier steht, was dir dieser Hauslehrer über die zwölfjährige Mopsa sagte: *Sie hat den Verstand einer Fünfzigjährigen. Was denkt sie? Keiner weiß es. Wen liebt sie? Ihre Mutter, sonst niemand.*

Thea wiegte den Kopf und flocht ihre Finger ineinander.

Wir verplempern Zeit mit Nettigkeiten, erklärte Klaus. Mir hat unsere Mutter geschrieben: *Durch unverantwortliche Einflüsse, beklagenswerten Snobismus, Unerzogenheit, Verweichlichung, Faulheit, erbliche Belastung ist Mopsa in eine Situation geraten, in der sie nur noch drei Auswege hat: ins Gefängnis zu kommen, ins Irrenhaus oder sich das Leben zu nehmen. Nur Agnes kann sie aus dieser Hochstaplerumgebung herausreißen.*

Ausgerechnet Agnes?, sagte Mopsa. Sie sah die Mutter an, die den Blick nicht erwiderte. Mir hast du erklärt, seit sie mit diesem Theatermenschen zusammen ist, sei sie für dich eine absolut mittelmäßige Person geworden.

Da geht es mir besser als dir, sagte Agnes. Klaus meint, ohne deinen Charme, deinen verfluchten Charme, Pardon, wärst du besser dran. Du findest immer jemanden, der dir Stoff gibt, ihm versagen sie ihn irgendwann. Sonst wär er so fertig wie du, was, Klaus?

Ich bin noch nicht fertig, sagte Klaus. Hier steht: *Ich mache also den letzten Versuch. Misslingt dieser letzte Versuch, werde ich mir lieber einen Revolver kaufen, um Mopsa kaltblütig abzuschießen, als weiter den Verfall eines Wesens, das ich mit größtmöglicher Liebe gemacht habe, mit anzusehen.*

Wo hast du den Revolver?, hatte Mopsa ihre Mutter gefragt.

Nur Benn blieb. Nur er. *Die Gesammelten Gedichte* waren das einzige Buch in Mopsas Gepäck. Das Exemplar war Thea gewidmet. Mopsa machte die Augen zu und schlug auf, las.

Ich trage dich wie eine Wunde
auf meiner Stirn, die sich nicht schließt.
Sie schmerzt nicht immer. Und es fließt
das Herz sich nicht draus tot.
Nur manchmal plötzlich bin ich blind und spüre
Blut im Munde.

Oben drüber stand: *Mutter.*

Sie habe geklopft, sagte Thea. Drei Mal. Und dann: Ach, du hast es, ich habe überall danach gesucht.

Sie setzte sich aufs Bett. Ich habe gerade mit ihm telefoniert.

Sie wartete. Mopsa schwieg. Sie zupfte die Überdecke zurecht. Mopsa schwieg.

Willst du wissen …

Nein, sagte Mopsa.

Er war widerlich feierlich. Ich habe das Gespräch abgebrochen.

Seit wann hast du etwas gegen Feierlichkeit?

Ich fürchte, dass eine Saite seines Herzens hoffnungsvoll mitgebebt hat, als nun die Hymne ans wiedererwachende Vaterland angeschlagen wurde. Denn auch der Fememörder Theodor Benn ist der Sohn des mecklenburgischen Pastors Benn.

Ich wäre gerne allein, sagte Mopsa.

Die Caféterrassen waren überfüllt. Ziehharmonikaspieler schlugen ihre Klappstühle auf. Magnolienblüte über Schuhputzern, Jasmin in verdreckten Hinterhöfen, Tulpenhändler zwischen schlafenden Clochards, Flirts über den Ladentisch, selbst dort, wo Schweinsfüße und Kutteln verkauft wurden.

Der April hatte wie immer Paris in ein Fest verwandelt. Gefeiert wurde das Knie, das weibliche Knie im hautfarbenen Nylonstrumpf. Auf dem Rücksitz eines Mopeds, am Bistrotisch unter einer aufgeschlagenen Zeitung leuchtend, am Seineufer entblößt unter einem hoch schwingenden Rock beim Tanzen, auf einer Parkbank, wenn die Männerhand es freigab. Mopsas bemerkte, dass Männer ihre Knie schön fanden. Alles an ihr schön fanden. Doch die Stadt bekam wenig zu sehen von ihr. Es war ein Pfeifton in der Musik des Alltags, schrill, andauernd. Warum hörten die anderen ihn nicht? Er drang aus Deutschland herüber. Mopsa hörte ihn an den Kiosken, wenn sie Schlagzeilen las aus Berlin. Sie hörte ihn, wenn sie die Schlangen vor den Behörden sah, an denen *Ici: Carte d'identité* stand. Vor allem aber dort, wo es für wenig Geld viel Essen gab und die meisten Deutsch sprachen. An den billigen Pensionen war zu lesen: *Cet hôtel est complet*.

Belegt bis unters Dach mit Deutschen. Es pfiff dauernd in Mopsas Ohren.

Du hast Fieber, Kind, sagte Thea.

Warum kam Benn nicht hierher?

Heinrich Mann war als Präsident der Sektion Dichtung ausgetreten aus der Preußischen Akademie, hatten Freunde aus Berlin geschrieben. Ausgetreten worden, meinten die meisten. Benn war kommissarisch Ersatzchef der Abteilung. Bis wann?

Diese Reinheit, diese fanatische Reinheit, hatte Klaus Mann gesagt. Die macht unseren Benn einzig. Wo war sie geblieben?

Mopsa las hinter den heruntergelassenen Jalousien ihres Hotelzimmers Nietzsches *Wille zur Macht*. So gut wie Thea wusste sie, dass Nietzsche Totempfahl und Maibaum, Kruzifix und Göttermarmor in Benns Leben war.

Thea erkannte das Buch sofort, als sie ihre Tochter zum Tee abholte.

Kesten sei angekommen. Sie habe ihn auf fünf Uhr in Les Deux Magots eingeladen.

Weißt du, was Benn mir erzählt hat? Seine größte Leidenschaft bisher galt einer Ausländerin, die den Namen Nietzsche noch nie gehört hatte.

Ich habe verstanden, sagte Mopsa und klappte das Buch zu.

Kesten war mit seiner Toni aus Deutschland geflohen. Zurückgelassen die leitende Stelle bei Kiepenheuer, das Haus mit Geerbtem und Gesammeltem, das Auto, das Ansehen, die jahrelang aufgebauten Brücken. Nur die Freunde blieben. Wenn sie nicht schon da waren, sie würden kommen. Eng nebeneinander saßen die beiden Kestens auf dem roten Leder der Bank, erhitzt, überdreht. Wie Kinder nach einem

Tag auf dem Rummelpatz. So herrlich das Exil, so wunderbar Paris, jetzt. Mopsa blitzte ihrer Mutter Schweigen zu. Wozu schon ernüchtern? Sie selbst war dank Ripper Österreicherin. Für Thea war sie, ja, wie viele Male eigentlich?, aufs deutsche Konsulat gekrochen, um die Verlängerung des Passes zu erbetteln. Wer ausgebürgert worden war wie Anwalt Apfel, Gatte ihrer Trauzeugin, oder Heinrich Mann, hatte eh keine Chance, lange hier zu bleiben.

Benn? Die Kestens sahen sich an. Ach, wissen Sie das nicht? Benn hat Mitte März den Mitgliedern der Akademie einen Antwortzettel zugeschickt. Mit Ja oder Nein abzeichnen und an ihn zurück. Kesten zog seine Brieftasche heraus. Hat mir die Huch überlassen, ist daraufhin raus aus dem Club.

Sind Sie bereit, unter Anerkennung der veränderten geschichtlichen Lage weiter Ihre Person der Preußischen Akademie der Künste zur Verfügung zu stellen? Eine Bejahung schließt die öffentliche Betätigung gegen die Regierung aus und verpflichtet Sie zu einer loyalen Mitarbeit an den satzungsgemäß der Akademie zufallenden nationalen Aufgaben im Sinne der veränderten politischen Lage.

Kesten faltete den Zettel ordentlich zusammen. Von Benn selbst formuliert, aus freien ...

Schau doch, Hermann, sagte Toni. Was mit ihr los ist.

Mopsa krümmte sich, presste beide Hände auf den Leib, stöhnte: Ach nichts, nichts, weiterweiter.

Meinen Kollegen Landauer hat Benn gefragt: Hocken Ihre Autoren eigentlich auch in Prag und in Ottakring und erwarten das Vorübergehen einer Episode? Was für Kinder!, hat er gesagt. Was für Taube! Die Revolution ist da, und die Geschichte spricht. Wer das nicht sieht, ist schwachsinnig. Dies ist die neue Epoche, über ihren Wert oder Unwert zu reden ist läppisch, sie ist da! Und wenn ...

Toni stieß ihrem Mann in die Seite. Hör auf, siehst doch, wie's ihr geht.

Mopsa hatte den Kopf nach hinten über die Stuhllehne fallen lassen. Reglos bot sie ihre Gurgel dar.

Stillschweigen am Tisch. So laut, dass es sich an den Nachbartischen fortsetzte. Die Hälse drehten sich zu der starren Frau.

Schlagartig richtete Mopsa sich auf. Was: und wenn?, fragte sie. Weiterweiter.

Und wenn die Epoche nach zwei Jahrzehnten vorüber ist, hat Benn gesagt, hinterlässt sie eine andere Menschheit –

Thea Sternheim bestellte eine Runde Chartreuse. Kräuterlikör gegen Hitler?

Kestens Grinsen tat weh. Heil Kräuter!

Thea kippte den grünen Likör, als wäre es Wasser. Was hat Sie beide halsüberkopf fliehen lassen? Das Mischeheverbot vom Rasseamt?

Nein, Benns Vortrag im Rundfunk vor fünf Tagen. *Der Neue Staat und die Intellektuellen.* Stramm für heroische Unterdrückung der Denkenden. Er wolle zeigen, dass ein Intellektueller, der zeit seines Lebens auf Klasse gehalten hat, zum neuen Staat positiv stehen kann, stehen muss! Wir hockten und hörten, und die Wände wuchsen auf uns zu. Einsamer waren wir nie. Unsere Wohnung eine Zelle im Zuchthaus Deutschland. Wären wir geblieben, wir wären erstickt.

Es ist wirklich Fieber, sagte Mopsa. Ich gehöre ins Bett.

Sie lag da, schwitzte kalt und suchte den Ausweg. Kesten hatte Benns Texte nie leiden können. Kunststoffbildungssprache, pseudoverzweifelte Leierkastenverse, fachwortgefütterte Prosaexzesse. Und dann: Kesten war als Jude gefährdet. War Benn es nicht als Dichter? Ersoffene Bierfahrer, verwesende

Mädchenleichen, faule Dirnenbackenzähne und Krebsbaracken passten nicht zu gebärfreudigen Becken, wogendem Weizen und siegheilschreienden Siegfrieds. Das Zersetzende seiner Sprache musste den neuen Machthabern zuwider sein. Seine Wortmacht unheimlich. War das alles nur eine Flucht nach vorn, um den eigenen Kragen zu retten? Mopsa beschwor in der Stille den Klang von Benns Stimme herauf. Doch sie hörte es nur pfeifen, und über dem Pfeifton hörte sie Goldschmidt. Benn? Lass mich mit dem in Frieden. Das ist ein Nationalsozialist.

Zwei Jahre war das her, sie hatten über das Oratorium von Hindemith diskutiert.

Es war eine Notlösung gewesen, das Atala hatte nichts mehr frei gehabt. Nun war Mopsa froh, in einem anderen Hotel als ihre Mutter zu wohnen. Sie konnte ein zweites Leben führen, unbemerkt. Saß bei dem reichsten roten Emigranten aus Berlin, dem Pressezar Willi Münzenberg, und schrieb mit an seinem *Braunbuch* über den Reichstagsbrand. Traf sich mit Korrespondenten vom *Manchester Guardian* und nahm Aufträge an. Bloß keine Lücke mehr entstehen lassen.

Zum Mittagessen verabredete sich Thea Sternheim am liebsten in der Brasserie Lipp am Boulevard Saint-Germain. Die Kellner waren streng. Es entging Mopsa nicht: Eine wie Madame Sternheim schätzten sie. Kleidung, Stimme, Parfum, Gesten verhalten, Manieren tadellos. Nie eine Beschwerde, der Cassoulet sei zu wuchtig oder die Choucroute zu fett. Wer mit ihr am Tisch saß, war meistens ebenfalls hier bekannt, beglotzte nicht touristenblöd das exotische Grün auf den Wandkacheln oder raunend andere Gäste.

Doch seit Mai 1933 warfen die Kellner Madame missbilligende Blicke zu. Verspätete sich Mopsa, war Thea bereits über mitgebrachte Zeitschriften und Zeitungen hergefallen, riss und schnitt aus, führte Selbstgespräche, fuchtelte wild mit den Händen, schüttelte den Kopf, rieb sich das Gesicht, grimassierte.

Da, sieh nur: Im *Berliner Tagblatt*, dem neuen Reichsorgan, ergießt er sich am 1. Mai zum Thema *Deutscher Arbeit zur Ehre*. Es geht nur drum, zu rechtfertigen, dass die Gewerkschaften mit Gewalt aufgelöst werden. Ekelhaft, wie schnell er sich vom Adepten Nietzsches zum Barden des Nationalsozialismus gewandelt hat. Ekelhaft.

Mopsa sah und hörte wortlos zu. Warum erinnerte Thea sie an eine betrogene Ehefrau? Menschen mit Schaum vor dem Mund hatte die Mutter immer verachtet. Nun schäumte sie. Der Speichel rann ihr die Mundwinkel herab. Sie bemerkte es nicht.

Gott, was ist man schon durch die frühere Sympathie zu solchem Auswurf besudelt. Welche Erniedrigung, an diese Sklavenseele meine Freundschaft vergeudet zu haben.

Ende Mai las sie Mopsa aus der *Berliner Börsenzeitung* Benns offenen Brief an Klaus Mann vor, der ihm einen privaten aus dem Exil in Südfrankreich geschrieben hatte.

Verstehen Sie doch endlich an Ihrem lateinischen Meer, dass es sich bei den Vorgängen in Deutschland gar nicht um politische Kniffe handelt, die man in der bekannten dialektischen Manier verdrehen und zerreden könnte, sondern es handelt sich um das Hervortreten eines neuen biologischen Typs, die Geschichte mutiert, und ein Volk will sich züchten. Die Züchtungsidee, die zugrunde liegt: dass der neue Mensch zwar vernünftig sei, aber vor allem mythisch und tief.

Erschöpft ließ Thea die Zeitung sinken. Mythisch! Hätte ich geahnt, dass seine Mythenbegeisterung in verdreckten Latrinen endet.

Der Kellner servierte in die Latrinen hinein Hausriesling und Austern.

Und ich sage dir, es ist vor allem Neid auf den Mercedes, auf die Grunewaldvilla, auf alle, die es sich leisten können, am Mittelmeer über Hitler nachzudenken. Hör nur: *Da sitzen Sie also in Ihren Badeorten und stellen uns zur Rede, weil wir mitarbeiten am Neubau eines Staates, dessen Glaube einzig, dessen Ernst erschütternd* ...

Theas Stuhl fiel auf die Fliesen, als sie sich, beide Hände vor den Mund gepresst, auf die Toilette rettete, im letzten Moment.

In den nächsten Wochen gab es für Thea Sternheim kein anderes Thema, als Benns Züchtungsvisionen. Im Juni griff sie zu Wörtern, die noch niemand aus ihrem Mund vernommen hatte. Bespeien und besudeln, kotzen, scheißen, pissen.

Der alte märkische Pfarrer Benn scheint jedenfalls im frischfröhlichen Blutrausch gezüchtet zu haben. Erst den Femörder Theo, dann den Reklamechef der neuen Firma, Gottfried. Im Ernst: Ist der Reklamechef nicht noch widerwärtiger als der Mörder? Man hat das Bedürfnis, jede Erinnerung auszukotzen.

Als Klaus von einer Stippvisite in Deutschland Benns neues Buch mitbrachte, mehrere Essays, erklärte Thea: Schmeckt nach Jauche.

Mopsa las die Texte. War Benn einfach verrückt geworden? Dass Moses der großartigste Eugeniker aller Völker war, konnte nicht aus dem Hirn stammen, das sie als Benns Hirn kannte. Sie las zum zweiten Mal, zum dritten Mal. *Sein Gesetz hieß: quantitativ und qualitativ hochwertiger Nachwuchs, reine Rasse –; aus ihm seine brutalen Maßnahmen gegen sein Volk wie gegen die ihnen begegnenden fremden Stämme; Prügelstrafen, Handabhauen, Steinigung, Erschie-*

ßen, Feuertod gegen Rassenvermischung. Aus ihm, dass er ein Volk, die Medianiten, die eine Geschlechtskrankheit eingeschleppt hatten, ausrotten ließ.

Mopsas Hände waren feucht, die Seiten klebten.

Es scheine ihm fast sensationell, darüber nachzudenken, dass ohne diese ungeheuerlichen Maßnahmen eugenischer Art, an denen bisher von keiner Seite Kritik geübt wurde, zwei Religionen, welche den größten Teil der bewohnten Erde beherrschen, das Christentum und der Islam, also der Monotheismus an sich, voraussichtlich gar nicht zur Entfaltung gekommen wären. Das Judentum hatte er vorsichtshalber vergessen.

Sie sah sie defilieren, die Nichtsgewordenen und die Zukurzgekommenen, die Ungeliebten und die Unbeschenkten, die nur diese Leere spürten, und deren Leere nun gefüllt worden war mit Hitlers Verheißungen. War Benn vielleicht einer von ihnen? Psychiater hatte er werden wollen. Schiefgelaufen. Die Karriere als Stabsarzt fortsetzen. Abgebrochen, warum auch immer. Stadtarzt hatte er werden wollen. Abgelehnt. Anerkannt werden als Dichter. Erst letztes Jahr die Ernennung zum Akademiemitglied. Geld verdienen als Dichter. Honorar gepfändet. Eindruck machen als Galan mit Orchideen und Chanel. Mit Schulden bezahlt, die große Geste. Hoffnung auf elegante Patienten. Schmutzfinken nannte er die meisten. Großbürgerlich werden, was der Vater nie geschafft hatte, gute Bilder an den Wänden. Sogar den Grosz musste er zurückgeben.

Klaffte auch in seinem feist gewordenen Körper, unter der sicheren Stimme diese Lücke? Hatten sie deswegen auch in ihm Tatendurst wecken können?

Und doch: So schlimme Sätze, und wie schön waren sie. *Halte dich nicht auf mit Widerlegungen und Worten, habe*

Mangel an Versöhnung, schließe die Tore, baue den Staat! Sie hörte seine Stimme, und sie erlag ihr.

Doch es gab das andere Leben daneben.

Ein Gehäuse wie gemacht, um die Welt zu vergessen. Undefinierbare Blüten auf der Tapete, müde wie Mohn, Spiegel, die halb erblindet waren, ein durchgelegenes Kanapee, nur zum Versinken geeignet. Schwere Gardinen, brüchiger Seidendamast. Der Ausblick verbaut, Dämmer von früh bis spät.

So mädchenfrisch war Mopsas Freundin Annemarie Schwarzenbach hereingeschneit, so hoffnungsblühend unverdorben. Mit jedem Foto, das sie nach den Stunden Haut an Haut von Mopsa geschossen hatte, war auch Annemarie müder, mürber geworden und hatte nicht mehr nach Tee verlangt, sondern nach Opium.

Thea hatte im Oktober eingesehen, dass die Nazis sie betrügen würden um ihr Vermögen und alles, was in Deutschland angelegt war, als arktisch eingefroren zu gelten hatte. Hotelzimmer, Déjeuners in den Literatencafés, Schneiderbesuche, Austern bei Lipp, Maßschuhe und Champagnersoireen mussten gestrichen werden das Tausendjährige Reich über. Ihr war es Trost, dass sie unter einem Dach mit anderen Künstlern ein Atelier mit Schlafzimmer und Bad gefunden hatte, 4. Arrondissement, Rue Antoine Chantin, Haus Nummer 7, erster Stock.

Mopsa war es genug, ihre Dämmerwelt bewohnen zu dürfen, in der das Vergessen so leicht fiel.

Nur wenn sie ihr Gehäuse verließ, war alles wieder da.

Die Damenmode in Paris war sensationell. Derart perfekt waren die Schultern nie zuvor geformt worden, hatten sich die Röcke nie zuvor an Hüfte und Hintern geschmiegt. Eleganter denn je umspielten die Säume das Knie, fielen Rückenlinien, betonten Abnäher Brüste und Taille. In den Straßencafés, in den Schaufenstern, in den Journalen: Die Form war es, die bestach.

Form gab Halt. Die Schale dem Ei. Form, das war Benn. Benn, der noch Ekel und Abgrund in Reime und Rhythmen fasste.

Wenn Mopsa von ihren Spaziergängen zurückkehrte, erschrak sie vor ihrem Gehäuse. Das der Mutter stand in ihrem Kopf daneben.

Sie sah Theas Schleiflackschreibtisch mit seinen exakt auf Kante gefüllten senkrechten Fächern, sah auf der Schreibfläche die blitzsauberen gelochten Tagebuchseiten, präzise Protokolle, geordnet, wie sie selbst. Ihr Nichtstun sortierte Thea Sternheim so, dass es wie Tätigkeit wirkte.

Wie nahmen sich dagegen ihre eigenen Lebensnotate aus. Billige Schulhefte, linierte, karierte, leerseitige, blaue, graue, tafelgrüne, von zwei Richtungen aus, von vorne und hinten, beschrieben. Mal in kleiner Schreibschrift, mal in schreienden Großbuchstaben. Zeichnungen, Gedichte, Zitate, Kritzeleien, Durchgestrichenes. Dazwischen Versuche, Fragmente zu einem Roman, mit dem sie vor acht Jahren begonnen hatte. Drei Männer, eine Frau.

Ich = Nicole. Im Bett, möbliertes Zimmer. 25 Veronal gegessen, fast tot. Dr. Goll = Benn pumpt ihr den Magen aus. Es ekelt ihn der Aufwand an Impuls, der es fertig bringt, sich das Leben zu nehmen.

Auf vielen Seiten Rauchspuren, Brandlöcher, Fettflecken. Zwischen den Seiten Reste von Asche, Haare, auch solche von Annemarie, Krümel, Sand, verwelkte Blüten. Benn, der Formgebende, durfte nicht mehr die Mauer sein, die sie vor dem Absturz bewahrte und an der stoßend sie sich ihrer selbst gewahr wurde. *Form und Zucht*, die beiden Wörter tickten wie ein Refrain in allem, was er an Essays, offenen Briefen und Reden publizierte. Form und Zucht in Staat und Kunst.

Ihrer Mutter gab die Empörung Halt und die Sorge.

Deutschland am Gängelband eines österreichischen Anstreichers. Immer dichter schließen sich alle Tore und Fenster, durch die noch ein letzter Abglanz von Freiheit in die Zwangsanstalt Deutschland drang. Was geht in den Konzentrationslagern, den Arbeitslagern vor sich?

Selbst radikale Absage an Benn fiel ihr leicht. Er hatte Gide verraten; *auf der einen Seite ein calvinistischer Puritaner und auf der anderen ein pedantischer Exhibitionist.*

Mopsa wartete Tag für Tag, Woche für Woche darauf, dass auch ihr die Empörung Rückgrat verlieh. Aber sie war doch seine Frau. *Bis dass der Tod euch scheidet ...*

Münzenbergs erstes Exilunternehmen, das *Braunbuch über Reichstagsbrand und Hitlerterror* war im August fertig geworden. Mopsa hatte Münzenberg dabei geholfen, die Sammlung von fast gänzlich öffentlich zugänglichen Quellentexten zusammenzustellen. Nur sechzig Seiten hatte das Buch, aber die Sprengkraft einer Granate. Am Ende stand: *Hauptmann Göring ist der Organisator des Reichstagsbrandes. Sein Parteigenosse Goebbels hat den Plan erdacht. Göring hat ihn durchgeführt. Morphinist Göring hat den Reichstag angezündet.*

Der hatte so wenig Halt wie sie und ihn in der Partei gefunden. Und Benn?

Mopsa taumelte, nie ganz wach, nie ganz schlafend, durch eine Welt, die sie nicht mehr zu fassen vermochte.

Dann kam er, Kestens bester Freund und Gefährte aus Kiepenheuerzeiten.

Die beiden saßen zusammen in den Deux Magots, als Mopsa zu ihnen stieß. Zärtlich und besorgt redeten sie von ihr, der

Einzigartigen, der Unersetzlichen. Sie müsse ins Ausland gerettet werden. Von den Nazis werde sie geschändet und verbrannt. Es ging um die deutsche Literatur und die Idee, in den Niederlanden einen Exilverlag zu gründen.

Die Hände von Landauer, lang, zartknochig, nikotinfleckig, flatterten wie aufgescheuchte Vögel und versteckten sich dann unter dem Tisch. Seine Haare waren weich, dünn und graumeliert, greisenalte Babyhaare. Seine Augen hatten zu tief geblickt und mehr gesehen, als sie verkrafteten. Oft ließ er eine Zigarette fallen und schwieg auf eine Frage so lange, dass man dachte, er habe sie nicht gehört. Dann ploppte britischer Spleen aus ihm heraus, und er versprühte Berliner Witz, bis er sich wieder in sich zurückzog und nur ein wundes Lächeln von seinen Gedanken erzählte.

Liebe, die große, erlösende Liebe, war sie das endlich? Mopsa liebte Landauer, wie man vielleicht ein Kind liebte, und vertraute ihm, wie andere vielleicht einer Mutter vertrauten, und fühlte sich bei ihm geschützt, wie andere sich vielleicht bei einem Vater geschützt fühlten, und atmete seine Weisheit ein, wie andere die ihrer Großmutter oder ihres Großvaters einatmeten. Er war eine ganze Familie, ihre Familie.

Benn? Vergiss ihn, sagte Landauer. Benn ist ein armer Hund. Er bietet sich den Nazis an, aber die werden ihn früher oder später schlachten.

Mopsa erzählte Landauer nicht, was sie mit Benn verband. Nur dass sie mit ihrem offiziellen Ehemann nichts mehr verband; sie wusste nicht einmal, wo er steckte.

Im Dezember 1933 beschloss Mopsa, ihren Ehemann Jack und Gottfried Benn zu vergessen.

Am 7. Januar 1934 schlug sie morgens an die Wohnungstür ihrer Mutter, käsig und verquollen. Gestern spätabends hab ich es erfahren: Jack sitzt im Columbia-Haus auf dem Tempelhofer Feld.

Jeder in Berlin kannte die Schmerzensschreie, die von dort ins Freie drangen. Jeder konnte hochrechnen, was im schalldichten Keller geschah. Ripper war von der Gestapo aus dem Bett gerissen und in das improvisierte Gefängnis gesperrt worden. Anklage auf Hochverrat. Schon vor drei Wochen. Angeblich hatte er ein paar Hundert Exemplare von Münzenbergs *Braunbuch* verteilt. Sei noch am Leben, aber gefoltert worden. Schwer verletzt am Kopf.

Während Mopsa eine Liste zusammenstellte, welche ihrer deutschen und französischen Freunde wie helfen könnten, Ripper als Österreicher auf diplomatischem Weg freizukriegen, saß Thea an ihrem Schreibtisch und schrieb auf eines der blitzsauberen gelochten Tagebuchblätter: *Ripper wegen Verteilung von Braunbüchern festgenommen* worden. *Schwer zu sagen, wer mir widerwärtiger erscheint: der Henker oder die sich aus Sensationslüsternheit in die Stacheldrähte des Dritten Reichs verrennende Aftergestalt eines Rebellen.*

Mopsa las das nicht. Sie wusste es. Sie wusste auch, dass Pamela Wedekind sich von Sternheim scheiden lassen wollte, Gedichte von Benn vertont hatte und damit auf Tournee ging, nach Berlin, zum Beispiel. Dass Benns Orchideen mit einer Pulle Chanel Erfolg gezeitigt hatten und Tilly Wedekind ihm das war, was man Bettgefährtin nannte. Vielleicht war es nicht das Bett, nur diese Couch gewesen.

Könnte Benn Ripper helfen? Als Vizepräsident der Union nationaler Schriftsteller, Sektionschef der Akademie der Künste, Reklamechef der Nazis, wie Thea sagte.

Nein, von Benn durfte Mopsa sich nicht helfen lassen.

Der Führer, den wir alle bewundern, auch wir Schriftsteller. Nein.

Allein saß sie in ihrem Gehäuse. Es war laut, selbst nachts. Durch sie toste grenzenlos und namenlos und haltlos die Einsamkeit. Die vielen Freunde änderten daran nichts. Sie konnten es nicht. Nicht einmal Landauer würde es können.

Mopsa wollte diese Einsamkeit gar nicht loswerden. Sie war der Ehering, der sie mit Gottfried Benn verband.

Gebete überließ sie der Mutter. Visionen Landauer. Vertonungen Pamela. Ihr genügte eine Strophe, fest gefügt wie ein altes Kirchenlied.

Wenn die Nacht wird weichen,
wenn der Tag begann,
trägst du Zeichen,
die niemand deuten kann,
geheime Male
von fernen Stunden krank
und leerst die Schale,
aus der ich vor dir trank.

VIER

Die roten Laternen waren wegen der Verdunklung blau übermalt worden. Das war's auch schon. Die Deutschen hatten kapiert, was sich die Pariser niemals nehmen ließen. In den Folies Bergère zeigten die Mädchen Anfang 1943, zweieinhalb Jahre nach dem Einmarsch, noch immer ihre prallen nackten Brüste und ihre dünner gewordenen nackten Schenkel bis zum Anschlag. Wo der Künstlereingang war, wusste jeder. Vierzig der öffentlichen Bordelle waren den Besatzern vorbehalten, die sechs besseren den Wehrmachtsoffizieren und höheren deutschen Beamten. Die beiden teuersten aber, Silberkühler für Champagner-Magnums, Marmorbad, Pelzdecken, Bidet, Spiegeldecken über Himmelbetten, waren auch für Franzosen zugänglich. An sechzig der Maisons closes stand neben dem Klingelzug: *Das Betreten dieses Lokals ist deutschen Soldaten und Zivilpersonen strengstens verboten.* Wenn die Piaf *L'Accordéoniste* sang, das Lied von der kleinen Hure und ihrer großen Leidenschaft, tobte der Saal. Auf ihren vielen langen Gängen allein durch die Stadt sah Mopsa in jedem Quartier die Wehrmachtsuniformierten in Zweierreihen vor Nackttanz-Variétés anstehen, der Unteroffizier vorn an der Kasse zahlte. Schrie: Rechts um. Und Abmarsch ins Etablissement.

Die Besatzer ließen von der Kommandantur Zettel verteilen: *Wie erkennt man Tripper und Syphilis?* Die ganze Stadt sei eine Prostituierte, blökten sie. Warte nur darauf, genommen zu werden. Dass sie käuflich sei, zeigten doch die Kollaborateure.

Tripper und Syphilis. Benn schlich herum in Mopsa; vom Gewissen ließ er sich trotz Kestens Bericht nicht verbannen. Außerdem, was hieß Gewissen. Benn saß doch gar nicht mehr in Berlin, an den braunen Quellen der Macht, er hatte sich ins Abseits katapultiert, 1935 reaktivieren lassen als Oberstabsarzt, das war den Sternheimfrauen ungebeten zugetragen worden. Wehrmachtsinspektion Hannover, als Sanitätsoffizier speziell für Selbstmordfragen zuständig. Doch ein Abseits gab es für Benn nicht in Mopsas Kopf. Es war, als hörte und sähe er hinein in ihr Leben und lieferte den Text dazu. Nein, eher die Tonspur zu ihrem Film.

1935 hatte René Crevel in seinem Appartement den Gashahn aufgedreht. Hinterlassen nur den Zettel *Je suis degouté de tous – mich ekelt alles an.*

Klaus Mann hatte an der Grube für Crevel direkt neben Mopsa gestanden, sie am Arm gehalten, ihre Tränen gesehen, tuscheschwarze Bäche, die ihr Streifen ins Gesicht malten. Hinterdrein hatte ihr Klaus erzählt, was Benn zum Thema Selbstmord geäußert hatte. *Es kann kein Zweifel sein, dass die Selbstmörder zu den gefährdeten und labilen Typen gehören, deren Fortpflanzung nicht unbedingt wünschenswert ist nach dem Ideal der heutigen Staatsbiologie.* Sind wir nicht brav, hatte Klaus gesagt. Schluchzend hatte Mopsa aufgelacht.

Oft war sie seither hinausgefahren zum Friedhof Montrouge, jetzt noch, bald acht Jahre später: einmal die Woche hinaus in diese katholische Zementödnis, baumlos, blumenlos, freudlos. Die Bestattung für René Crevel auf geweihtem Grund hatte Mopsa organisiert und bezahlt, auch den Grabstein, ein Sarkophag aus rosa Granit. Benn hatte es fertiggebracht, dass Lili Breda draußen in Potsdam kirchlich begraben worden war, und hatte alles bis hin zum Grabstein finanziert. Der Selbstmord verband Mopsa mit Benn. Trotzdem blieb er für sie der Etappendoktor, der Prostituiertenverarzter, Experte fürs Geschlechtliche.

Diese Profession hatte sie erregt, damals, vor siebzehn Jahren. So einem machte keine was vor, der kannte sich aus in der Topographie zwischen Kitzler und Muttermund.

Spazierte sie nun vorbei an den oft rot gestrichenen Türen neben den blau gestrichenen Laternen, spürte sie Benn an sich, auf sich, in sich. Sie hatte sich getäuscht. Zum sexuellen Genuss war es damals in den Wochen und Monaten mit ihm nie gekommen. Um das bloß nicht zu vergessen, hatte sie es aufgeschrieben. Nur, das half nichts.

Am 10. Januar 1943, ihrem 38. Geburtstag, schlug Mopsa die Decke zurück und betastete sich. Es funktionierte nicht. Nichts und niemand konnte sie mehr erregen seit siebzehn Jahren. Ausprobiert hatte sie seither alles, aus Machtgelüst, aus Hunger nach Nähe, aus Mitleid. Da war Crevel. Er hatte darunter gelitten, nur zärtliche Gefühle zu wecken, keine Geilheit. Er fürchtete, seine Krankheit ekle sie, dabei hätte sie am liebsten seine Bazillen von den Lippen fortgetrunken. Die zwei Versuche, mit ihm zu schlafen, waren grauenhaft gewesen. Es hatte sie gegraust, wie vor Inzest. Da war Annemarie, die von allen Verehrte. Mopsa hatte sie gehabt, empfunden nichts. Da war Ripper, den sie ertragen hatte, um es Benn zu zeigen. Das hatte sich gerächt, jedes Mal, wenn Ripper in sie eindrang. Stolz hatte sie ihrem Körper beim Erblühen zugesehen. Noch waren die Brüste fest, noch war der Bauch glatt. Doch Mopsa schien ihr Körper entwertet, seit Benn ihn ausprobiert und dann verschmäht hatte.

Einfach war es nur mit denen, die sie nie berühren wollten. Klaus Mann hatte eine Aktzeichnung gesehen, die Ripper von Mopsa gemacht hatte. Selbst ein so guter Zeichner kann etwas Hässliches nicht schön machen, hatte Klaus gesagt. Aber das waren wenige. So viele Männer, zu denen Thea eine nichtkörperliche Liebe aufgebaut hatte, um sich Enttäuschungen zu ersparen, hatten zwischen Tür und Angel Mopsa befingert. Es war ihr gleichgültig. Keine Berührung berührte sie.

Mopsa stand auf, zog aus der Schreibtischschublade das oberste Heft. Sie las, was sie fünf Tage vorher hineingeschrieben hatte. *Ich habe nur einmal in meinem Leben bis zur Besinnungslosigkeit geliebt. Alles andere war Zärtlichkeit, Mitleid, Solidarität, Eitelkeit, Verliebtheit. Allerdings war das eine Mal SO, dass mir heute noch das Herz vor Entsetzen stillsteht, denke ich daran.*

Was er jetzt in Deutschland trieb? Sofort dachte sie: Mit wem?

Ich liebe ihn noch. Wahrscheinlich würde ich heute wieder ohnmächtig, träte er ins Zimmer. Aber es ist wahr, dass ich so nicht mehr lieben kann. Besinnungslos ... Liebe IST in mir, brennend wie je, doch objektlos.

Sie las es und schämte sich und schämte sich nicht. Thea war nicht besser. Sie hatte in ihrem Kalender nach wie vor, Jahr für Jahr, den 2. Mai rot angestrichen und *Benns Geburtstag* daneben notiert.

Mopsa begann ihren 38. Geburtstag mit der Lektüre dieses Tagebucheintrags im Nachthemd, direkt nach dem Aufstehen. Es war kurz vor zwölf. Sie blieb am Schreibtisch sitzen. Es war ein großer Tag heute. Sie würde ihn sehen, für den sie verheimlichte, log und alles zu riskieren bereit war. Nur selten tauchte er an die Oberfläche. Meistens wusste keiner, wo er steckte.

Die Wand, die ihr Schlafzimmer vom Atelier trennte, in dem Theas Bett stand, war dünn. Sie hörte nebenan die Schranktür aufgehen, Kleiderbügel klappern. Aufbruch zum Mittagessen mit irgendwem. Mehr als eine Suppe, einen Eintopf, vielleicht noch eine Quiche hinterdrein oder Innereien würde sich Thea nicht gönnen. Die Glocken der Jesuitenkirche Saint-Paul-Saint-Louis schlugen zwölf Mal. Sie war ein ganzes Stück weiter weg von der Wohnung als der Temple du Marais. Doch der Temple war protestantisch; dort konnte Thea nicht beichten, beten wollte sie dort nicht. Obwohl Benn protestantischer Pfarrerssohn war, hätte sie vor elf Jahren noch gesagt. Weil Benn Pfarrerssohn war, sagte sie seither.

Mopsas Schreibtisch war zu groß für den Raum, eingequetscht zwischen Kommode und Bett. Zu klein war er für das, was er trug. Stapel von Manuskripten, Ausgaben des *Manchester Guardian*, für den sie antifaschistische Beiträge verfasste, Theaterprogramme, Bücher, Briefe, Eintrittsbillets, Prospekte, Postkarten, Landkarten, Metrokarten, Zugkarten.

Chaos wie du, sagte Thea.

Ich finde alles, erwiderte Mopsa.

Thea wurde nicht müde, dasselbe zu sagen.

Mopsa wurde nicht müde, dasselbe zu erwidern.

Direkt neben der Schreibmaschine der Band mit Benns Essays nach 1933, der mit dem neuen Staat und den Intellektuellen begann. *Das Deutsche Pfarrhaus. Eine ›erbbiologische‹ Studie* stand weiter hinten. Benutzungsspuren an den Seiten verrieten, was besonders oft gelesen worden war. *Das deutsche Pfarrhaus* zum Beispiel. Schlug sich von selbst auf. Thea hatte einige Passagen unterstrichen. Die, auf denen Benn einen altkatholischen Verfasser namens Schulte zitierte. *Seine genaue Berechnung lautet, dass 30 Prozent aller berühmten Ärzte, 40 Prozent der Juristen, 59 Prozent der Philologen, 44 Prozent der Naturforscher, 2 Prozent aller übrigen Prominenten aus dem Pfarrhaus stammten.* Nietzsche, Schelling, Lessing, Wieland, die Brüder Schlegel, Jean Paul, Hölderlin, Schiller, Uhland, Dilthey, Mommsen. Natürlich Benn, auch wenn er seinen Namen nicht direkt dahinter schrieb. Und noch einer, der zum Schluss als Krone aller Pfarrerssöhne genannt wurde: *die Jünglingsgestalt, die an der Eingangspforte des Dritten Reiches steht, Horst Wessel.*

Thea und Mopsa sprachen nie darüber, dass Benn trotz alldem ihr gemeinsamer Geliebter geblieben war. Diese Blamage ersparten sie einander. Bescheid wussten beide. Ihre Gefühle für Benn trugen sie in sich als obszönes Geheimnis.

Zwischen die Schreibtischkante und die Wand hatte Mopsa Postkarten gesteckt. Eine aus Cannes, Pinien, Palmen, Flaneure auf dem Boulevard de la Croisette. Ihren Selbstmordversuch in einer Klinik dort 1936 hatte sie Thea als Versehen verkauft, alle ihre Entzüge und Rückfälle und die neuen Entzüge, die neuen Rückfälle so gut es ging verschleiert. Mopsa bemerkte, dass Thea dennoch Unrat witterte, wenn wieder einmal ein Tausender aus ihrer Brieftasche verschwunden war.

Neben der Croisette steckte eine kolorierte Ansichtskarte vom Gellértberg in Budapest. Auf der Rückseite die kleinen unverbundenen Buchstaben von Klaus Mann, in abfallenden Zeilen. Juni 1937. *Soll hier im Sanatorium loskommen von Henry.* So nannte er Heroin. Von diesem Berg sei der später geheiligte Bischof Gellért von Csanád in einem mit Nägeln gespickten Fass nackt hinab gerollt und was von ihm übrig war in der Donau ertränkt worden.

Die Krone der Schöpfung, das Schwein, der Mensch ...
Und Benn? Was war er?
Er muss ja wissen, was er gegen unsere Liebe eintauscht. Wenn ich kein schlechter Prophet bin, wird es zuletzt Undank und Hohn sein, hatte Klaus gesagt. Hier in Paris vor zehn Jahren.
Mopsa und Thea Sternheim führten ein Doppelleben. In Diskussionen blieb Benn die Sklavenseele. In ihrem Inneren herrschte er. Seine Stimme, von der beide hören wollten, was sie nie gehört hatten: Ich liebe Sie.

Nicht nur aus Not war Mopsa kurz nach Kriegsausbruch bei der Mutter eingezogen. Inzwischen hatten sie sich damit abgefunden, dass ihre Rhythmen täglich und nächtlich frontal aufeinander krachen.
Schnarchte, brummte und grunzte Thea im Tiefschlaf, versuchte Mopsa zu lesen oder mit ihrem Roman weiterzukommen. Sprach und schrie Mopsa aus Träumen, saß Thea am Schreibtisch, schrieb Briefe oder an ihrem Roman. Die Kinder vernichten mich ganz und gar, hörte Mopsa manchmal im Halbwachen, im Hinüberdämmern die Mutter stöhnen. So widerstandslos sind sie, so völlig ohne Widerstand. Klagte sie ins Telefon? Freunden beim Tee oder hereingeschneiten Bekannten? Egal ...
Sie waren Verschworene in Benn. Hofften schweigend auf seine Wandlung. Seinetwegen ertrugen sie sich.

Thea öffnete die Tür zu Mopsas Zimmer. Sang mit ihrer brüchig gewordenen Stimme Hochsollstduleben und stellte eine Kerze auf den Schreibtisch. Sie ging. Die Kerze brannte.

Thea musste geschont werden. Seit sie 1940 wie alle Deutschen in ein Lager gesperrt worden war, quälte sie ständig irgendein Leiden. Rheuma, Nierensteine, Ischias-Entzündung, Erkältung, Nebenhöhlenvereiterung. Gurs in den schon winterlichen Pyrenäen, kalt, überfüllt, verschlammt und verseucht, hatte selbst junge Gesunde angegriffen. Freunde hatten Thea früher herausgepaukt, nicht früh genug. Die Mutter schonen hieß: sie anlügen und das Wesentliche vor ihr wegsperren.

Mopsa nahm das Schreibheft, öffnete die Schublade, quetschte es hinein, drückte zu und schloss ab.

Silbergerahmt stand der Schwiegersohnwunsch Thea Sternheims auf Mopsas Schreibtisch ganz links außen. *Nizza, 2. Januar 1937*, hatte Thea auf das Foto notiert. Walter Landauer, Mopsa auf dem Schoß. Da hatte Landauer mit Kesten in Amsterdam schon den Exilverlag Allert de Lange hochgebracht. Landauers Fragezeichengesicht mit dem schiefen Mund blickte in die Kamera, Mopsa war im Profil zu sehen. Es musste warm gewesen sein an diesem Wintertag. Landauer trug keinen Mantel. Zu rein, zu gut, zu wahr, um ihn zu lieben. Er hatte Mopsa mit Bewunderung erfüllt, andächtiger Bewunderung, von Benn hatte er sie nicht erlöst.

So jemand ruft die Verderberin in dir auf den Plan, hatte Mopsa sich selbst verwarnt. Finger weg von Landauer. Sonst endet er wie Annemarie Schwarzenbach nach dem Engelsturz in der Opiumnacht.

Doch ihr Enthalten hatte ihn nicht gerettet. Im Gegenteil. Es sah aus, als habe Landauer wie Crevel gerade das dem Verderben ausgeliefert. Mit Mopsa hätte Landauer sich 1937 noch davongemacht über den Teich, mit ihr, die er liebte, mit ihr und einem gemeinsamen Ziel. So war er geblieben.

Über ihrem Schreibtisch hing eine Zeichnung von Ripper aus dem Jahr 1938, nur ein Druck, billig gerahmt. Im Zentrum eine monströse Orgel, über deren Pfeifen sich ein Riesenrad drehte, in dem nackt halbverhungerte Gehängte baumelten. Der Organist war unschwer als Hitler zu erkennen. Ein wirkungsvolles Blatt. Ripper hatte es den Titel des *Time Magazine*, ihr wie ihm die Ausbürgerung aus Österreich eingebracht.

Ripper war in jenem Jahr 1938 nach Amerika ausgewandert. Vier Jahre, nachdem Mopsa es geschafft hatte, dass der österreichische Gesandtschaftssekretär persönlich im Dienstwagen mit Diplomatenkennzeichen vor Gittertor und Stacheldrahtzaun des KZ Oranienburg vorgefahren war. Rippers Botschaften an Mopsa hatten die Nazis vernichtet. Lebend war er bereits Asche. Bis der Gesandtschaftssekretär nach dem österreichischen Staatsbürger Carl Rudolf von Ripper gefragt hatte.

Kurz danach war Mopsa nach Amsterdam geflogen, um Jack das Gerippe, mit Riss in der Schädeldecke und Riss in der Milz, ausgeschlagenen Zähnen, Brandwunden auf der Zunge und in der Mundhöhle, roten Narbenwülsten am Rücken und stumpfen Augen, zu begrüßen. Hatte seine Milde bewundert und seine Albträume miterlebt. Fremder denn je war er ihr gewesen, so sterbensnüchtern, so endgültig weg von Versuchungen. Er war ganz unten aufgeschlagen.

Sie sehnte sich danach.

Nebenan raschelte es noch immer. Thea sprach mit sich selbst. Wie lange sie brauchte. Sie war noch keine sechzig. Jetzt erst ging die Wohnungstür. Ledersohlen, Absätze im Stakkato treppab. Pumps im Januar. Die Form, ja, die Form.

Wieder wanderte Mopsas Blick zu dem silbergerahmten Glücksmoment.

Landauer?

Im Mai 1940 waren die Deutschen einmarschiert in den

Niederlanden, der Jude Landauer war aus dem Fenster gesprungen und untergetaucht. Im März 1942 war ein Brief durch die Zensur zu Mopsa gelangt, zwei Seiten nur. Aber schwerer als ihr schwerstes Buch. Nun überbrachte das Schweigen täglich die Ankündigung seines unentrinnbaren Todes.

Neben diesem Foto ein Kinderfoto ihres Bruders Klaus. Ein Puttenkopf des italienischen Barock, süßere Unschuld gab es nicht.

Klaus?

Nur noch in der Ferne hatte er Chancen gesehen, sich selbst zu entkommen. Oder der Mutter. Amerika, Südamerika, Mexiko zum Schluss. Geschäfte, Gerüchte, Geldforderungen, Gerichtsbescheide wegen Drogenhandels. Seit letztem Jahr keine Nachrichten mehr.

In Mopsas Schreibmaschine steckte noch ein Schreiben an einen der Verlage ihres Vaters. *Als Tochter und Erbberechtigte von Carl Sternheim ...*

Sternheim?

War gerade noch rechtzeitig im November 1942 gestorben in Brüssel. Länger hätten ihn als sogenannten Halbjuden selbst die Freunde mit Einfluss nicht vor der Deportation bewahren können. Moribundsein rettete so wenig wie Schizophrensein oder Verwundetsein oder Schwangersein oder Kindsein.

Um ein Uhr machte sich Mopsa auf den Weg. Theas Fußspuren im dünn gepulverten Schnee führten nach rechts. Mopsa wandte sich nach links. Wohin wusste die Mutter nicht. Alles, was mit ihm zu tun hatte, musste Mopsa ihr verschweigen. Im Fenster des Antiquariats weiter unten in der Rue Antoine Chantin lag ein vergilbtes Buch über Matisse.

Der Tod ihres Ehemanns im November 1942 hatte Thea keine Träne gekostet. Der Verkauf ihres Matisse-Stilllebens kurz danach viele Tränen. Und auch noch unter Wert, weit- weit unter Wert. Mopsa hatte geweint, als die Nachricht vom Tod Carl Sternheims kam. In ihrem Schlafzimmer, die Tür abgeschlossen, die Bettdecke über dem Kopf. Seiner Syphilis verdankte sie Benn.

In der Papeterie, einen Straßenzug weiter, kaufte Mopsa zehn Schulhefte.

Wofür brauchen Sie die?, fragte die neue Verkäuferin.

Für meine Tagebuchnotizen.

Warum kaufen Sie sich nicht ein schönes Tagebuch! Wir haben ledergebundene in allen Farben, mit Goldschnitt, mit einem kleinen Schloss und ...

Zu schade für mich, sagte Mopsa und zahlte. Ihrer Mutter waren die Tagebücher Archive, Tresore für die Nachwelt, keiner der großen Namen durfte fehlen. Mopsa nannte ihre Tagehefte Mülleimer oder Kotzkübel. Die brauchte sie. Vor keinem der Geschwüre bei Benn ekelte es Thea. Die Gefühle ihrer Tochter mied sie wie Erbrochenes. Mopsa blieb nur, sich zu entleeren in eines der Schulhefte.

Es gab Dinge, die sie nicht einmal ihrem Mülleimer anvertraute. Vor allem nicht, was mit ihm war, mit Captain Jones. Sidney Charles Jones, keine drei Jahre älter als sie. Schubladen konnten aufgebrochen, Schlösser geknackt werden. Nirgendwo sollte es festgehalten sein, warum sie diesen Mann dringend brauchte. Groß, sportlich, wetterfest, starker Unterkiefer, Hände zupackend, Manieren erstklassig. Ein Engländer. Früher hatte er bei Elizabeth Arden in Paris Cremetöpfe und Jugendelixiere gemanagt. Es war nun ziemlich genau ein Jahr her, dass Mopsa so lange hinter ihm dreingejagt war, bis sie ihn im Visier hatte und schließlich direkt vor sich.

Thea kannte Rose Marie Jones, eine weizenblonde Jüdin aus Wien, gerade Mitte Zwanzig, hatte aber keinen Dunst, mit wem sie verheiratet war. Für Thea war die Wienerin eine Freundin ihrer Tochter, leider. Nicht reizlos, aber verdorben, unzuverlässig, geschwätzig, hatte die Mutter über Rose Marie befunden. Schlechter Einfluss.

Mopsa ahnte, dass ihre Mutter solche Urteile in ihrem Tagebuch festhielt. Was sie ihrer Tochter vorlas, waren aber Gedanken zur Politik, zur Literatur, zur Conditio humana und der Zukunft des Menschengeschlechts, die sie für besonders tief und treffend formuliert hielt. Es fiel Thea nicht auf, dass sie Mopsas Gedanken und Formulierungen übernahm. Mopsa sagte nichts. Sie hörte lieber zu. Wusste genau, wo ihre Mutter verkehrte, und wo nicht. Keinesfalls im Café de Flore am Boulevard Saint-Germain, keinesfalls im Café du Dôme und der Coupole im Quartier Montparnasse. Jeder weiß doch, was da für ein Gelichter unterwegs ist, schimpfte Thea. Drogensüchtige, Spitzel, Schieber. Irgendwann wird die Polizei sie alle hopsnehmen.

Mopsa verlor kein Wort über ihre Ziele und die Wege dorthin.

Doch ganz gleichgültig, wohin sie ging und welche Route sie wählte, Benn war nicht zu entkommen. Der Gedanke an ihn sprang sie an, aus Schaufenstern, aus Namenszügen, aus Zufallsszenen, deren Zeuge sie wurde, aus Wortfetzen oder Plakaten. Biss sich wo auch immer zeckengleich in ihr Fleisch. Die Gefahr beim Zeckenentfernen kannte sie: dass der Kopf drinblieb.

An diesem 10. Januar war Mopsa wie so oft auf dem Weg Richtung Montparnasse. In der Nähe des Standesamtes kreuzte vor ihr eine Fahrradrikscha, der Anhänger dreckverspritzt, die Braut in geerbtem, geflicktem, frisch gebleichtem

Weiß unbehelligt leuchtend. Benn saß neben ihr, Bräutigam Benn im schwarzen Anzug mit silbergrauer Krawatte. Er saß neben jeder Braut, ob sie fuhr oder ging oder stand, seit fünf Jahren, seit Jahresbeginn 1938.

Thea hatte manchmal ihren Sohn, Mopsa aber niemals mitgenommen, wenn sie in Passy die Riess besuchte. Aus Mitleid, wie sie sagte. Nichts mehr da vom Glanz der Berliner Jahre, als sich im Atelier der Riess am Kudamm die Kulturprominenz vor ihre Linse drängte. Flechtheim hatte der jungen Fotografin in die Schuhe geholfen. Jeder wollte damals von ihr porträtiert werden. Benn hatte angeblich mehr gewollt. Die Riess hatte es geliefert, dann aber schon 1932 vorgezogen, mit einem Franzosen, der ihre Kunst und ihren Körper schätzte, nur ihre Kunst und nur ihren Körper, nach Paris zu gehen. Thea erzählte der Tochter einiges von der Riess. Verarmt ist sie, seit ihr Mäzen tot ist. Einen Judenstern trägt sie nicht, und an der Türklingel steht *Riess de Belsine*. So etwas erfuhr Mopsa. Auch dass die Riess alleingelassen und krank sei und sich mit Lähmungserscheinungen herumplage. Was ihre Tochter am meisten interessierte, verschwieg die Mutter.

Anfang Februar 1938 war Thea, Schnee auf dem Pelzkragen, sommerverschwitzt, mit Klaus angekommen im Café Select. Treffen mit Mopsa zum Mittagessen. Bei der Kartoffelsuppe: Sie finde die Riess eher hässlich als hübsch. Bei der Leberpastete: Wasche sich nicht genug, die Riess. Sie wundre sich über die Anziehungskraft, die diese Frau offenbar auf Männer ausübe. Bei der gebratenen Hähnchenbrust: Wie die Gesetze des Sexappeals erklären?

Das erzählte sie. Sonst nichts.

Erst am Tag danach hatte Klaus seiner Schwester berichtet, dass die Riess wie immer Thea mit den neuesten Nachrichten von ihrem ehemaligen Liebhaber versorgt habe. Diesmal hatte sie ihr eine auf cremeweißes Bütten gedruckte Anzeige gezeigt, von Benn an *Madame Frieda Riess* adressiert.

Meine Verheiratung mit Fräulein Herta von Wedemeyer, Tochter des auf dem Felde der Ehre gefallenen Hauptmanns im Kaiser Franz-Garderegiment Nr 2 Herrn Adolph von Wedemeyer und seiner Frau Herta, geb. von Eisenhart-Rothe erlaube ich mir anzuzeigen ...

Ein Brief dabei, handschriftlich. Die Braut sei zart, verfeinert, sehr degeneriert, immer müde, was ihm sehr angenehm sei. Um acht Uhr gehe sie zu Bett.

21 Jahre jünger als er, hatte die Riess gewusst. Auf dem Weg ins Café Select hatte Thea dann Klaus mit ihrer Empörung begossen. Peinlich, dieses *auf dem Felde der Ehre gefallen*. Kann man nach dem, was zwischen 1914 und 1918 war, noch vom Feld der Ehre reden? Widerlich. Und dann hatte diese unappetitliche Riess auch noch unaufgefordert ihre Betterlebnisse mit Benn serviert.

Seit diesem Tag saß, ging, stand Benn neben jeder Braut, die Mopsa sah.

Auf einem gut versteckten Schwarzmarkt zwei Gassen hinterm Boulevard du Montparnasse kaufte Mopsa fette Milch zum Sahneabschöpfen und echten Kaffee. Geburtstagsfeier mit Thea am Abend.

Dass Benn eine Kaffeetante war, bürgerliche Schlagsahneidylle mit Abziehbildertassen und -tellern, hatte Mopsa immer gefallen. Aus demselben Grund wie seine stumpfen Fingerkuppen, seine breiten, uneleganten Hände ihr gefielen und seine Spießerkleidung. Bei Sternheims hatte es all das nie gegeben, das Normale. Nur Tee aus der Silberkanne, Konditoreiware auf Meißner, Exaltiertheiten und Erlesenes. Diese

Frau machte es Benn wohl recht, diese müde, degenerierte, anspruchslose. Benn hatte der Riess geschrieben, was sie alles konnte: Maschine schreiben, Karteikarten anlegen, nähen, flicken, stopfen.

Im Januar 1938 hatte er sie geheiratet. Im März 1938 hatte die Sternheimfrauen auch noch eine gute Nachricht zu Benn erreicht, durch Freundeskassiber nach Frankreich geschleust: Es gehe ihm schlecht. Am 18. März 1938 war sein Ausschluss aus der Reichsschrifttumskammer offiziell bekannt gemacht worden. Das hieß auch Publikationsverbot. Irgendwann hatten die Nazis doch angefangen, seine alten Gedichte zu lesen. Eine Neuausgabe zu seinem Fünfzigsten im Mai 1936 hatte sie drauf gestoßen.

Schweinereien zur Geistesverblödung, bellten sie. Judenverirrungen eines Ariers. Die gute Nachricht war gleich drauf leider vergällt worden. Benn habe verzweifelt seinen Draht zum Präsidenten der Akademie bedient. Habe rückwirkend selbst austreten wollen aus dem Staatsclub der Nazischreiber, freiwillig. Zu spät.

Als in dem hohen Appartementhaus gegenüber von Coupole und Dôme die Tür im dritten Stock aufging, erschrak Mopsa. Charlie im offenen Hemd. Sidney Charles Jones persönlich. Das war bisher nie geschehen. Er war fahl und wirkte nervös.

Wir haben nicht mehr viel Zeit, Morgue. Fast alle Löcher sind verstopft. Es wird jeden Tag gefährlicher für uns. Was mir egal wäre, nur deinetwegen –

Mopsa selbst hatte sich Morgue als Namen ausgesucht, Jones fand ihn pervers. Was hat eine schöne Frau mit einem Leichenschauhaus zu tun?

Morgue, bis Anfang April müssen wir es über die Bühne bringen, kapiert? Er sah sie an, fuhr mit dem Daumen ihre

Wange herunter, dann über Mopsas Lippen. In dieser Verfassung schaffst du das nicht, Süße. Kippst du um, reißt du gewaltig was mit.

Charlie wusste Bescheid. Eine Abhängige war verheerend für jeden, der von ihr abhing. Nicht berechenbar. Die Form, ihr fehlte diese verfluchte Form.

Thea ließ ihr graues Haar auch in Zeiten des Krieges und der Not so schwarz färben, wie es einmal gewesen war. Dafür verzichtete sie lieber auf ein paar warme Mahlzeiten.

Mein Gleichgewicht entsteht aus Extremen, hatte Mopsa der Mutter erklärt. Brennen oder erstarren, mich aufreiben oder völlige Apathie.

Hilfreich oder rücksichtslos sein, hatte Thea weitergemacht. Eine ganze Runde mit Esprit berauschen oder depressiv wegdämmern, ich weiß. Leider. Und dann seufzend: Sein Blut, sein gottverdammtes Blut.

Sidney Charles Jones war es recht, dass Mopsa in Extremen lebte. So eine Frau konnte er brauchen.

Ich habe heute Geburtstag, sagte Mopsa.

Und was wünschst du dir?

Dass es der letzte wäre, sagte sie.

Der Frühling war ausgebrochen, als Mopsa Sternheim Ende März 1943 nach Epernay sur Seine fuhr, kleines Gepäck, Vorortzug. Nur zehn, elf Kilometer von der Stadtmitte, aber grün und schläfrig. *Werden mir gut tun, zwei Wochen auf dem Land*, hatte sie auf einen Zettel für Thea gekritzelt.

Die Klinik lag am Ortsende neben einem Katzenfriedhof. Die Narzissenbeete vor der Ziegelmauer halfen nichts. Bereits beim Betreten stank es durch den Äthergeruch hindurch nach Buttersäure, Schwefel und verpisster Wäsche. Das Linoleum am Boden warf sich auf, der Putz blätterte. Eine rosahäutige

Kröte im weißen Kittel hockte reglos auf der anderen Seite des Schreibtischs, der Arzt, dem Mopsa vertrauen sollte. Die himmelblauen Augen sanft, der Bart weich und meliert, die Hände klein, schwammig und blass.

Entzug, ja, kein Problem. Die kleinen Hände zählten die Geldscheine, und die Augen wurden noch sanfter. Nach den Drogen, Art, Dosis, Frequenz, nach Symptomen, nach früheren Versuchen, davon loszukommen, fragte er nicht. Auch sonst interessierte er sich in keiner Weise für Mopsas Befindlichkeit. Für ihre Familie, doch, für die schon.

Ripper, geborene Sternheim? Er hatte da von einer Kunstsammlung Sternheim gelesen, van Gogh, Matisse und so, als es noch billig war. Und letztes Jahr vom Tod eines Bühnenautors, Jude wohl. Berühmte Freunde, was? Berlin in den Zwanzigern, bah. War ganz schön was los damals in betuchten Kreisen, oder?

Im ersten Zimmer roch Mopsa die Wanzen und sah die Flöhe schon beim Hereinkommen. Nein, das nicht. Im zweiten sah sie nur den Staub auf jeder Fläche, den Dreck am Boden, die Flecken auf der Bettwäsche, das schmutzblinde Chrom, aber keine Wanzen, keine Flöhe. Sie saß auf dem einzigen Stuhl, streifte die Schuhe ab und massierte sich die Füße, als plötzlich ein junger Arzt vor ihr stand. Ich möchte Ihnen eine Spritze geben, sagte er, sie wird Ihnen helfen. Ich will keine Spritze, sagte Mopsa, ich helfe mir selbst, wenn mir nichts anderes bleibt. Was ich brauche, sind ärztliche Aufpasser und zur Not erste Hilfe.

Er verließ das Zimmer kichernd, so wie man über Schwachsinnige kichert.

Sie trat ans Fenster zur Straße hinaus. Unten stand keiner, niemand, der auffiel. Nur zwei ratschende Hausfrauen mit Hüten und Körben. Mopsa überquerte den Flur und ließ im

Gemeinschaftsbad gegenüber in die grindige Wanne Wasser einlaufen, während sie dort aus dem Fenster sah. Am Hinterausgang stand einer und rauchte. Mopsa wartete. Er warf die Zigarette halb geraucht aufs Pflaster, zog die nächste aus der Packung. Zigarettenhaben, so viele Zigaretten, war verdächtig.

Tags wie nachts tobte es über ihr und neben ihr und unter ihr. Nach zwei Tagen stand keiner mehr am Hinterausgang. Nach zehn Tagen in Schweiß und Panik, gejagt von Ratten, bedroht von stürzenden Felsen, rutschenden Erdmassen und donnernden Lawinen, zitternd und schlotternd, glühend und fröstelnd, hatte Mopsa es geschafft. Sie bat die rosafarbene Kröte, sie zu entlassen, und fragte den erstbesten Straßenkehrer nach einem Fahrradhändler im Ort. Es gab nur einen. Für wie lange? Für einen Tag. Wie weit? Zweimal dreißig Kilometer.

Sie nahm das Rad mit dem breitesten Gepäckträger. Rucksack oder Koffer?

Beides, sagte Mopsa. Zusammen um die fünfundsechzig Kilo.

Mehr wog er nicht, was für ein Segen.

Die anderen hatten gute Arbeit geleistet. Wie verabredet, war er in der Pension neben der Pferdemetzgerei gemeldet; nicht als Michel Zimmermann, sondern als Monsieur Walter, dem gemeinsamen Freund Walter Landauer zu Ehren.

Michel war abgemagert. Nur noch sechzig Kilo. Sein Kuss war trocken.

Zwei Tassen Zichorienkaffee und eine halbe Baguette lang erzählte Mopsa vom Entzug. Michel hatte immer zugehört. Das war Grund genug, alles für ihn zu tun. Er sah sie dabei unverwandt an, runde dunkle Kinderaugen, trügerisch unversehrt.

Was ist eigentlich mit deiner Mutter?, fragte er. Michel hatte Thea in Nizza kennengelernt.

In Mopsa öffnete sich eine Tür. Eigentlich musste die längst versteinert sein. Aber nein, breit war sie, zwei Flügel hatte sie und ging auf wie von selbst.

Meine Mutter – ach. Wenn sie ein Mal da gewesen wäre, ein einziges Mal wirklich da, hätte ich alles ausgehalten. Aber sie war nie da. Nur wenn's mir gut geht, dann ist sie wunderbar.

Im letzten Jahr hatte Mopsa Bühnenbild und Kostüme für ein Ballett entworfen. Thea hatte sogar geholfen, aus alten Klamotten neue zu nähen, Schuhe umzufärben, und sämtliche Freunde und Bekannten für die Premiere in Paris zusammengetrommelt.

Michel erschien ihr leicht, sogar dort, wo sie bergauf fahren musste.

Mopsa hatte nicht vergessen, ihn nach dem Mantel zu fragen. Charlie hatte es ihr eingeschärft. Michel sei ein Träumer. Abgetrennt? Nein, abtrennen konnte ich ihn nicht, dazu hätte ich eine scharfe kleine Schere gebraucht. Ich habe den Mantel einfach umgedreht, Futter nach außen, und dann zu einem Polster zusammengelegt.

Auf dem saß er nun bis Meulan. Mehr als den Mantel, das Amulett seiner Mutter um den Hals und das, was in seinen Jacketttaschen steckte, hatte er nicht dabei. Die Landschaft wurde, je näher sie der Seine kamen, flacher. Pappeln, blühende Obstbäume, der fischige Geruch und der von nassem Holz, Bodensee-Erinnerungen. Der lurende Vater im Schilf. Mopsa blieb wachsam. Die Brücke aus dem 12. Jahrhundert war einmal bedeutend gewesen. Lange schon war sie es nicht mehr. Ganz Meulan döste. Auf der anderen Seite der Seine hockte an der Uferböschung neben einem tannengrünen Motorrad ein Mann in der wasserfesten Jacke der französischen Feuerwehrleute, eine Schildmütze auf dem Kopf. Er angelte.

Mopsa fragte ihn nach der Abbiegung Richtung Limoges.

Ziemlich weit mit dem Fahrrad, sagte er. Warum fährt nicht dein Kerl?

Schlechte Sterne, grinste Mopsa. Unfallgefahr.

Schlechter Stern, meinst du wohl, was?

Auch in Meulan hatten die anderen funktioniert. Der Motorradfahrer hatte die gefälschten Papiere dabei, die es Michel erlaubten, durch Spanien bis Portugal zu reisen. Ich bringe ihn bis zur spanischen Grenze, nach Urrugne, sagte der Motorradfahrer. Wir müssen los. Über 800 Kilometer.

Mopsa starrte ihn an. Urrugne?

Kennst du das?

Sie schüttelte den Kopf, küsste Michel so, dass es sich anfühlte, als hätte ihr jemand auf den Mund geschlagen, sprang auf das Fahrrad, trat in die Pedale, als würde sie verfolgt.

Benns Stimme bei einem der letzten Besuche, noch vor Hitler. Reisen? Meine Reisen. Ach, Sie meinen wegen der Gedichte. Die Korallenriffe, die Karyatiden der Akropolen, die Oleanderfarben, die Broadways und das Rot am Abend auf der Insel von Palau, die schlächterroten Moose in Lianengewirr. Meinen Sie das, Mopsa? Für die bin ich nur bis zum Reichskanzler gereist oder bis zur Staatsbibliothek oder zu irgendeiner Kreuzberger Destille.

Mopsa hatte nicht nachgegeben. Sie wusste es von Doris aus dem Reichskanzler, zuverlässig, dass er sich mehrmals wochenlang nicht gezeigt hatte und dann irgendetwas von Grande Tour mit einem Gönner erzählte. Auch dass er kein englisches Wort halbwegs richtig über die Lippen kriege, statt darling dearling sage, statt comeback combak, statt money monni, aber ziemlich gut Französisch spreche.

Da hatte Benn es zugegeben. Ja, einmal nur hatte ich einen Patienten, dem ich das Angenehmste verdanke, ein paar große Reisen. Hätte ich mir nie leisten können ... ein Berliner Kunsthändler ... Auf der letzten Reise fuhren wir in seinem großen Horch von Berlin über Paris, Biarritz bis Spanien, Weinkarte, ohne Mantel und Hut im offenen Wagen ... und dann diese Inschrift an der Sonnenuhr in Urrugne. Zählte schon seit Jahrhunderten die Stunden. Omnes vulnerant, ultima necat. Alle verwunden, die letzte tötet.

Omnes vulnerant, ultima necat. Mopsa gelang es nicht, diese Silben abzuschütteln. Ihr schien es, als bewegte sich um sie her die Welt im Takt der Silben.

Zurück in Paris, empfing ihre Mutter sie im Morgenmantel. Thea Sternheim um elf Uhr im Morgenmantel. Unfrisiert, ungewaschen, aufgelöst bis in die Handbewegungen. Rücksichtslos sei das, so lange zu verschwinden. Thea löcherte ihre Tochter mit Fragen. Die Müdigkeit hatte Mopsa mürbe gemacht. Es quollen Widersprüche aus den Löchern. Sie entgingen Thea nicht. Auf einem Bauernhof in Epinay, aha. Wonach riechst du? Deine Kleider, die stinken ja. Nach Land riechst du jedenfalls nicht.

Omnes vulnerant, ultima necat, sagte Mopsa. Spruch auf einer Sonnenuhr.

Ich habe keine Angst vor ihr, vor der letzten, sagte Thea.

Aber vor allen Stunden davor, dachte Mopsa. Vor dem Leben hast du eine Höllenangst. Doch sie schwieg.

Und du?, fragte Thea.

Mopsa küsste sie auf die Stirn. Sie müsse sich jetzt ausruhen.

Vom Land?, fragte Thea.

Mopsa schloss die Tür hinter sich.

Unersetzbarer, manchmal spüre ich, dass du mich rufst. Hilf mir, mein Buch beenden, unser Buch. Und ich werde dir mit Freude folgen, schrieb sie ins Tageheft. Adressiert waren diese Sätze an den toten Crevel. Mopsa las sie noch einmal. Unser Buch? Gemeint war Benn. Mit diesem Buch hoffte sie, sich Dr. Goll alias Benn von der Seele zu schreiben. Den Wortverhexer auszutreiben. Benn loswerden: Welch freier Himmel ging auf, wenn sie das dachte. Oder war der Himmel nur leer?

Als der April sich dem Ende zuneigte, war es nicht mehr zu leugnen. Misstraut hatte Thea Sternheim ihrer Tochter schon lange. Jetzt aber spionierte sie hinter ihr drein.

Im Chaos auf Mopsas Schreibtisch hatte ein Brief von Rose Marie Jones gelegen. Mehr als zwei Monate alt.

Den süßen Mäderlkopf abgehackt mit dem Fallbeil, stell Dir vor, den herzigen Kopf, diese Säue, hatte Rose Marie geschrieben, nachdem durchgedrungen war, dass Sophie Scholl in München am 22. Februar 1943 enthauptet worden war, wegen Hochverrats.

Daneben lag ein vergilbter Zeitungsausschnitt, 8-Uhr-Abendblatt der *Nationalzeitung*. Berlin, 22. Februar 1928. Mopsa hatte ihn damals zusammengefaltet und in einen von Benns Gedichtbänden eingelegt. Der Text erstreckte sich über die ganze Seite. Titelzeile: *Wie Miss Cavell erschossen wurde. Bericht eines Augenzeugen über die Hinrichtung der englischen Krankenschwester*. Zwei Sätze hatte Mopsa mit Rotstift unterstrichen *Und ich erinnere mich ihrer, um es gleich zu sagen, als einer Handelnden, die für ihre Taten büßte*. Weiter

unten: *Sie hatte als Mann gehandelt und wurde von uns als Mann bestraft.*
Der Verfasser: Dr. Gottfried Benn.
Bisous. RM… À demain … endete der Brief. Darunter hatte Rose Marie eine Kuppel gezeichnet.

Mopsa hatte Brief und Zeitungsausschnitt liegen lassen, weil sie das nicht in Ruhe ließ. Hinrichtung einer Frau wegen Hochverrats. Damals hieß sie Cavell und wurde später zur Heldin. Dieses Mal hieß sie Sophie Scholl. Auch da hatte ein Arzt den Tod feststellen müssen. Dem Rumpf den Puls fühlen, alles abnicken. Korrekt. Mit Unterschrift.

An einem Tag im Mai, als Mopsa von ihren Gängen zurückkehrte, lag auf dem Brief ein schwarzes Haar, an der Wurzel zwei Zentimeter grau.

An den Abenden zu zweit lasen Mopsa und Thea sich aus ihren Romanmanuskripten vor. Rettungsringe, an denen sie sich festklammerten, während die Sturmflut heraufzog. Es sah am Horizont bereits nach Weltenende aus.

Thea war weiter gekommen, langsam und mühsam, kleinschrittig, unnachgiebig, systematisch.

Mopsa schlingerte durch die Welt ihres Romans, die ihrer eigenen ähnelte, die Welt des Dr. Goll alias Benn und der Nicole alias Mopsa Sternheim. Die Zeit war nicht die gegenwärtige. Es war die, in der die innere Geschichte ihres Lebens begonnen hatte, 1917, 1918.

Mutter und Tochter lobten einander, wie Kranke sich gegenseitig streichelten. Mopsa spürte, dass Thea sie für unheilbar hielt und umso angestrengter streichelte.

Doch ganz gleich was sie sagte, Theas Stimme war geladen und ihr Blick nicht der einer Taube, sondern der eines kreisenden Raubvogels. Mopsas Haut, ihr Geruch, ihr Hunger oder ihre Appetitlosigkeit, ihre Telefonate, ihre Zähne und die Dauer ihrer Abwesenheit. Thea kontrollierte alles. Bisher hatte Mozart geholfen, die Mutter zu sedieren, am besten das Altvertraute. Zauberflöte, großer Querschnitt, Klarinettenkonzert, Kleine Nachtmusik, Jupitersinfonie, Ave verum, Haffnerserenade. Mopsa probierte es weiter damit. Legte eine Platte nach der anderen auf, um Fragen zu vermeiden. Und Diskussionen über die Judendeportationen.

Im letzten Sommer waren im Vél d'Hiv, dem Winterstadion für Fahrradrennen nahe dem Eiffelturm, fast 13 000 Juden, darunter mehr als 4000 Kinder ab zwei Jahren, zusammengepfercht worden. Ende einer Razzia, bei der 9000 Polizisten ganz Paris durchkämmt hatten. Alle, die diese sechs Tage Folter, in der Glut stehend, überlebt hatten, waren in Omnibussen zur Porte d'Orléans gekarrt und dort in Güterzüge verladen worden. Jeder wusste, was mit ihnen geschah. Auschwitz konnten die Pariser längst aussprechen. Seither war klar, dass die Franzosen der deutschen Judenvernichtung nichts in den Weg stellten, im Gegenteil.

Mopsa war mit ihrer Mutter Ende Juli 1942 durch den Marais gewandert. An fast jeder Ladentür klebte ein gelber Zettel. *Jüdisches Geschäft*. Zu kaufen gab es eh nichts mehr. Scheiben zerschlagen, Schaufenster leergeraubt, Häuser geplündert, Eingänge vernagelt. Schilder: *Für deutsches Militär verboten*, an Bistros mit zertrümmerten Stühlen, umgestürzten Tischen. Ihr Schweigen hatte Mutter und Tochter verbunden. Vor dem Schild einer Arztpraxis waren sie gleichzeitig stehen geblieben. *M. S. T.* stand unter dem Namen. Maladies sexuellement transmissible.

Antisemit war er nie, hatte Thea gesagt.

War er nicht, hatte Mopsa geantwortet. Aber jetzt – *qui sait?*
Sie freute sich, dass Thea zusammenzuckte.

Qui sait – Wer weiß?, endete das einzige Gedicht, das Benn ihrem Vater gewidmet hatte.

Auch in ihrer Straße, der Rue Antoine Chantin, standen drei Geschäfte von jüdischen Schneidern leer, zwei davon erst seit wenigen Wochen.
Wie diese schweigende Duldung der Sünde mich bis in meine Abgründe erniedrigt, ächzte Thea ständig. Aber mein Gott, was soll man tun?
Es war dieser Refrain, den Mopsa nicht mehr ertrug. Aber was soll man tun?
Ein Leben lang hatte Thea die Arbeitsscheu der beiden Sternheimkinder beklagt. Mit Benn darüber geredet, als wäre es eine Krankheit. Ihn hatte sie beauftragt, Mopsa und Klaus zur Tätigkeit anzustacheln, wie sie das nannte. Und Benn? Hatte laut Thea bei beiden eine kosmisch unkausale Arbeitsaversion diagnostiziert. Doch war es nicht Thea Sternheim selbst gewesen, die es versäumt hatte, ihre Kinder zu handelnden Menschen zu erziehen?
Es ist schrecklich, seufzte Thea jeden Abend. Aber was soll man tun?

Als wäre nichts, draußen. Rotgolden feierlich wie in satten Friedenszeiten beruhigte das Théâtre de la Cité sein Publikum. Bis vor kurzem hatte das Haus Théâtre Sarah Bernhardt geheißen. Die Patin war als Tote nochmals vernichtet worden, Mutter Jüdin, das starb nicht.
Die Tage waren die längsten des Jahres. Das lange Licht, die laue Luft, das unwillkürliche Lächeln, Liebesillusionen, jeder brauchte sie zum Weiterleben. Trotzdem war das Haus voll, zwei Wochen nach der Uraufführung. Warum *Die Fliegen* von Jean-Paul Sartre Paris retten konnten, Frankreich

retten konnten, verbreitete sich flüsternd in der Stadt. Wer das Theater verlässt, tut etwas, hatte Rose Marie vor ein paar Tagen Mopsa zugeflüstet. Und wer nichts tut, schämt sich so, dass er denen hilft, die was tun.

Laut Programm der alte Atridenstoff vom neuen König Ägist, von seiner Frau Klytämnestra, davor die Gattin des alten Königs Agamemnon und dessen Mörderin, von den Kindern des alten Königs, Elektra und Orest. Doch Orest kehrte aus einem anderen Grund zurück aus dem Exil als in der Atridensage. Nicht um den Vater zu rächen: um die Fliegenplage zu bekämpfen. Die Fliegenplage – jeder verstand, was sie meinte. Nur die Deutschen verstanden es nicht.

Sartres Orest wollte Elektra zu seiner Verbündeten machen. Frei durch die Tat und das Bekenntnis zu ihr, ohne jede Reue. Elektra kniff. Zu feige. Die Fliegenplage? So schlimm nicht. Die würde schon vergehen.

Der Darsteller des Orest sah anders aus als die anderen Schauspieler. Als die mit langen verqualmten Nächten im Gesicht, Händen, die umblättern und Zigaretten drehen konnten und einer Frau das Haar aus der Stirn strichen. Orest war groß, sportlich, wetterfest, starker Unterkiefer, Hände zupackend.

Mopsa feierte still ein Jubiläum. Vor genau einem Jahr hatte Captain Jones sie zu seinem Verbindungsleutnant ernannt.

Am 25. November 1943 wurde Thea Sternheim sechzig. Schon der Vormittag dunkelte ein. Um zehn war der Himmel noch grau, um elf anthrazit, um zwölf fast schwarz.

Mopsa legte Mozarts Krönungsmesse auf, entzündete die sechs Kerzen auf dem selbstgebackenen Karottenkuchen und händigte ihrer Mutter eine Zeichnung aus. Thea saß als Taube mit fröstelnd hochgezogenen Flügeln auf einem Ast. Daneben und darunter drängten sich Liebesworte und Glückssymbole. Das Profil der Taube war das einer verhärmten Frau. Gedrängt hatten sich jahrelang, jahrzehntelang die Gratulanten an diesem Tag. Nun war Mopsa die einzige Gratulantin. Kein Brief von Agnes, die sich erst im allerletzten Moment aus Österreich in die Schweiz gerettet hatte, kein Brief von Klaus aus dem Nirgendwo.

Hagelschauer gingen nieder. Thea und Mopsa aßen den Kuchen und spielten Halma. Sie spielten Mutter und Kind, glückliche Mutter und glückliches Kind. Mopsa blickte auf die Wand, an der ein Kunstdruck des Isenheimer Altars hing. Das Kreuz tragen –

Für Thea Pflicht und Sinn und Ziel. Benn hatte es abgeworfen, dieses Kreuz aus den Balken Gotteszorn und Pflichtundschuldigkeit.

Aber der Mensch wird trauern –
solange Gott, falls es das gibt,
immer neue Schauern
von Gehirnen schiebt ...

So begann das Gedicht für Carl Sternheim. Mopsa hörte Benns Stimme. Gott, falls es das gibt. Wort für Wort gleich betont, gleich gültig. Benn, war er ihr Verbündeter? Ihrer Mutter kam nur wirklich nah, wer an die Nachfolge glaubte, wer das Kreuz trug, ob Jude oder Christ. Am besten um den Hals als Taufkette.

Theas Blick ging auf das Atelierfenster. Mopsa beschloss, ihrer Mutter noch ein Geschenk zu machen. Du hast recht, sagte sie, den Blick aufs Brett gesenkt. Ich lüge. Ich lüge viel, und ich lüge gut. Nur mich selbst anzulügen gelingt mir nicht.

Schau nur, sagte Thea und trat ans Fenster. Hochgezerrt der schwarze Verhang, blau und klar stand der Himmel da.

Mopsa stellte sich neben ihre Mutter, legte den Arm um ihre Schultern. Mager waren sie geworden.

Meine Liebe, flüsterte Thea. Meine große zärtliche Liebe. Es war mir immer das Wichtigste von allen.

Mopsa wartete ab.

Das Blau siehst du, sagte Thea. Dieses Blau. Mein Matisse-Stillleben ... täglich vermisse ich es ... nur ein Glück, dass Picasso es gekauft hat.

Mopsa sah, dass ihre Mutter weinte. Es rührte sie nicht. Sie küsste Thea auf die feuchte Wange.

Dann standen sie, jede der anderen den Arm um die Hüfte gelegt, am Fenster, sehr weit voneinander entfernt.

Mopsa wartete noch immer auf ein Gefühl. Heute hatte ihre Mutter Geburtstag, den sechzigsten. Kurz vor dem letzten war Carl Sternheim gestorben, und am Geburtstag selbst hatte Thea jedem der fünf Besucher erzählt, dass sie sich an ihrem 44. Geburtstag von Sternheim befreit hatte.

In Gegenwart der Kinder habe ich gesagt: Ich lasse mich scheiden. Ich bin über die Grenze. Dass er nun kurz vor ihrem 59. gestorben sei, bedeute leider keine endgültige Befreiung. Solange ich atme, werde ich vor ihm auf der Flucht sein.

Theas Nervosität schoss Nadeln ab auf Mopsa, dünne Nadeln, die überall eindrangen und stecken blieben.

Heute Abend muss ich leider weg, sagte Mopsa ins Matisseblaue hinein.

An meinem Geburtstag?

Mopsa bedauerte. Es sei wichtig.

Was denn am Sechzigsten ihrer Mutter wichtiger sei als der Sechzigste ihrer Mutter.

Thea hatte Erfolg. Mopsa gab den Namen preis: Rose Marie Jones.

Ich habe Migräne, sagte Thea. Kümmre dich nicht um mich.

Am 1. Dezember 1943 stand die Wohnung in der Rue Antoine Chantin unter Strom. Thea nahm ein Tablett mit zwei Teetassen und ließ es fallen. Zog eine Schublade auf und krampfte. Wischte Staub vom Rahmen ihres Spiegels, klebte fest daran, vibrierte, riss ihn von der Wand.

Setz dich an deinen Roman, sagte Mopsa. Auch der Schreibtisch war geladen. Thea saß da und zitterte, als fasse sie an einen Elektrozaun.

Dann lass es bleiben, sagte Mopsa.

Theas Hände klammerten sich an der Schreibtischplatte fest, es durchzitterte sie bis in die Stirn.

Mopsa zog sich zurück zu Dr. Goll und Nicole. Hörte es nebendran klirren und scheppern, hörte ihre Mutter vor sich hinreden. Mopsa vertippte sich bei jedem dritten Wort. Dann das Telefon. Sein Ton setzte in Mopsa alles Eingesperrte frei. Das Geheul eines Wolfs brach aus ihr heraus. Sie riss die Tür auf, hetzte zum Apparat, das Klingeln war verstummt.

Was ist mir dir?, fragte Thea.

Was ist mir dir?, fragte Mopsa.

Wieder an der Schreibmaschine, sah sie ihre Finger flattern. Sie presste die Handflächen aneinander. Beten, sie hatte es doch gelernt. Damals, in der Kirche St. Nicolas, dieser romanischen Festung mit ihren dicken Mauern bei La Hulpe. Wieder das Telefon, wieder dieses Wolfsgeheul von tief innen. Ahnung, hätte Thea gesagt. Es war Angst. Mopsa griff ihr Tageheft. Die Hand, die den Füllfederhalter führte, verwackelte jeden Buchstaben.

Einer der Tage, wo alles kratzt. Ich selbst fühle mich als einzige Dissonanz ... Es ist, als ob man meine Maschine mit Sägespänen geölt hätte – die Reibung ist unerträglich.

Am Abend schlug Thea vor, ins Kino zu fliehen. Das Cinéma Ideal lag um die Ecke. *La Ville dorée, Die goldene Stadt* mit französischen Untertiteln. Regie Veit Harlan. Auf dem Aushang neben dem Eingang stand, das sei der erste deutsche Film in Agfacolor, der in allen besetzten Gebieten gezeigt werde. *Das neue Meisterwerk vom Schöpfer des Jud Süß.*

Bist du sicher, dass du das sehen willst?, fragte Mopsa.

Thea kaufte die Billets.

Der reiche Bauer, verwitwet, und seine Tochter, Harlans Ehefrau Kristina Söderbaum, waren im Aushang ebenfalls angepriesen als Stars aus *Jud Süß*.

Die Tochter des Bauern ertrank wie ihre Mutter nachts im Sumpf. Ein Unfall, wie bei meiner Seligen, sagte der Bauer. Ein Selbstmord, raunten die Leute im Dorf. Der letzte Ausweg aus einem Liebesdrama.

Als *ENDE* auf der Leinwand leuchtete, schniefte und schluchzte es ringsum. Es ekelte Mopsa vor der Rührung.

Das ist ein deutsches Thema par excellence, sagte Thea, der hartnäckige Vater, der seine Tochter in den Tod treibt, Schillers Luise Miller, Hebbels Maria Magdalena, alle die kleinen Nachahmer der großen Vorbilder … Diese Prinzipientreue – oder ist es Systemtreue? Mörderisch.

Es gibt viele Methoden, mit denen ein Vater seine Tochter in den Tod treiben kann, sagte Mopsa. Muss ja nicht auf direktem Weg sein.

Was soll das heißen?

Kann auch ein Umweg sein. Über die Sucht, wollte Mopsa sagen.

Sie schluckte. Der Hals schmerzte.

Mopsa hakte sich bei ihrer Mutter unter und zog sie nach Hause.

Am Donnerstag, dem 2. Dezember warf Mopsa kurz nach ein Uhr mittags auf dem Weg in den Flur einen Blick aus dem Atelierfenster. Es regnete. Es war dieser Regen, der sie an nicht enden wollendes Geflenne erinnerte.

Als Mopsa vor der Garderobe beim Eingang stand und ihr Wachstuchcape vom Haken nahm, kam Thea an. Und was darunter?

Mopsa zuckte mit den Schultern. Ich weiß nicht, ein Kostüm oder den alten Persianer.

Der Persianer war zerfetzt. Thea stopfte Socken, Jacken, Pullover, oft zum dritten und vierten Mal. Mopsa nähte alte Unterwäsche zusammen, seidene, baumwollene, mit Spitze, ohne. Den Persianer hätte nur ein Kürschner retten können, und das lohnte sich nicht.

Kommt darauf an, wo du hingehst, sagte Thea.

Mopsa schwieg.

Thea hastete aufgescheucht zum Fenster. Der Regen gehe in Schnee über. Also den Pelz, rief sie, selbstverständlich den Pelz!

Sie sah zu, wie Mopsa ihn anzog, das Cape darüber und sich einen Turban auf den Kopf setzte.

Wann kommst du wieder? Thea hustete.

Leg dich hin, sagte Mopsa.

Sie müsse später noch ein paar Besorgungen machen, Stopfgarn, Mottenpulver, Seifenlauge. Thea hustete wieder.

Es wäre besser, du würdest dich hinlegen, sagte Mopsa und öffnete die Tür.

Bring doch Butter mit, falls du dich wieder mal bei Montmartre herumtreibst, sagte Thea.

Gestern hatte Rose Marie Freunde und Bekannte zu einem Treffen in der Coupole zusammengetrommelt. Mopsa hatte geschwänzt, wegen Theas Husten. Dass die Freundin heute Morgen nicht in der Rue Antoine Chantin vorbeigekommen war, wunderte Mopsa.

Mein Zahnarzt ist direkt neben euch. Nur auf eine Schale Tee, verstehst?

Sie hatte Rose Maries unverwässertes Wienerisch noch im Ohr. War Rose Marie sauer? Verübelte sie Thea ihre Kommentare? Seit dem Geburtstag stand die Wienerin auf der Abschussliste von Thea Sternheim.

Mopsas Füße kannten den Weg über die Avenue d'Orléans. Trotzdem stolperte sie mehrmals. Es waren nur wenige Passanten unterwegs. Jeder verschwand in irgendeinem Eingang, einer Passage, einer Seitengasse, als würde er verfolgt. Die Plakate an Mauern und Litfaßsäulen für *Die Fliegen* im Théâtre de la Cité waren abgerissen, teilweise überklebt. Deutsche Künstler in der Pariser Oper mit den schönsten Arien aus *Walküre* und *Siegfried*.

Als Mopsa vor der Tür des Appartements am Boulevard du Montparnasse stand, auf dem Türschild nur *RMJ*, drang Lärm heraus. Gelächter, Geraschel, Kichern.

Es dauerte, bis die Tür aufging. Die junge Frau, jünger noch als Rose Marie, war Mopsa fremd. Sie trug kirschroten Lippenstift und Rose Maries Lieblingskleid.

Wo ist Rose Marie Jones?, fragte Mopsa.

Die Frau in Rose Maries Kleid drehte sich um. Hinter ihr sah es aus wie in einer großen Theatergarderobe für Statistinnen. Frauen, alle sehr jung, sehr laut, probierten Pelze, Mäntel, Hüte, Kleider, Kostüme an. Es waren Rose Maries Pelze, Mäntel, Hüte, Kleider und Kostüme. Von ihr selbst keine Spur.

Im Nebenzimmer Männerstimmen, deutsche. Schon standen sie zu dritt, nein, zu viert vor Mopsa, Wehrmachtsuniform, bewaffnet.

Sie suchen Rose Marie Jones?

Mopsa presste die Lippen zusammen.

Wir haben gehört, dass Sie sich nach ihr erkundigt haben.

Wer hat diese Frauen hier hereingelassen?, fragte Mopsa.

Einer schlug der in Rose Maries Lieblingskleid, die sich nach einer Abendtasche bückte, auf den Hintern.

Es gibt hier auch Weiber, die es richtig machen, sagte ein anderer. Er stank nach Schnaps.

Abstreiten! Alles abstreiten!, hatte Sidney Charles Jones ihr eingeschärft. Bis zuletzt leugnen!

Lachend ging sie zwischen zwei Soldaten, je einen vor und hinter sich, die Treppe hinunter.

Irgendwann wird die Polizei sie alle hopsnehmen. Hatte Thea recht behalten?

Unten wartete ein geschlossener Wagen mit laufendem Motor.

Das Auto hielt vor einem Wohnhaus in der Avenue Henri Martin 101. Sandsteinfassade, Sprossenfenster, weiße Gardinen, Vorgarten mit nackten Sträuchern, gepflegter Hauseingang.

Auf dem Schreibtisch, hinter dem ein Mann in Zivil saß, Krawatte, Ehering, rosigfleischige Lippen, lagen Exemplare des *Manchester Guardian*. Hatten sie Rose Marie zum Reden gebracht?

Wo ist Rose Marie Jones?, fragte Mopsa.

In Sicherheit, lächelten die rosigfleischigen Lippen.

Hinter dem Mann am Schreibtisch ein Fenster. Die Schneewolken hatten sich verzogen. Es hatte aufgeklart. Der Himmel wurde allmählich blau. Die Sonne beleuchtete von hinten den aschblonden Kopf ihres Gegenübers. Ein Heiligenschein ging auf um ihn.

Im Fenstergeviert war es schwarz geworden. Da wurde Mopsa abgeholt. Es ging treppab.
Die erste Kellertür schloss sich hinter Mopsa. Nichts war zu hören als das Wasser in der Leitung, über Putz verlegt, und die Stiefelschritte ihrer Begleiter.
Die zweite Kellertür schloss sich hinter Mopsa.
Als die dritte Tür sich hinter ihr schloss, vernahm sie die Schreie.
Wenn der Bauer mit den meisten Schafen in Uttwil vor Ostern schlachtete, hatte es ähnlich geklungen.
Über die Schreie legte sich eine Stimme, hell und klar, fest und verhalten, zögernd, aber sicher: Sie hat als Mann gehandelt und wird von uns als Mann bestraft.
8-Uhr-Abendblatt. Dr. Gottfried Benn. *Wie Miss Cavell erschossen wurde.*
Da war noch eine Stelle, die sie unterstrichen hatte. Wo Benn beschrieb, wie die beiden Delinquenten zum Schießstand geführt wurden. Cavell und ihr sogenannter Komplize, ein Belgier. Wie gefasst der Mann antrat, *ruhig, todesgewiss in der Haltung vollkommen.* Ja, in der Haltung vollkommen, das sah und hörte Mopsa. Dann die Frau. *Dürres maskenhaftes Gesicht, steif stotternder Gang, schwere muskuläre Hemmungen.*
Nein, so nicht.
Wie ein Mann, dachte sie, als der faustdicke Wasserstrahl sie traf. Dort, wo sie Frau war.
Keine Götter mehr zum Bitten
Der nächste Strahl warf sie auf die Fliesen.
keine Mütter mehr als Schoß –

Sie wurde hochgetreten.
schweige und habe gelitten.
Der Mann mit dem Schlauch wartete, bis sein Helfer Mopsa an die Kachelwand gelehnt und mit seinem Gürtel an einer Leitung festgebunden hatte.
Dann drehte er wieder auf.
sammle dich und sei groß.
Da war nur noch Blut im Mund, und dann war nichts mehr.

FÜNF

Der Ostwind trieb ihr den Regen ins Gesicht, als sie in Berlin-Tempelhof das Flugzeug verließ. Sie wischte ihn nicht ab. Falls schwarze Rinnsale über ihr Gesicht liefen, sollten sie laufen. Der letzte Tag das Sommers, der erste des Herbstes? Passte beides: Mopsa Sternheim war 47 Jahre alt.

Beim Landeanflug hatte sie nach unten gesehen. Ihre Mutter hatte nur ins Buch geblickt.

Zusammen hatten sie vor vier Jahren in einem Pariser Kino Billy Wilders *La Scandaleuse de Berlin* mit Marlene Dietrich gesehen. Begonnen hatte der Film mit Luftaufnahmen der Stadt, aufgenommen 1945. Mehr Zerstörung konnte niemand denken.

Aber jetzt, 1952 – Trümmerfrauen, Aufbauwunder, Phönix aus der Asche? Mopsa hatte den Blick keine Sekunde abgewandt. Brückenstümpfe über Kanälen, Trümmereinöden zwischen neuen Mietskasernen, eingebrochene Dachstühle, zerborstene Kuppeln, Bauschutthalden auf Wiesen, Säulen, Friese, Giebel an Böschungen, Fassadenzähne an öden Plätzen, Bahngleise, die unter eingestürzten Mauern endeten.

Unbewegt hatte sie hingesehen. Zu viele Höllenkreise durchschritten, um zu weinen.

Nun wollte sie ihm gegenübertreten. Unverwundbar geworden durch das Drachenblut der Entsetzlichkeiten in den Folterkellern, Elendsbaracken und Verliesen des Krieges. An ihm sollte sich zeigen, dass ihr niemand mehr gefährlich werden konnte. Ausgerechnet an ihm, den sie und ihre Mutter vor neunzehn Jahren offiziell aus ihrer Lebensagenda gestrichen hatten.

Rückfall nannte Mopsa es, und sie wusste, wovon sie sprach.

Das Ganze hatte seinen Anfang genommen, als Mopsa am 22. Juni 1945 an der Seite ihrer Freundin Betty George zu Fuß übers Rollfeld in Orly der Mutter entgegengegangen war. Mopsa trug ein russisches Tuch um den Kopf, ein gepunktetes Baumwollkleid vom Schwedischen Roten Kreuz und flüsterte Betty ins Ohr: Warum ich sie nur so blödsinnig liebe.

Die Tochter hatte der Mutter, die Mutter hatte der Tochter im ersten Brief gestanden: Die größte Angst galt dir, das einzige Ziel warst du, und der einzige Grund weiterzumachen, war die Sorge um dich.

Thea hatte im dunkelblauen Tailleur auf dem Asphalt in der Sonne gestanden, hatte Mopsa angestarrt, und dann ihr erster Satz: Wie dick du geworden bist, enorm.

Noch aus Schweden, kurz vor der Abreise, hatte Mopsa ihre Mutter gewarnt.

Meine Zähne sind in Paris bei der Gestapo geblieben, und der Schweinefraß und das miese Fett im Lager haben uns beide zunehmen lassen.

Theas Blick sagte: Als Skelett wärst du mir lieber, besser zum Bild passend, auch mit dem Mitleid täte man sich dann leichter.

Mopsa hatte erzählt. Doch in der Heiterkeit jener Mittsommernächte, in den Amüsiergeräuschen der Boulevards, im Freiheitstaumel von Paris wirkten die Geschichten aus sechshundert finsteren Tagen unwirklich. Überall war die Harmlosigkeit eingezogen und sagte: Hier war doch nichts.

Avenue Henri Martin. Die weißgekachelten Wände, die Wanne, der Wasserstrahl, die Blutspritzer auf dem Weiß, die ausgeschlagenen Zähne. Nette Familien wohnten dort, eine Rechtsanwaltskanzlei, eine Zahnarztpraxis, ein Friseursalon.

Das Appartementhaus von Rose Marie und Sidney Charles Jones am Boulevard du Montparnasse. Mit sechsundzwanzig war Rose Marie Jones in Mopsas Armen verendet, sich blau hustend, blutspuckend, fünfunddreißig Kilo, mehr nicht. Ihre Leiche hatte Mopsa eigenhändig in den Waschraum getragen, in dem schon an die dreißig Frauenleichen lagen, nackt. Captain Jones? In Mauthausen erschossen. Auf der Flucht, wie es hieß. Geranien an den Fenstern, ein neuer Name an der Klingel. Keine Chance, hier eine Wohnung zu bekommen, sagte Thea. Montmartre ist besonders gefragt.

Die Coupole. Hier hatte die Gestapo Rose Marie und ihre Freundinnen verhaftet, sie hatten neben Mopsa im Güterwagen gesessen, der sie von Compiègne ins Frauen-KZ Ravensbrück brachte. Auch bei ihnen hatte auf dem Einlieferungsschein R. u. gestanden, Rückkehr unerwünscht. Auch ihnen hatte man Zähne ausgeschlagen. Auch sie waren acht, zehn Mal verhört, getreten, geknüppelt worden, hatten einen blutig gelegenen Rücken von den Gefängnisbetten in Fresnes, wo sich die Drähte der Matten in die Haut gebohrt hatten.

Es wurden Austern serviert, Muscheln, sogar Krebse. Und dazu, Mesdames, dieser Sauvignon aus der Touraine.

Kurz nachdem du verschwunden warst, traf ich Picasso, sagte Thea. Er meinte ebenfalls, ihr jungen Leute seid wirklich dumm, dass ihr euch hier in der Coupole oder im Café Flore unter diesem Gelichter herumgetrieben habt. Von Résistance, vom Widerstand gegen die Nazis wollte Thea nichts wissen.

In der Galerie Leiris dann Picasso persönlich. Ach, wieder da, junge Frau? Ja, er habe damals im Dezember dreiundvierzig mit Thea gesprochen. Sie habe ihm erklärt, was Mopsa in diese zweifelhafte Gesellschaft getrieben hatte: der unselige Hang der Sternheimkinder zu Situationen des Zwielichts und des Dämmerzustands.

Mopsa war wieder bei ihrer Mutter eingezogen. Sie wollte ihr, die Mutter ihrer Tochter nah sein. Doch sie drifteten auseinander, rasend schnell. Zwei Welten, die eine aus der anderen geboren. Unvereinbar.

Nachts träumte Mopsa von Ravensbrück. Krankenblock, Krüppelbaracke genannt. Mopsa Ripper, geborene Sternheim, Blockälteste, wegen ihrer Deutschkenntnisse. In einem Raum zwei-, dreihundert Frauen, in jedem Bett zwei Frauen, Ruhrkranke, die sich in den eigenen Exkrementen wälzten. Medikamente gab es nicht.

Tags hörte sie von Thea: Es kostet mich so viel Kraft, das Atelier selbst zu reinigen.

Nachts schrie Mopsa, weil sie die eitrigen Wunden in den Waden der Mädchen und Frauen sah, die sich Kaninchen nannten. Von der Versuchsstation in die Baracke geschafft, nachdem die Lagerärzte mit dem Skalpell das Fleisch aufgeschlitzt und Eiter erregende Bakterien injiziert hatten, zu Versuchszwecken. Die Schwester hatte dann Glassplitter oder Holzsplitter in die Wunden gestreut, zu Versuchszwecken. Viele waren gleich nach der Operation gestorben, andere, schwärend und fiebernd, erschossen worden. Im Krankenblock verwesten die stärksten der Kaninchen.

Tags ging es in eins von Theas Lieblingscafés, nur eine Kleinigkeit, wie sie betonte. Kaninchenragout wäre heute sehr schön. Dazu, Mesdames, vielleicht ein Glas Côte Rôti, ein Rotwein mit koprophiler Note. Was das heißt, nun, Mesdames, das Bouquet erinnert ein wenig an Kot, etwas für Kenner.

An ihrem Schreibtisch versuchte Mopsa, das Grauen dieser eineinhalb Jahre in ihre Tagehefte zu kotzen. Schaute Thea kurz herein und sah die Tochter hektisch schreiben, sagte sie: Ach, meine arme Mopsa, wie konntest du nur für dergleichen Belange Freiheit und Leben einsetzen! Hitler, das war freilich viehisch – aber die, die ihn zu richten sich berufen fühlten, sind auch peinlich. Was kann der Mensch anderes tun, als seine Hände von Gewalttätigkeiten freihalten?

An ihrem Schreibtisch versuchte Thea, ihr wichtigstes Kind, ihr liebstes Kind zur Welt zu bringen. Den Roman, der nun *Sackgassen* hieß. Sie selbst redete von Jahrzehnten geistiger Schwangerschaft und davon, dass diese Leibesfrucht in Mopsas Abwesenheit enorm gewachsen sei. Während sie daraus vorlas, defilierten vor Mopsa Frauen und Mädchen, zwölfjährige darunter, viele Zigeunerinnen, zwischen deren Beinen das Blut auf den Boden tropfte. Der Verband aus Toilettenpapier, den die Ärzte nach der Zwangssterilisation angelegt hatten, suppte sofort durch.

Dann kam die Nachricht von Klaus. Mit achtunddreißig Jahren im Sanatorio de Lourdes in Mexiko gestorben. Drogensüchtig, lungenkrank, verwahrlost, abgemagert zum Gerippe, haltlos, mittellos.

Thea erklärte, das müsse die Folge von Sternheims verhängnisvollem Erbe sein.

Mopsa war umgezogen in die leere Wohnung des Bruders am Boulevard Haussmann Nr. 178, um ihm näher zu sein. Allein war sie all den Toten näher, auch Landauer, der 1945 im KZ Bergen-Belsen verhungert war. Sein Tod war das Einzige, das sie an eine Hölle glauben ließ, in der Sünder gefoltert werden. Die Mutter ahnte davon nichts.

Dann entdeckten Thea und Mopsa, dass es doch noch etwas gab, das sie verband. Genauer gesagt: Sie entdeckten es einander.

Am 25. Mai 1946 war bei Thea ein junger Mann namens Hürsch aufgekreuzt, Erhard Hürsch aus Winterthur. Blond, stahlhart und aufgenordet, wie man das von der Hitlerjugend her kennt, hatte Thea ihn beschrieben. Kaffee und Cognac serviert und zugehört hatten sie ihm doch alle beide. Erst gelangweilt, als er erzählte, dass er in Hamburg eine dänische Journalistin kennengelernt habe, Mutter von Zwillingen, ganz reizend. Dann habe er Kontakt zu ihrem Vater aufgenommen. Braucht Trost, Zigaretten und Kaffee, hatte die Dänin gesagt; wohnhaft in Berlin, Stadtteil Schöneberg, Bozener Straße 20, Witwer. Seine Frau habe sich bei Kriegsende auf dem Land bei Hamburg das Leben genommen, weil sie dachte, er sei tot, vielleicht auch, weil sie Angst hatte, von den Russen vergewaltigt zu werden. Drei Mal habe er den Witwer besucht, schwermütig, der Mann. Kein Wunder.

Was sollten sie mit der Geschichte?

Auch beruflich habe der Witwer nur Pech, armer Kerl, irgendwie. Als der Aufgenordete beim Presseoffizier in Baden-Baden um einen Passierschein für seine Deutschlandreise ersuchte, habe der gezetert: Was wollen Sie bei dem Nazi? Döblin habe der Presseoffizier geheißen und ihm den Schein dann doch ausgestellt. Die Bücher vom Vater dieser Dänin seien in Berlin verboten, nur im Westen Deutschlands dürften sie erscheinen. Offenbar kenne er die Sternheims. Benn heiße der Mann, Gottfried Benn.

Als er gegangen war, zogen sich Mopsa und Thea zurück. Jede wusste, es war ihr anzumerken, dass der Puls sich beschleunigt hatte, die Temperatur gestiegen, vielleicht auch die Haut feucht geworden war. Jede verbarg, was der Name Benn in ihr freisetzte.

Weniger denn je dachte Mopsa daran, der Mutter zu verraten, warum sie noch lebte.

Vor zwei Monaten hatte alles bereit gelegen. Veronal, ausreichend für eine ganze KZ-Baracke, und Weinbrand zum Runterspülen. Die Liebesaffäre mit Tarouel, mit der sie ihre Leere bedeckt hatte, war in sich zusammengefallen, morsch war sie von Anfang an gewesen. Ein Geschäftsmann, sehr Mann und sehr Geschäft und sonst nichts.

Da war ihr Blick auf einen Buchrücken gefallen. *BENN*.

Ausschlafen, ausnüchtern und dann protokollieren.

Was für ein peinliches Melodram! Welches Missverhältnis! Für Benn sterben? Ja, tausendmal ja, nach 20 Jahren. Wegen T. sterben? Lächerlich.

Hürsch war abgereist, ohne einen Gruß der Sternheimfrauen an Benn im Gepäck. Es war die Scham, die ihnen das Maul verband. Zu viele Freunde und Bekannte sagten mehr oder weniger das Gleiche. Freunde, Bekannte, die ihn im Exil überlebt hatten, diesen finstersten aller Winter, der zwölf Jahre gedauert hatte. Oder irgendwo im Reich der lauernden Mörder überlebt hatten, eingesperrt in Verschlägen der Todesangst.

Benn? Nein. Der wehre jeden Schuldvorwurf ab. Sehe sich als Opfer. Kurz irregeleitet, dann selbst geschmäht, verboten, nun offenbar auf Lebensdauer verfemt.

Er vertritt noch immer die Meinung, dass der Nationalsozialismus ein echter und tiefangelegter Versuch war, das wankende Abendland zu retten. Dass ungeeignete und kriminelle Elemente das Übergewicht bekamen, sei nicht seine Schuld. Sei keine Schande gewesen, den Nazis seine Potenzen zur Verfügung zu stellen.

Vor allem jene, die um Döblin kreisten, nannten Benn einen Nazi. Half nichts, dass manche Klaus Manns Diagnose kolportierten: Der Benn hat sich über den Döblin so viel geärgert, dass er seinetwegen Nazi wurde. Schon Landauers wegen, der irgendwie als Engel Mahnwache schob, konnte es keine Absolution geben für den Mitläufer in Berlin.

Heimlich aber planten Thea wie Mopsa, was ihnen ihr Innerstes befahl. Oder war er es, der den Befehl erteilte, mit seiner festen, gleichgültigen Stimme? Leise, aber unentrinnbar.

Im Juni 1948 kam Agnes mit ihrem neuen Gefährten, dem Garcia-Lorca-Übersetzer Enrique Beck, aus Zürich nach Paris und versorgte Thea mit neuesten Nachrichten. In der Schweiz seien soeben Gedichte von Benn im Verlag Die Arche erschienen.

Ein angesehener Verlag?

Ein sehr gut angesehener.

Im Juli 1948 flog Mopsa nach Hamburg. Rothenbaumchaussee 19, Curio-Haus, großer Saal, 4. Ravensbrücker Prozess, auf der Anklagebank Ärzte und Krankenschwestern. Aussage unter Eid, Frau von Ripper, geboren in Düsseldorf, wohnhaft in Paris. Beruf? Schriftstellerin. Ein Meineid. Nichts als ein unvollendeter Roman, die paar Artikel in antifaschistischen Blättern erlaubten es nicht, sich Autorin zu nennen. Beschwörung eines Wunsches, in seinem Namen.

Mopsa verlor kein Wort darüber, wie viele Frauen sie gerettet hatte im Krankenblock, in obersten Etagenbetten versteckt, trotz Erschießungsgefahr mit Essen versorgt, Namen gestrichen aus den Listen für die Deportation in Vernichtungslager, dahinter geschrieben: Verstorben. Verdiente in ihren Augen keine Bewunderung. Das war selbstverständlich gewesen. Sie hielt sich an das, was sie selbst erlebt hatte. Ging in Gedanken mit aufgerissenen Augen durch die Baracke. *Mann und Frau gehn durch die Krebsbaracke.* Benn ging neben ihr. Das war's doch und nicht mehr. So präzise wie er sein, das Widerwärtigste kühlsachlich benennen. Es war abzusehen, dass sie Lagerarzt Dr. Orendi hängen, aber Krankenschwester Haake davonkommen lassen würden, die Folterhoheit der Baracke.

Lohn der wieder hochgejagten Visionen aus Wundgestank, Scheiße, Blut und Eiter: Es war von Hamburg nicht weit bis Benn. Die Aussage war beendet. Aber kein Durchkommen nach Berlin.

Seit Februar 1949 wohnten sie wieder zusammen, die Tochter bei der Mutter. Erwischte eine die andere morgens gegen drei beim Nichtmehrschlafenkönnen oder Nichteinschlafenkönnen Gedichte von Benn lesend, waren sie sich einig: noch einmal einen Menschen seines Ausmaßes finden.

Dann kam der Mai 1949. Wieder hatte Thea am 2. Mai eingetragen: Benns Geburtstag. Kurz danach entdeckte sie im *Merkur* Benns *Berliner Brief*, geschrieben im Sommer 1948. Sie markierte mit Rotstift: *Aber wenn man wie ich die letzten fünfzehn Jahre lang von den Nazis als Schwein, von den Kommunisten als Trottel, von den Demokraten als geistig Prostituierter, von den Emigranten als Renegat, von den Religiösen als pathologischer Nihilist öffentlich bezeichnet wird, ist man nicht so scharf darauf, wieder in diese Öffentlichkeit einzudringen.*

Während Thea Benns Rechtfertigung las, lag Mopsa auf dem Sofa, die Hände auf den Unterleib gepresst. Wen ich liebe, der stirbt mir weg, sagte sie.

Am 21. Mai hatte Klaus Mann sich in Cannes mit Hilfe einer Überdosis Schlaftabletten aus einem zerfallenden Dasein verabschiedet.

Benn lebt, sagte Thea. Lebt und schreibt und verteidigt sich.

Und?

Wie er es sagt, ist unerreicht. Aber *was* er sagt! Benns Denkinhalte haben sich in den letzten sechzehn Jahren in keiner Weise geändert. Diese Hartnäckigkeit, das furchtbare Strafgericht, das über Deutschland hingeht, in keiner Hinsicht als Folgeerscheinung, sondern nur als tragisches Fatum hinzunehmen.

Keine zwei Wochen später schrieb sie einen Brief an Benn und adressierte ihn an die Redaktion des *Merkur*. Sie las ihn Mopsa nicht vor. Wirf ihn bitte heute noch ein, sagte sie nur.

Was hast du ihm geschrieben?

Thea putzte das Atelierfenster. Dass er sich melden soll, sagte sie und putzte weiter.

Am 5. August 1949 kam Mopsa erst gegen Abend zurück. Hast du getrunken?, fragte sie ihre Mutter. Thea schusselte in weinerlicher Seligkeit herum, ließ Löffel und Stifte fallen, summte vor sich hin. Da erst sah Mopsa drei Bücher auf dem Tisch liegen.

Statische Gedichte stand auf dem ersten. Sie schlug es auf. Es war Thea gewidmet, handschriftlich. *In unveränderlicher Ergebenheit: Gottfried Benn.* Auf dem zweiten, kaum mehr als vierzig, fünfzig Seiten, stand *Drei alte Männer. Gespräche* und auf dem Vorsatzblatt *Madame Sternheim ›Wir waren eine große Generation‹ und Sie, Hochverehrte, gehörten zu ihr, und wir danken Ihnen dafür. Gottfried Benn.* Wer war wir? Er selbst? Auf dem dritten stand *Die Ptolemäer*. Auch hier vorn handschriftlich *In Erinnerung und Hoffnung von G. B.*

Was hoffte er, und welchen Grund hatte Thea ihm gegeben, sich Hoffnungen zu machen?

Doch Thea schwieg und wankte, ließ alles fallen und summte vor sich hin.

Mopsa packte ihre Mutter an den Oberarmen. Und küsste sie auf den Mund, so tief, dass Thea erschreckt zurücktaumelte und sich die Lippen abwischte.

Die nächsten Tage verbrachte Thea Sternheim im Bett mit Benn.

Ein viertes Buch hatte er geschickt, erwähnte sie ganz nebenbei, dicker als die anderen. *Doppelleben.* Er nennt es eine Art Autobiographie, sagte Thea. Sie rückte es nicht heraus.

Nun verband Mopsa mit Thea mehr denn je. Sie lebten mit Benn und durch Benn und wegen Benn selbst ein Doppelleben, zwei Bacchantinnen, die wild danach gierten, ein Stück vom Gott ihres Rausches zu ergattern, und zugleich nicht bereit waren, die zwölf verheerenden Jahre als Verhängnis zu betrachten, hereingebrochen über Wehrlose.

Als Benns Brief, handschriftlich, auf himmelblauem Papier, an Mopsa, vor dem an Thea, maschinengeschrieben, auf nacktweißem, eintraf, hatte Thea mit derart schweren Kreislaufproblemen zu kämpfen, dass sie Mopsa außer Haus schickte, um ein Rezept zu beschaffen und Medikamente.

Mopsa legte, wenn sie nicht in *Statische Gedichte* las, das Buch unters Kopfkissen.

Statisch, ja das war er. Steckengeblieben in der Unbelehrbarkeit. Manövrierunfähig. Die Folter der Gestapo hatte Mopsa bis in die Eingeweide der Seele und des Unterleibs beschädigt. Was die Lageraufseher als ihren Hochmut bestraft hatten, war nicht zu brechen gewesen. Mopsa sah und hörte in Benns Worten, wie er mit seinen großen Fäusten jeden Schuldvorwurf abwehrte.

Bei Thea legten sogar die Träume offen, wie genau sie Bescheid wusste. Stell dir vor, da saßen sie alle hier, Kesten, Landauer, Döblin, Klaus und Heinrich Mann, die Toten, die Lebenden, und fielen über mich her. Du glaubst an einen Nazi, du verzeihst ihm, du huldigst ihm. Sie hatten Pranken, Tierpranken. Ich dachte, gleich zerfleischen sie mich.

Mopsa wollte nur ein Glas Wasser mit der Herztablette auf Theas Schreibtisch abstellen, blickte dabei über ihre Schulter, las in Schönschrift, die Tinte noch nass: ... *das sind Tiefgrabungen, der sublime Versuch, das Rauschen der Ewigkeit in die von Zeitgerassel und Daseinskämpfen unbewohnbar gewordene Welt hereinzulassen.*

Am Abend fiel das Rotweinglas um und versaute das Sofa. Der Streit hatte Mopsas Gesten heftig werden lassen. Dieser neue Benn sei doch erstarrt in sich selbst. Aus Angst, auf die Straße zu gehen und mit Tomaten beworfen zu werden. Er brauche jetzt einen Stachel ins Fleisch, keinen Lorbeerkranz auf den Schädel.

Dann zog sie sich zurück, um Benn zu schreiben. Nach eine halben Stunde keine Zeile auf dem Papier. Besser, wieder Benns Gedichte aufschlagen, mehr hatte sie Thea bisher nicht entwinden können.

Warum hatte sie das überlesen?

Ein Wort, ein Satz –: aus Chiffren steigen
erkanntes Leben, jäher Sinn,
die Sonne steht, die Sphären schweigen,
und alles ballt sich zu ihm hin.

Ein Wort – ein Glanz, ein Flug, ein Feuer,
ein Flammenwurf, ein Sternenstrich –
und wieder Dunkel, ungeheuer,
im leeren Raum um Welt und Ich.

Mopsa las noch einmal. Und noch einmal. Legte sich aufs Bett, Augen zu. Nur das Nachhallen hören, lange – Dann kam etwas ins Schwingen in ihr, es begann zu tönen. Resonanz, endlich die Resonanz der Einsamkeit.

Sie stand auf. Strich ihre Gedanken durch, alle. Und schrieb: *Ich will noch gar nicht wissen, warum ich SO hingerissen bin – es ist ein Festessen nach einem langen Hungern.*

Die Concierge brachte täglich die Post herauf, oft zwei Mal an einem Tag. Nicht immer gelang es Thea, sie abzufangen. Mopsa entging nicht, dass Theas blasse Haut sich belebte, manchmal auch rote Flecken bekam, wenn Post vom Limes Verlag bei ihr eintraf, Benns neuem Verlag in Deutschland, oder von Niedermayer, dem Verleger. Keine Bücher. Briefe.

Sie umklammerte die Post und presste sie an ihre Brüste.

Ja und? Ich habe Benn von meinem Roman erzählt. Er hat es seinem Verleger erzählt, und der Verleger hat mich aufgefordert …

Ach so, sagte Mopsa und küsste die Mutter auf die Stirn.

Überall in der Stadt hingen noch die Plakate herum zum Weltfriedenskongress Ende April mit der Picasso-Taube. Alles klar, Ende der Sintflut, die Taube brachte vom Berg Ararat den Ölzweig. Frieden mit Gott und der Welt. Mopsa glaubte nicht daran, dass Tauben geeignet waren, Frieden unter Menschen zu schaffen. Kein Tier für weite Flugstrecken, kein scharfer Schnabel, kein scharfes Auge. Wollte gefüttert werden.

Doch sie sagte nichts. Hörte zu, was Thea ihr vorlas, und stellte fassungslos fest: Diese Taube mit ihrem Vogelhirn hatte ein Riesenei gelegt. Und sie selbst? Wie lange hatte sie ihn liegenlassen, ihren Roman über Doktor Goll alias Benn und Nicole alias Mopsa? Früher überschrieben *Im Netz der Spinne*, danach nur *Vivan*. Begonnen vor sechzehn Jahren, noch immer nicht mehr als ein Fragment. Benn eröffnete sie: *Jetzt schreibe ich seit vier Jahren an einem Buch. Manchmal macht es mich glücklich, manchmal hoffnungslos. Jedenfalls arbeite ich viel, und es ist bald fertig.*

In Paris log es sich so leicht. Es führte ständig vor, wie schön die Hülle war und wie elegant sich Zusammenstöße mit der Wirklichkeit vermeiden ließen. Paris war für Mopsa Haute Couture, wie vor der Fliegenplage, alles war in ihren Augen Haute Couture und Laufsteg. Intellektuelle, Dichter, Maler. Das Vernissagenpublikum änderte nicht seine Zusammensetzung, nur den Ort. Wildwechsel von Picasso zu Dior, weiter zu Balthus, von dort zu Giacometti und Chanel.

Das Jahr 1950 hatte Mopsa hungrig begonnen. Hungrig auf Destille, Dialekt und alte Mäntel. Auf Berlin. Noch immer staatenlos und mittellos, so gut wie keine Chance.

Benn hatte Mopsa den Band *Trunkene Flut* geschickt, mit Widmung in Dunkelblau: *Madame Mopsa Ripper in schweigender Verbundenheit G. B.*

Da war sie wieder, die Festungsmauer, die sie hasste und liebte.

Im Januar 1950 schrieb Mopsa in eins ihrer Tagehefte: *Benn, von allen Seiten unerreichbar. Ich weine fast nie, ich bin ausgetrocknet. Aber für Benn, diese einsame, ›standhafte‹ Intelligenz kann ich Tränen des Mitleids vergießen.*

Erst ein Jahr später schimmerte die Chance, Benn doch zu erreichen, am Horizont. Dank Thea. Benn hatte *Sackgassen* gelesen und ihr im Februar 1951 geschrieben. *Erstaunliche Partien darin, ein erstaunlicher Autor: introvertiert, und doch wahrnehmend, glühend von Gefühl, und doch nüchtern, dämmernd von Glauben und Inbrunst, und doch wach ...*

Thea stöhnte, wie sie stöhnte! Ah, so ein Brief ist wie ein Gewitterregen, der nach langer Dürre niedergeht. Das muss ich ihm schreiben.

Gut, dass du dich nie mit Psychoanalyse befasst hast, sonst würdest du das bleiben lassen, sagte Mopsa. Dafür bist du nämlich zu alt.

Am Neujahrstag 1952 besuchten Mopsa und Thea die Vorstellung eines Mannes, der sich Merlin nannte. Der Zauberkünstler trat in einem Cabaret am Montmartre auf, das ein Freund von Captain Jones betrieben hatte, selbst Magier. Aus Mauthausen hatte ihn seine Kunst nicht befreien können. Im Applaus vor der Pause der Schrei nach encore!

Pardonnez, Mesdames et Messieurs, ich wiederhole niemals irgendeinen Trick, sagte er leise. Dann fangen Sie an, zu analysieren. Analyse ist der Tod jeder Magie.

Mopsa fing sofort damit an. Auf Seiten, die sie in einem noch unbeschriebenen Heft durchnummerierte, zerlegte sie Benns Werk ordentlich in drei Perioden.

Die erste, frühe: *Dieser Dichter schien ein Schlachtfeld von übermenschlicher Standhaftigkeit, auf dem sich die Extreme schlugen.*

Die zweite, gegen 1932: *Die große Versuchung des Deutschen ... Mannstollheit und maskuliner Größenwahn. Fixe Idee: der Mann als einsamer Träger der Form. Klingt immer nach Rechtfertigung für seinen Nazismus – der nur aus dem Grund nicht länger dauerte, weil die Nazis nichts von Benn wissen wollten. Die poetischen Substanzen wie aus dem Eisschrank des einst Erlebten hervorgeholt.*

Dritte Periode, bis jetzt und weiter: *Ein Weihrauchschwenken vor sich selbst. Typisch, dass Benn sich ununterbrochen wiederholt, sich selbst zitiert, sich selbst bestiehlt. Meisterlich die Sprache, peinlich sein kleinbürgerlicher Snobismus, die falsch geschriebenen Fremdworte; kein französischer Satz ist fehlerlos. Jetzt ist Benn das große Genie – jetzt, wo er es nicht mehr so ganz ist.*

Ein Versuch, sich mit Nüchternheit zu impfen, um von Benn nicht mehr angesteckt zu werden. Nur so war Kaltbleiben möglich, vielleicht. Sah sie ihre Mutter fieberglühend Briefe lesen und Briefe schreiben, lachte Mopsa sie stumm nieder.

Die Zeitungsstände waren schuld. Am Boulevard Haussmann, am Montmartre, entlang der Seine. Im Juni 1952 überall diese Seiten. *Allemagne.* Darunter die Fotos: Stacheldrahtzaun, Uniformierte, Schäferhunde.

Sofort griffen sie wieder aus den Löchern der Versenkung nach ihr, die Träume von Ravensbrück. Vier, fünf Reihen Stacheldraht innerhalb der Mauern. Zwischen den Zaunreihen die Hunde.

Sie fielen Mopsa an, die Wörter, mit gebleckten Zähnen. Für diese Wörter gab es keine französischen. Schutzstreifen und Kontrollstreifen waren so deutsch wie Blitzkrieg. Die innerdeutsche Grenze und Berlin machten Schlagzeilen. Nur

noch mit einer Genehmigung aus Ostberlin konnten die Bewohner der westlichen Zone das Gebiet der DDR betreten.
Also keine Destille, kein Dialekt, keine alten Mäntel. Und kein Besuch bei Benn.
Im Juli 1952 bekam Mopsa Post vom Anwalt in Berlin. Nach jahrelangem Gezerre endlich die Einigung. Sie erhielt sechs Zehntel zugesprochen und damit die Entscheidungsgewalt über Carl Sternheims Werk.
Im Juli 1952 bekam Thea Post vom Komitee der Festwochen in Berlin. Eine Einladung, ihren Roman vorzustellen. Spesen übernimmt der Gastgeber. Benn hatte gute Arbeit geleistet.
Thea sagte zu. Mopsa sagte zu, sie zu begleiten. Auch sie habe zu tun in Berlin, wegen der Sternheimrechte. Theater, Intendanten, Presse, du weißt ja.

Meine Frau und ich werden Sie und Mopsa am 22. September um 10 Uhr 45 vom Flughafen abholen. Benn hatte es von sich aus angeboten.
Zu Fuß ging Mopsa Sternheim über das Rollfeld in Tempelhof. Nicht auf ihre Mutter zu, wie vor sieben Jahren in Orly. Neben ihr. So viel weiter weg.
Dass Benn ein anderer sein würde, äußerlich, wussten beide. *Auf dem Balkon meiner Wohnung Juli 1947*, hatte er auf die Rückseite des Fotos geschrieben. Der Kopf markant gehungert, die Augen prüfend zusammengekniffen, die Nasolabialfalten tief, Kinnlinie konturiert. Unheimlich sei das, hatte Thea gesagt, passe nicht zu ihrem Bild von Benn.
Direkt vor den Sternheimfrauen eine Walküre mit großem Tuch um die Schultern. Blockstreifen, Blau auf Grauweiß. Dieselben Farben, dieselbe Streifenbreite. Nur das Dreieck auf dem Rücken fehlte. Rot für die Politischen wie Mopsa.

Zeugen Jehovas lila, Zigeunerinnen, Prostituierte und Drogensüchtige schwarz, Kriminelle, ob Gelegenheitsdiebinnen, Bandentäterinnen oder Mundräuberinnen, grün, die Jüdinnen ein rotes und ein gelbes als Davidstern. Alles da, filmgenau. Mopsa spürte nichts. Ruhe innendrin, nichts regte sich da. Gut so.

Wie Benns dritte Ehefrau aussah, Zahnärztin, siebenundzwanzig Jahre jünger, wussten die beiden auch. Ilse Benn hatte dafür gesorgt. Ganzkörperfoto beim Spazierengehen. Groß, schlank, aber kräftig, auffallend breite klare Stirn, weißer Schlick im wohl dunkelblonden Haar, Freundlichkeit im Gesicht. Oder traf Reinheit es besser?

Die Walküre in Blockstreifen trat zur Seite.

Da stand er. Dick, reglos, hermetisch.

Es fing an zu zucken, dort, wo das Herz lag. Magen, Unterleib, Schenkel, das Zucken setzte sich fort nach unten, nach oben, Hals und Kopf, nach außen bis in die Spitzen der Finger. Mopsa spannte die Rückenmuskeln an. Es half nichts. Thea war bereits durchgewinkt worden. Der Zöllner fixierte Mopsa. Ihren Pass. Staatenlose? Ja. Staatenlose. Geboren in Düsseldorf, wohnhaft in Paris – aha.

Ist das Ihr Koffer?

Er beäugte die Aufkleber, Rom, Nizza, Venedig, London, Brüssel, Amsterdam, Davos, Cannes, Tanger, Marseille, Lugano, Barcelona, Wien, St. Moritz.

Öffnen!

Das Schloss öffnen bei dem Gezitter. Wie zu erwarten, der Kofferschlüssel auf dem Boden, auf diesem Boden, verschmiert von tausend Schuhsohlen, dieser winzig kleine Schlüssel.

Mopsa ging in die Hocke. Schlugen da Blicke ein in ihrem Nacken?

Endlich.

Das Gesicht des Zöllners glänzte, als er den Deckel hochklappte.

Obenauf *Gottfried Benn: Doppelleben*. Umschlag mit Einrissen, Flecken und Schmauchspuren.

Benn? Gottfried Benn? Kenne ich doch aus den Käseblättern. Letztes Jahr alles voll mit ihm. Großes Tier, was? Da hat er irgendeine Goldelse gekriegt oder einen Ordensklunker oder sowas. Der Zöllner blätterte. In kein Buch Benns hatte Mopsa noch mehr hineingeschrieben, zum Glück unlesbar für andere.

Ziemliches Geschmadder, sagte der Zöllner. Ihre Klaue?

Thea stand hinter der Barriere und sprach mit Benn.

Das Zittern nahm zu.

Dieser Sommernachmittag, ganz Paris schlapp geschwitzt, an dem sie und ihre Mutter sich heiser gestritten hatten wegen Benns *Doppelleben*, das Thea endlich herausgerückt hatte. Am Anfang beide beherrscht, auch Mopsa. Schließlich hatte sie geschrien: Ein Leitfaden für Opportunisten ist das!

Führ dich nicht so auf, hatte Thea zurückgeschrien. Sie selbst sehe es ja genauso kritisch.

Da war Mopsa dieser Brief ins Auge gefallen, offen auf dem Tisch. Der Dank fürs *Doppelleben* an Benn. *Wieder dieses Ergriffensein, diese nur mit einem Regen aus Gold vergleichbare Sprache.*

Der Zöllner durchwühlte ihre Kleider, ihre Unterwäsche, stutzte. Was ist das Hartes?

Eine Schreibmaschine, sagte Mopsa. Beruf Schriftstellerin. Benn sah zu beim Lügen. Das Zittern, kein Entzug hatte sie so zittern lassen. Schriftstellerin. Ihre Mutter hat sich das verdient.

Umarmung von Ilse, nur ein Handschlag von Benn. Im

Auto legte sich das Zittern. Ilse Benn fuhr gelassen und redete. Fast 400 Luftangriffe, 100 000 Tonnen Sprengstoff in knapp drei Monaten, 70 Millionen Kubikmeter Trümmer, 600 000 Wohnungen unbewohnbar. Mein Gott, wie es noch im Dezember sechsundvierzig ausgesehen hat, als wir geheiratet haben. Wir fahren eh fast vorbei auf dem Weg zur Pension, kaum ein Umweg.

Hinter dem Bayerischen Platz, wieder begrünt, die Kirche. Ilse Benn bremste.

Die Fenster mit Pappe vernagelt, damals. Die Stufe, auf der sie beim Ringetauschen knieten, eiskalt, die Patienten und Nachbarn ... woher die das nur wussten ... niemandem was gesagt ... kamen hereingeschlichen in Uniformen und Wolldeckenmänteln.

Benn auf Knien? Wie klein er aussah auf dem rechten Vordersitz, eine Handbreit kürzer als seine Frau.

Sie war zur Typhusschutzimpfung vorbeigekommen. War Pflicht, da ergab es sich.

Seine Stimme, diese Stimme, noch immer.

Da sind wir. Ilse Benn fuhr an die Bordsteinkante. Eckhaus, Münstersche Straße, Brandenburgische Straße, ein Vorgarten.

Die Rosen sind verblüht, Gottseidank, sagte Ilse Benn.

Warum Gottseidank?, fragte Thea.

Meine Frau hat mir die Rosen verboten, kam es leise von Benn. Schade, so ein schönes Wort.

Mopsa hätte Ilse Benn gerne geküsst.

Die drei Frauen stiegen aus, Benn blieb sitzen.

Über dem Eingang des Hauses der Name in Parfümerieschrift.

Thea erstarrte. Mopsa lachte. Zu laut.

Haus Ravensberg.

Danke, meine Liebe, was Sie für uns alles ...
Oh, das mit der Pension hat mein Mann sich nicht nehmen lassen, sagte Ilse.

Thea war beim Auspacken. Mopsa redete in ihren Rücken. Den ersten Abend wolle sie allein mit Benn verbringen. Ich möchte das alles einmal mit ihm bereinigen.
Thea wandte sich um. Sie, bald siebzig, blühte. Premiere, Hoffnung, Neuland, Chance, Entdecktwerden: Die Morgenwörter gehörten in diesem Spiel der Mutter.
Ja, warum nicht? Thea trug auf einmal Ohrclips, die Mopsa Jahrzehnte nicht an ihr gesehen hatte. Elfenbeinrosen. Dann gehe ich mit Ilse in die Oper.
Die Tochter hatte nur Abendwörter: damals, Narben, unauslöschlich, letzte Gelegenheit.
Nein, nicht zu Hause. Abholen? Nein, auch nicht abholen. Gleich im Restaurant treffen will er Sie. Es war Ilse, die Benns Wünsche per Telefon durchgab.
Dramburg sei seine neue Stammkneipe, Bozener, Ecke Grunewaldstraße. Was heißt neu? Seit fünf Jahren. Wir kommen dann später auch hin, Thea und ich.

Wein- und Bierstuben stand auf dem Schild. Schmale Tür, verglast, eine weiße Spanngardine verwehrte den Einblick. Im Schaufenster waren hintereinander und übereinander Flaschen aufgebaut, Bierflaschen, Weinflaschen, Schnapsflaschen, Likörflaschen, quer über die Scheibe war geschrieben: Niederlage der Weingroßhandlung Paul Eggebrecht.
Niederlage.
Nein, Benn hatte sich nicht verändert. Auch dem Bier war er treu geblieben. Direkt neben dem Eingang auf einer schwarzen Glastafel ganz groß: Pilsner Urquell.

Benn wartete bereits. Er sah auf seine Armbanduhr. Seine Frau habe von ihm eines gelernt, gern gelernt: Pünktlichkeit.

Er hatte seinen Platz so gewählt, dass sie übereck sitzen mussten. Soll heißen, bloß nicht in die Augen sehen, dachte Mopsa.

Benn trank sein Pils, rauchte und klagte. Ausgemerzt und unerwünscht sei er so lange gewesen. Zu Hause? Nein, nicht mehr. Berlin sei eine verkommene Stadt geworden. Traurige Heimat. Um nach Westdeutschland, vielleicht nach München zu ziehen, fehle ihm das Geld. Dann die Grenze. Die Staatsbibliothek auf der anderen Seite. Das seien die wahren Verluste.

Von seiner Frau, seiner Ehe, dem Leben zu zweit kein Wort. War Benn reif für den Aufbruch oder besser Ausbruch?

Sie habe trotz allem nicht aufgehört, ja zu sagen zum Leben, sogar zu den Menschen, erklärte Mopsa. Die Flamme brenne und brenne, vermutlich ein Geburtsfehler.

Benn wandte ihr das Gesicht zu. Resignation füllte es aus bis zu den Rändern. Die Mundwinkel hingen, die Lider hingen. Mit sechsundsechzig gänzlich zurückgezogen ins Greisenexil, unerreichbar.

Ihn herholen, gegenwärtig machen, im Kopf wenigstens. Sie hatte sich immer auf ihre Einbildungskraft verlassen können. In der Zelle sogar, bis zum Schlüsselrasseln sexuelle Visionen. Nackt, sie hatte Benn doch nackt gesehen. Aber ihn sich nackt vorstellen? Das verbot sich.

Meine eigentliche Natur ist ja mehr denn je das gänzliche Alleinsein, sagte Benn, das Gesicht weiter ihr zugewandt, die rechte Hand ums Bierglas. Seine Linke drückte behutsam die Zigarette aus. Nun war sie frei, diese weiße, stumpffingrige Arzthand. Konnte den Rücken abklopfen, über den Kopf streichen, den Bauch abtasten.

Jetzt. Wenn sie seine Stimme jetzt sagen hörte: Ich liebe Sie. Wenn sie das einmal hören würde –

Als Thea die Tür öffnete und Ilses Freundlichkeit die verrauchte Kneipe etwas heller machte, wusste Mopsa, dass es ihr anzusehen war. Alles. Und ihm nichts.

Goldene geradlinige Buchstaben auf schwarzem Glas. *Dr. med. G. Benn 11–12 u. 5–6.* Darunter ihr Schild, weißes Email, schwarze Schrift. *Dr. med. Ilse Benn. Zahnärztliche Praxis.*

Hochparterre, Balkon zur Straße. Der Flur lang und dunkel, vier Zimmer. Eines für seine, eines für ihre Praxis, gemeinsames Wartezimmer.

Und privat?

Ein Wohnschlafzimmer zum Hof.

Wie gehabt, aber nun lebte er hier doch mit seiner Frau, seit fünf Jahren schon. Ein Wartezimmer für Freunde und Bekannte gab es nicht mehr. Benn ging voraus ins Zimmer zum Hof.

Dort immerhin keine Trümmerhalde, auch keine Kohlehandlung wie in vielen anderen Innenhöfen hier in Berlin.

Zwischen den Häusern waren Wäscheleinen gespannt, daran geklammert Hemden, Blaumänner, Arztkittel, Unterhosen, kurz und lang, Unterröcke, Schlafanzüge, Schürzen. Darunter pickten acht, zehn Hühner auf, was man ihnen an Krumen hinausgeworfen hatte.

Ihn stört das alles nicht, hatte Thea gesagt. Sie war schon gestern hier gewesen. Beeindruckend, wie unabhängig Benn von äußeren Dingen ist. Alles Repräsentative erscheint ihm lächerlich.

Trostlos hatte Thea seine frühere Wohnung gefunden, erschreckend, dass sich dort nicht der kleinste Gegenstand fand, auf dem das Auge verweilen wollte. Diese Wohnung war trostloser. Hatten Benns hymnische Rezension ihres Buches und die, wohl von ihm eingefädelte, des großen Sieburg, vor allem aber der gestrige Abend, ihren Blick so mild werden lassen? Die Premiere im Bücherclub, durch Benns Anwesenheit erleuchtet, war ausverkauft gewesen, 150 Leute, satter Applaus.

Das Sofa, Polster in müdem Beige, offenbar zum Ausziehen, ein Bett fehlte, darüber ein abstraktes Gepinsel, ausdruckslos. Der alte Schreibtisch, Gründerzeitklotz, mit Stapeln beladen, keine freie Fläche, kleine braune Medizinflaschen, Rezeptblock, Stempelkissen. Der Tisch vor dem Sofa dunkel, wuchtig, eine Vase mit lila Astern drauf. Wie sah eine Ehe aus, die hier stattfand, in diesem Wohnschlafzimmer zum Hof?

Mopsa schwieg.

Ja, die Ehe, wenn sie gelingt, ist das Vernünftigste, sagte Benn.

Sie stand ganz nahe bei ihm. Er hatte seine Arme verschränkt. Ja doch, er hatte sie berührt. Tausende von Berührungen hatte Mopsa vergessen, die Berührungen Benns in ihren Phantasien aber ausgedehnt. Er berührte sie an Stellen, die er nicht kannte, mit Instrumenten, die er nicht benutzte. Das Stethoskop, das kalt ihren warmen Rücken hinab wanderte. Das Spekulum, um in die Nase zu sehen. Den Perkussionshammer, um Reflexe zu testen. In der Zelle –

Schlüsselrasseln, Schlüssel im Schloss. Die Aufseherin, Fraß im Blechnapf, Aufruf zum nächsten Verhör.

Nein, Ilse.

Und wann arbeitet er? Ich meine, der Dichter Benn.

Ilse lächelte. Nach dem Abendessen schiebt er mit den Ellenbogen so viel Platz frei, dass ein Heft reinpasst. Muss noch kurz was zu einem Patienten notieren, sagt er. Und dann sehe ich, dass er fieberhaft an einem Gedicht schreibt.

Aber sie tut, als bemerke sie das nicht, sagte Benn.

Ilse liebte ihn.

Der Spaziergang mit der Mutter durch die nassen Ruinen Berlins beruhigte Mopsa. Heil und sonnig hätte sie nicht ausgehalten. Sie war froh, dass diese Zerstörungszeugen Thea deprimierten. Doch kaum saßen sie bei einer Bulette im Café Kranzler, war alles Düstere weggewischt.

Er hat auch vor ihr Geheimnisse, sagte Thea. Mir hat er geschrieben, dass Gleichaltrigkeit in seinem Alter, Mitte sechzig, vielleicht doch das Bessere wäre. Nicht aus erotischen Gründen. Spielen in der Ehe eine sehr untergeordnete Rolle, sagt er. Es sei eben doch etwas dran an der Gemeinschaft der Generation. Man hat die gleichen Erlebnisse, kennt dieselben Menschen und Bücher. Seine Frau gehöre durchaus schon zur nächsten.

Thea sah zufrieden aus.

Und er hat ausdrücklich verlangt, dass diese Bemerkung ganz unter uns bleibt.

Warum erzählst du es dann?, fragte Mopsa.

Thea lächelte, den Ausdruck einer glücklichen Schwangeren im bald achtundsechzigjährigen Gesicht.

Mopsa erkannte sie sofort, obwohl Haut und Scheitel grau geworden waren. Sie bediente jetzt in einer Destille in der Kantstraße. Statt für Klaus Mann zu beten, war Mopsa vorbeigegangen an dem Haus, in dem sie beide eine Zeit lang gewohnt hatten. Direkt nebendran am Tresen: Doris vom Reichskanzler.

Doktor Benn? Dochdoch, der kommt hier öfters vorbei.

Alleine?

Nein, immer mit einer Kollegin. Kellnerin in einem der schnieksten First-Class-Schuppen hier im Westen. Man glaubt's nicht, dass die in so was arbeitet. Kann nicht manierlich mit Messer und Gabel essen. Sitzt mit ihrem Riesenvorbau wie ein Stockfisch am Tisch. Und als ich sie nach einem gemeinsamen Kumpel von früher gefragt habe, hat sie mir auf den Zettel geschrieben *Fier Jareszeitn, Hampurk.*

Ist was zwischen den beiden?

Der Doktor zahlt, grinste Doris. Und ist fertig mit den Nerven, wenn sie ihn versetzt.

Am 29. September fuhr Ilse Benn Thea und Mopsa Sternheim zum Flughafen. Er lasse sich entschuldigen. Thea flog ab, Mopsa fuhr wieder zurück. Sie sei noch nicht fertig mit Berlin.

Schwer hockte er auf ihrer Brust. Unmöglich, abzureisen. Unmöglich, ihn loszuwerden.

Betty George war nach der Rückkehr aus Ravensbrück Mopsas Vertraute geblieben. Erklärungen überflüssig, machte das Briefschreiben leichter.

Er ist dick, hässlich – aber es ist hoffnungslos, heute wie vor 20 Jahren habe ich den Eindruck einer schrecklich starken geistigen Verwandtschaft mit ihm – ehrlich gesagt, habe ich Angst... Es ist eine Art Gehirnvergiftung... Er sieht niemanden und geht nirgends hin, ist aber sicher der mächtigste und am meisten bewunderte Mann der abgehobenen Intellektuellenkreise – überhaupt nicht geschätzt von der großen Masse.

Da ich noch nicht weiß, ob ich in dem für mich zu teuren Hotel bleibe, lasse ich meine Post zu ihm schicken, was mir gleichzeitig einen Vorwand gibt, ihn öfter zu sehen. O Betty, ich möchte gerne, dass Du mir so viele Briefe wie möglich an diese Adresse schreibst, wenn auch nur, um ihn ein wenig zu beeindrucken. Bitte mach das für mich – selbst Briefumschläge mit nichts drin – es würde einen guten Eindruck machen, wenn ich viel Post bekäme. Du siehst, ich bin wieder in die Kindheit zurückgefallen.

Am 1. Oktober luden die Benns Mopsa zum Essen ein, Pfifferlinge und Gulasch. Hinterdrein wollte Benn noch sein Bettschwerebier bei Flint mit ihnen trinken, seiner anderen Stammkneipe. Sie waren bereits an der Tür, als das Telefon im Hofzimmer klingelte.

Bin gleich wieder da, sagte Benn. Gehen Sie mit Ilse vor.

Der Zettel, ich hab einen Zettel drüben vergessen, sagte Mopsa. Sie ging Benn nach.

Die Tür stand dreifingerbreit offen.

Seine Stimme wie immer, fest und gleichgültig.

Niederschmetternd, aber nicht falsch, Ihr Urteil. Ich hätte besser nicht für diesen Roman bei Herrn Niedermayer eintreten sollen. Aber Frau Sternheim ...

Mopsa war noch immer nicht fertig mit Berlin. Ein Altbekannter Carl Sternheims vermittelte eine Gratisbleibe, draußen in Dahlem, zwei Zimmer, Villenparterre. Die Großbürgerruhe tat gut. Mopsa schlief trotzdem schlecht. Benn hatte genug Handhabe geliefert, um abgelegt und verbannt zu werden, für immer. Aus Gründen des Anstands, des guten Geschmacks, der Gesundheit, der Solidarität mit Thea, mit Ilse, des Überlebens, der Würde wegen, mein Gott, das reichte doch.

Doch er saß Nacht für Nacht in ihrem Zimmer am Schreibtisch, schrieb fiebrig Gedichte in ein Heft, bis sie aufschreckte und wach ins Leere blickte. Tags versuchte Mopsa, was durch Benn auf ihr lastete, abzuladen in Briefen an Freunde, an Betty vor allem. Sie hatte Benn angerufen, um ihm die neue Adresse mitzuteilen. *Er war gerade beim Rasieren und infolgedessen nichts weniger als grob am Telefon. Das ist gut. Solange ich annahm, er wünschte mich zu sehen, schleppte ich mich trotz Übermüdung immer wieder mal hin – Begegnung zu dritt, sinnlos, leer und wehmütig für mich ... diese geselligen Abende ... Tortur. Jetzt ist die Situation wenigstens eindeutig.*

Ihr Rückflugticket nach Paris war auf den 14. Oktober ausgestellt.

Sie konnte nicht reisen.

Der Bauch schmerzte jeden Tag mehr, der Unterleib. Doch Benn kam nicht.

Am 19. Oktober lief die Verlängerung des Tickets ab, endgültig.

Mopsa nahm Abschied.

Zurück in Paris, in der Wohnung des toten Bruders am Boulevard Haussmann, schrieb sie Benn. Sie sei schon seit langem wieder hier. Leider nicht zum Schreiben gekommen, sofort von einer Grippe niedergeworfen worden, dann von Unerledigtem überrannt. Er schrieb zurück. Satz für Satz riss er ihr die Lügen vom Leib. Beschämt stand sie da und fror. Benn hatte Mopsa überführt. Sie log gut. Nicht gut genug für ihn.

Er hatte sich mit Thea kurzgeschlossen.

In Berlin? Nein, ist sie längst nicht mehr.

In Paris? Nein, ich habe vergebens auf sie gewartet.

Benn gestehen, dass sie ihn hatte loswerden wollen und nicht losgeworden war, dass sie ihn verachtet und auf ihn gewartet hatte, dass er sie ohnmächtig und unmündig gemacht hatte, dass sie hirnkrank von ihm war und nicht zu gesunden wünschte – wie das sagen?

Wie ihm, wie der Mutter, die ihm so offensichtlich näher war und mehr war und die er doch verriet?

Mopsa strickte für Benn die nächsten Ausreden. Verheddderte sich mit jedem Brief mehr im Fadengewirr der Lügen. Dabei waren es die Fäden der Spinne, in deren Netz sie noch immer saß.

Sie war dabei, sich darin zu erhängen.

Da beschloss sie, zu tun, was sie hasste und musste.

Fünfunddreißig Jahre, nachdem sie Benns Stimme zum ersten Mal gehört hatte, beendete sie einen Brief an ihn, wieder voller Ausflüchte und Unwahrheiten, mit dem Satz:

Ich lege mich dem Meister zu Füßen.

Dann holte sie das Dokument ihrer Demütigung heraus. Eine zusammengeknüllte Restaurantrechnung, die sie aus seinem Papierkorb gefischt hatte. Auf der Rückseite ein Gedicht, vielleicht nur ein Entwurf, ein Fragment. Korrekturen, Durchstreichungen, das Ganze sicher längst in Schönschrift irgendwo festgehalten.

An stand ganz oben. Dahinter kein Name, nur ein Gedankenstrich.

Kein Hinweis, dass sie damit gemeint war, nichts.

Sie wusste es.

An der Schwelle hast du wohl gestanden,
doch die Schwelle überschreiten – nein,
denn in meinem Haus kann man nicht landen,
in dem Haus muss man geboren sein.

SECHS

Der Januar 1954 war der kälteste Monat, den sie je erlebt hatte, 20 Grad unter dem Gefrierpunkt. Der Frost hatte die Fensterscheiben in Milchglas verwandelt. Auch mittags, als die Sonne draufschien, tauten sie nicht auf. Thea polierte ihren holzgeschnitzten Christus, staubte den Rahmen um ihren niederländischen Dornengekrönten ab und sagte: Alles gipfelt im Tod, am Kreuz.

Bei dem Niederländer schlug das Bleiweiß durch.

Mopsa kam ihr Leben befremdlich bekannt vor. Auch dass sie wartete. Nur: Worauf wartete sie?

Schneestürme hatten in Frankreich viele Gegenden unpassierbar gemacht. In Paris fehlten Brennstoff, Mehl, Milch, Kartoffeln. Die Versorgung war zusammengebrochen. Auf den Abluftgittern der Métro drängten sich die Clochards. Wer dort keinen Platz bekam, erfror. Greise wie Säuglinge obdachloser Frauen.

Mopsa Sternheim fuhr am 20. Januar wegen eines Säuglings nach Lyon, geboren an ihrem 49. Geburtstag, dem 10. Januar, das Kind von Betty George.

Da stand sie am Taufbecken und weinte. Wo sie doch sicher war, das Weinen verlernt zu haben. Da hielt sie als Patin dem Priester ein hilfloses Wesen hin, geboren von Betty, die in Ravensbrück ebenso hilflos gewesen war. Da faselte der katholische Geistliche etwas von der Feier des Lebens und der Geborgenheit in Gott, und Betty lächelte ihn an. Mopsa sah noch immer eine Dusche hinter ihr aufragen, die letzte Dusche. Betty wusste nicht, wie schwer es Mopsa geworden war, sie vor der Ausrottung zu bewahren, vier Mal, wie nahe diese Betty George, getaufte Katholikin, rotes und gelbes Dreieck, der Gaskammer gewesen war.

Am Abend erzählte sie Thea, was an diesem Tag durch sie hindurchgegangen war. Thea hörte nicht zu. Sie blätterte in einem Tagebuchband. Auf dem Rücken stand November 1916 bis März 1917.

Ist heute nicht der 20. Januar? Schau, da habe ich eingetragen: *Der Verleger Wolff schickt eine Anzahl Neuerscheinungen. Erzählungen von Benn ...* Sie blickte auf. Es waren die *Gehirne*. Weißt du noch, wie kalt es damals war? Zwei Wochen später hat uns Benn zum ersten Mal besucht. In La Hulpe. Du wirst dich nicht erinnern.

Abends protokollierte Mopsa: *Dieses zerknüllte, winzige Wesen ... dieses kleine Stück gerunzeltes Fleisch – und die Maßlosigkeit an Lust und Schmerz, die es einmal enthalten kann.*

War das sie, oder war das Benn?
Durch dieses kleine fleischerne Stück
Wird alles gehen: Jammer und Glück.
Sie hatte aufgehört, sich gegen ihn zu wehren. Das Bleiweiß konnte auch keiner dran hindern, durchzuschlagen.

Ihre Fluchten hatten sie müde gemacht. Die Rumhurerei, wie sie es nannte, die Abenteueramouren, nicht gezählte Männer, die sie verführt, verjagt und vergessen hatte, Männer, die ihr weggestorben waren, die Umklammerungen der Körper und die Leere danach. Geblieben war nur einer: Benn. Also, wozu weiter davonrennen. Was sie an Kraft besaß, brauchte Mopsa jetzt, um ihre Mutter anzulügen. Alle Freunde halfen ihr dabei. Sogar ihre Schwester Agnes. Und Thea machte es ihr leicht. Sie war beschäftigt mit sich, dem schlechten Verkauf ihres Romans, erst 240 Exemplare, schrecklich, ihren Schereien mit der Galle, ihrer Diät und mit Benn.

Mopsa lag im Krankenhaus, in der Klinik des Vororts Villejuif, als Thea sie Ende März mit einem Brief von Benn überraschte. Nicht an Mopsa, an Thea. Du weißt schon, wegen der Gleichaltrigkeit. Er hatte in München einen Vortrag über das Altern als Problem des Künstlers gehalten. Kam gut an, er war damit auf Tour. Er sei noch nie derart viel fotografiert, gezeichnet und interviewt worden, hatte er Thea geschrieben, und völlig zerrüttet nach Hause gekommen.

Sie las die Stelle nochmals vor. Ich bin völlig zerrüttet nach Hause gekommen. Nie mehr sowas, nie mehr.

Thea schüttelte den Kopf. Nach diesem Erfolg!

Mopsa sagte nichts. Ihre Mutter konnte Benns Schrift lesen, ihn lesen konnte sie nicht.

Mopsa sah Benn, wie er posierte in der Haltung eines Menschen, der nicht fotografiert werden wollte, und hörte, was er zu den ersten seiner Bücher sagte, die nach der Ächtung erscheinen durften: Wurde aber auch Zeit. Sie sah seine Eitelkeit und seine Einsamkeit und sah, wie beides zusammengehörte. Doch auch das konnte sie nicht von ihm befreien.

Sie wartete und wusste nun auch, worauf.

La Hulpe war 35 Jahre entfernt und mitten im Jetzt. Sie wartete, dass er kommen, sich an ihr Bett setzen, ihren Bauch streicheln und sie lossprechen würde.

Am 29. Juli betrat Mopsa in Rueil-Malmaison das Erholungsheim. Ein Steinbau, abweisend dicke Mauern, festungsartig, klare Struktur ohne jede Eleganz. Sie wusste, dass sie sich dort wohlfühlen würde. Über der Tür: Erbaut 1886. Benns Geburtsjahr.

Mopsas Zimmer war groß, zwei Fenster übereck, sehr hell. Nach der Visite zog sie Tag für Tag ihr Nachthemd aus, legte sich nackt ins Licht, besah und betastete sich. Diesen Körper, der vielen Männern und vielen Frauen gefallen hatte. Die pralle Haut war mürbe geworden, schilferte und schuppte an einigen Stellen. Das Bindegewebe schlaff. Adernwürmer schlängelten sich über Brüste, Bauch, Arme und Schienbeine. Die Rippen waren nur dünn mit Haut bezogen, die Beckenknochen spitz, rötlichbraune Flecken sprenkelten den Leib. Überall spürte sie kleine Knoten und Verdickungen. Wie oft sie sich auch wusch oder badete, immer wehte ihr ein Fischgeruch entgegen, und sie hasste diese Ausdünstung, die nicht ihre sein konnte.

Dämmerte sie weg, sah sie auf der Kommode am Fuß des Bettes den großen Kürbis, den sie in La Hulpe auf die schwarze Konsole gesetzt hatte statt des Farns im Topf. Erst als ein süßlicher Geruch das Zimmer verpestete, hatte sie den Kürbis vom Sockel genommen. Die Schale hatte unten heraus ihre ganze schleimige Fäulnis erbrochen.

Es gehe ihr prima, schrieb sie Thea. Oder: Ihr Blutbild sei eine Pracht. Oder: Thea werde staunen, wie viel sie zugenommen habe.

Kam die Mutter auf Besuch, erzählte Mopsa ihr das Neueste über die Diagnose der Ärzte, die Folgen einer Streptokokken-Infektion, die Nebenwirkungen von Sulfonamiden und freute sich, dass ihre Mutter keine Ahnung hatte von alldem.

Im Sommer vor einem Jahr hatte ein Freund sie zur Genesung in sein Ferienhaus geschickt. Der Ort war dem Himmel nah. Er klebte an der Felswand zwischen Sorrent und Amalfi. Zwischen Rosenhecken, Bougainvilleakaskaden, feuerroten Kakteenkelchen, Geranienräuschen und Margeritensträuchern wäre Mopsa beinahe elendseinsam verendet. Herzkrise im Garten Eden. *Lieber krepieren*, hatte sie in ein Heft gekritzelt. *Warum nicht heute? Nein, nicht bei dieser Qual. Nicht die eigene Form verlieren.* Benn sollte kommen. Formlos durfte er sie nicht erleben. Benn musste kommen, bevor die Form sich auflöste. Er war gekommen. Schmal, bescheiden, unauffällig. Keine fünfzig Seiten dick. *Destillationen* stand außen drauf.

Innen drin stieß Mopsa als Erstes auf Beschwörungen seines Kneipenglücks.

Schäbig; abends Destille
in Zwang, in Trieb, in Flucht
Trunk – doch was ist Wille
gegen Verklärungssucht.

Zurück in Paris, hatte Mopsa Benn endlich geschrieben. *Ich wäre so gern nach Deutschland gekommen, nur um einmal abends in Ihrer Stampe zu sitzen. Aber die Armut lässt es nicht zu. Sie einmal hier zu sehen, ist das ganz aussichtslos?*

Keine Antwort auf die Frage. *In schweigender Verbundenheit.* Es war ein Verschweigen, vor allem. Es band sie fest an Benn. Das Schweigen lösen, das ging nur, wenn er kam. Sich zu ihr ans Bett setzte. Seine Stimme, die sagte: Ich liebe Sie.

Wer hatte das eigentlich je gehört?

Als sie nach Theas Abflug von Tempelhof nach Berlin zurückgefahren waren, hatte Mopsa endlich Ilse gefragt, wie das mit Benn und ihr angefangen hatte.

Sie sei keine Frau zum Heiraten gewesen, sagte Ilse. Benn hatte sie zu sich eingeladen. Festessen im Jahr sechsundvierzig: Kohlsuppe mit geschmälzten Zwiebeln und Fettaugen. Pflaumenkompott mit echtem Zucker und danach eine Tasse Nescafé.

Aber er, Benn ...

Ich habe einige seiner Gedichte gekannt: Dieser Ton aus Trauer und Kraft, hatte Ilse gesagt. Das war's. Wer dafür Sinn hat, ist auf ewig getroffen. Und wer den Menschen kennt, der ist geborgen, dem kann nichts mehr passieren.

Das Haus der Sternheims, wo immer es stand, in welchem Land, mit welchem Blick, es hatte geschwankt. Auf nichts und niemand war Verlass gewesen. Die ganze Familie dünnes Porzellan in einer Vitrine, wenn unten Lastkraftwagen übers Pflaster donnerten. Carl und Thea Sternheim hatten beide dafür gesorgt, dass bei ihren Kindern der Hunger nach Geborgenheit immer größer wurde, je satter sie waren. Benn hatte Mopsa von jeher die Geborgenheit in einer uneinnehmbaren Festung versprochen. Die Festung war uneinnehmbar geblieben. Der Wahn und Wunsch, darin warte die Geborgenheit, die große, endgültige, band sie noch immer an ihm fest.

Diese Kellnerin mit Riesenvorbau, ohne Manieren und Orthographie neben Ilse. Das Vulgäre neben dem Keuschen, die irdische neben der himmlischen Liebe, die Laute neben der Leisen. Nebenfrauen, er hatte sie immer gehabt und würde sie immer haben. Thea gegenüber gab er manches zu. Gute Regie sei besser als Treue, hatte er ihr erklärt.

Geborgenheit ohne Treue – naja. Überhaupt, was sollte der Traum von Geborgenheit. War nicht jedes seiner Gedichte eine Warnung davor? Bloß nicht bequem werden in Glaubensgewissheit und Banksicherheiten. Bausparkassenhirne zeugten keine Gedichte wie *Morgue*. Selbst die Destille war nur zuverlässig darin, Geborgenheit zu verweigern.

Mopsa hatte ihren Hunger danach verschwiegen, Benn seine Empfindungen für sie.

Benn sei in Genf, nur ein Katzensprung hierher, hatte Thea berichtet.

Und Mopsa wartete.

Kam Thea, trug Mopsa die Maske der Gesundung und hatte die Zeichen der Verwesung überschminkt. Nur, wie dick konnte sie auftragen, ohne dass die Mutter den Theaterzauber durchschaute?

Es war Zeit, zu sterben. Die Angst vor dem Tod kannte Mopsa nur noch dem Namen nach. Seit einem Jahr war sie eng mit ihm befreundet. Schon längst hätte er sie abholen sollen.

Unterleibskrebs war ein Wort, mehr nicht.

Ich brülle: Geist, enthülle dich!

Das Hirn verwest genauso wie der Arsch!

Na also. Das hatte sie schon vor 35 Jahren gelesen in Benns *Fleisch*, ihre Mutter ebenso. Aber für Thea hörte sich Unterleibskrebs schlimmer an als Dornenkrone oder Kreuzestod. Also log Mopsa weiter.

Lebst du vor Gott, mein Kind?, fragte der Dominikaner, der hier jeden besuchte.

Ich lebe seit 28 Jahren vor Gottfried Benn, sagte sie, ohne dass er es hörte.

Er musste kommen, um das Band zu lösen.

Es wurde höchste Zeit. Was anderen Körpern die Schmerzen ersparte, kannte ihr Körper zu genau. Er reagierte nicht mehr auf irgendwelche Opiate.

Der Dominikaner sprach von der Seele. Mopsa ließ ihn reden.

Ihr sprecht von Seele – was ist eure Seele?
Verkackt die Greisin Nacht für Nacht ihr Bett –
Sie übte zu sterben, wie es Benn gefiel. Abgeschminkt und rechtzeitig.

Im Liegen schreiben, überhaupt einen Stift halten, war arg. Trotzdem: *Ich habe mir Gott verboten, weil ich nicht hundertprozentig an ihn glaubte, weil ich Angst hatte, ihn zu missbrauchen als Ventil für meine Einsamkeit.*

Ich habe mir jede Geste verboten, weil sie nicht ganz echt, nicht völlig spontan war.

Ich habe mir meine pathetischen Adjektive verboten, weil sie kitschig waren.

Ich habe mir jedes Brennen untersagt, weil ich nicht alles ins Feuer warf.

Ich habe mir jede Regung der Seele verekelt, weil sie nicht absolut war, total, ewig.

Einzig die böse, lauernde Kontrolle, dass Nichts unbedingt war, die habe ich mir erlaubt

Es ist mir gelungen, mich selbst zur Strecke zu bringen.

Entkitscht. Entpathetisiert. Enthimmelt.

Das musste ihm gefallen.

Doch er ließ sie nicht gehen.

Also noch deutlicher.

Darf man dem All einen Sinn geben, weil man vor Sehnsucht danach krepiert.

Gott ist kein Vorwand für Privatekstasen ...

Der Winter werde dieses Jahr früh kommen, sagte Thea. Das sei die einhellige Meinung der Wetterwahrsager. Nach diesem Sommer, der keiner war.

Ja, es drängte.

Am schlimmsten:
nicht im Sommer sterben,

wenn alles hell ist
und die Erde für Spaten leicht.
Wo blieb er?

Thea brachte Bücher. Mopsa brauchte nichts. Sie hatte alle Benn-Gedichte parat. Die vor allem, die mit Klängen und Rhythmen und Assonanzen berauschten, besser als Opiate. Sterbewiegelieder.

Es war alles da. Nur Benn nicht.

Mopsa sagte der Mutter die Wahrheit.

Thea schauderte nur, wie lang sie belogen worden war, und Mopsa half das Geständnis nichts. Sie hörte, wie Thea vor der Tür mit dem Dominikaner sprach. Es ist sinnlos, sagte sie, ihr ganzes Leben und Lieben war sinnlos.

Sich im Dunkeln zu verneigen war zwecklos. Sinnlos war es nicht.

Auf Benn zu warten war zwecklos.

Nie würde er sagen: Ich liebe Sie.

Aber ihn zu lieben –

Das Band löste sich.

Am 12. September 1954 morgens um fünf starb Mopsa Sternheim. Leicht und lächelnd.

Wie eine Heilige, sagte der Dominikaner.

Thea Sternheim schrieb Mopsas Abschiedsbrief ab für Gottfried Benn. Vor allem wegen des Nachsatzes.

Sage Gottfried, dem Großen einmal, wie sehr ich dreißig Jahre lang – – – ja sag es ihm doch einmal. Immerhin hat er EINE große, von allen äußeren Belangen unabhängige Passion hervorgerufen – Weiß er das wohl – vielleicht ist's ihm selbst egal?

Am 13. September kam Benn von einer Reise zurück. Der ersten zu einer neuen jungen Geliebten. Ihn erwarteten Ilse und das Brieftelegramm von Thea.

Benn nahm seinen Tageskalender.

Mopsa †

Er rahmte den Eintrag ein und zog das Kreuz mit rotem Farbstift nach.

NACHWEIS & DANK

Lyrik und Prosa Gottfried Benns werden zitiert nach
 Gottfried Benn: *Sämtliche Werke. Stuttgarter Ausgabe*,
Band 1–5, Klett-Cotta, Stuttgart 1986–1989. »Ein Wort«,
Copyright © 1948, 2006 by Arche Literatur Verlag AG,
Zürich–Hamburg. »Das Unaufhörliche« (Auszug), Copyright © 1931 by Schott Music, Mainz.

Briefe und Aufzeichnungen Mopsa und Thea Sternheims
sowie Briefe Gottfried Benns werden zitiert nach
 Thea Sternheim: *Tagebücher 1903–1971*, herausgegeben
von Thomas Ehrsam und Regula Wyss im Auftrag der
Heinrich Enrique Beck-Stiftung. Copyright © 2011 by
Wallstein Verlag, Göttingen.
 Gottfried Benn / Thea Sternheim: *Briefwechsel und
Aufzeichnungen. Mit Briefen und Tagebuchauszügen
Mopsa Sternheims*, herausgegeben von Thomas Ehrsam.
Copyright © 2004 by Wallstein Verlag, Göttingen.

Die Autorin dankt dem großen Thea-Sternheim-Forscher
Thomas Ehrsam für seine unverzichtbaren Hinweise.